致青春 132

桃枝氣泡

（中）

棲見　著

高寶書版集團

目錄

CONTENTS

第十二章　誰家的小土撥鼠

陶枝他們在用餐結束之後，看到厲雙江一行人也剛好站在牛肉麵店前。

厲雙江掏出手機，準備打電話給他們。

手機在口袋裡震了兩下，陶枝接起來，看著厲雙江在不遠處舉著手機，聲音透過話筒傳過來：『喂，老大，妳回來了沒？』

「回來了。」陶枝說。

厲雙江：『妳在哪裡啊，淮哥有沒有跟妳在一起？』

陶枝側頭看了江起淮一眼，面不改色道：「沒有啊。」

她剛說完，厲雙江就轉過頭，看見他們走過來。

厲雙江：「……」

『老大妳怎麼還騙人呢？』厲雙江對著話筒說，『你們怎麼沒有一起來吃牛肉麵啊？』

陶枝把電話掛了，走過去：「太油了，吃了一點清淡的。」

厲雙江「哦」了一聲，點點頭，仔細看了她兩眼：「老大妳沒事吧？是不是因為剛剛坐雲霄飛車所以不太舒服？臉色怎麼看起來這麼……」

這麼紅潤呢？

厲雙江沒有繼續說下去。

陶枝的氣色還挺好的，也不知道是不是下午的陽光充足，她的臉蛋紅通通的，連耳朵都有點紅。

雖說是跟江起淮一起回來的，但不曉得為什麼，總覺得兩人之間的氣場有點奇怪，也不像是尷尬，倒不如說是有點心虛。

陶枝單方面的。

厲雙江默默地湊到陶枝旁邊，低聲說：「你又惹淮哥生氣了啊？」

陶枝覺得他這個說法聽起來讓人挺不爽的：「什麼叫我『又』惹他生氣了？難道我有天天對他找碴嗎？」

厲雙江驚覺自己說錯話，立馬高舉雙手：「絕無此意。」

付惜靈在旁邊聽不下去了，擠過來，遞給陶枝一瓶礦泉水：「喝水。」

陶枝接過來，喝了兩口。

付惜靈仰著臉看著她：「哪裡不舒服？胃嗎？噁心嗎？現在想吐嗎？」

陶枝有些想笑：「沒有，不是特別想吃牛肉麵而已，去吃了一點別的。」

付惜靈點點頭，走到她旁邊去，默默地勾著她的手臂。

下午的人潮比上午多一些，熱門的設施也要花上更久的時間排隊，不過在等待的時候，大家就聊聊天、拍拍照，過程也不無聊。

他們大概排了三、四個設施以後，天也開始變暗了。

園裡的燈亮起，厲雙江抽出手機看了樂園簡介一眼說：「八點鐘的時候會有煙火秀，要看嗎？」

「挑個最爽的位子看，越高越好。」趙明啟來勁地說，他一整天下來都很活躍，東跑西顛的，看起來還十分有精神，好像都不會覺得累一樣。

火。

陶枝已經有點疲倦了，她走到旁邊的長椅上坐下，聽著他們討論著等一下要去哪裡看煙

她把手肘撐在膝蓋上，晃蕩著手裡的寶特瓶，看見江起淮在那邊跟厲雙江說了兩句話，然後轉身離開了。

陶枝站起身來，打了個哈欠走過去：「決定好了沒？」

「去坐摩天輪！」厲雙江說，「照明器剛剛算了一下時間，等到快整點的時候再過去，晚上八點的煙火，我們就坐在摩天輪的最高點看。」

陶枝應了一聲，欲言又止。

「淮哥晚上還有事，就先走了。」厲雙江又說。

「……」

陶枝別開臉，撇了撇嘴：「我又沒問他。」

歡樂谷[1]的摩天輪，據說是整個北京最大的摩天輪，直徑近百尺，有四十幾個玻璃全景艙位，一個艙位可以坐六個人。

排隊的人也很多，趙明啟早早就蹲守在排隊入口，算著放煙火的時間。

時間差不多，他指著前面一聲令下：「兄弟們，衝啊！」

厲雙江身上背著陶枝和付惜靈的背包，在胸前交叉成一個斜十字打頭陣，一群人衝向排

1　歡樂谷：為中國大陸的一個大型主題樂園。

隊口，那架勢就像惡靈古堡現場版的喪屍圍城，嚇得摩天輪排隊口的工作人員往後退了一步。

夜色裡的摩天輪像一個巨大的圓形夜光錶盤，霓虹燈緩慢地變換著顏色，照亮了摩天輪周圍的空地，陶枝跟著付惜靈上了同一個艙位，厲雙江、趙明啟與蔣正勳坐在她們對面。

摩天輪緩慢地上升，幾乎讓人感覺不到它在移動，陶枝把額頭靠在冰涼的玻璃窗面上，看著外面發呆。

在上升到某一個高度的瞬間，摩天輪左側的小廣場上傳來很微弱的聲響，煙火從地面升上夜空，然後在半空中炸開雲層，點亮夜色。

艙位裡的幾個人歡呼著貼向視窗，拿出手機拍照。

陶枝聽見有人叫了她一聲。

她回過頭來，付惜靈正舉著手機對著她，手機的閃光燈在眼前一閃，緊跟著喀擦聲響傳進耳膜。

陶枝還在恍神，並沒有意識到她是這張照片裡的主角。

直到厲雙江的腦袋湊過來，摸著下巴，看著付惜靈手機裡的照片說：「我們老大只要不開口說話，絕對就是實驗一中的女神。」

付惜靈不太滿意他說的話，認真道：「明明說話的時候更好看。」

「是是是，」厲雙江點點頭，指著她的手機，「妳把這張照片傳給我吧，我整理一下大家今天拍的照片，等等傳到群組裡，剛好湊個九宮格。」

付惜靈很乾脆地拒絕了：「不要，我要自己留著。」

厲雙江：「付惜靈同學，您這就小氣了啊，大家都有欣賞美麗的權利。」

付惜靈舉起手機，繼續拍著窗外的煙火：「不要。」

「哎，妳拍的煙火為什麼比我好看這麼多？妳乾脆弄個資料夾傳給我吧。」

「不。」

陶枝聽著兩個人在那裡嘰嘰喳喳地打嘴砲，扭過頭去繼續看夜景。

付惜靈最終沒能抵抗住厲雙江的死纏爛打，把今天出去玩的照片整理了一下後傳到群組，陶枝到家的時候，看見季繁正坐在沙發上翻著群組裡的照片。

陶枝去廚房倒了杯水走過來，站在沙發後，探頭過去看了一眼。

在白天的照片裡，有幾張都拍到了江起淮，季繁指著照片裡的人：「他也去了？」

陶枝嘴巴裡含著水，應了一聲。

季繁滑過幾張在摩天輪裡拍的煙火，看到她那張照片後：「妳這張是照騙吧。」

陶枝喝著水說不出話，拍了一下他的腦袋。

季繁捂著腦袋「嗷」了一聲，才剛要繼續說下去，一樓走廊旁的洗手間門被人推開：

「小繁，衛生紙放在哪裡？媽媽幫你換一下。」

陶枝愣了愣，轉過頭去。

女人穿著一件藏藍色的長袖連衣裙，妝容精緻，皮膚也好到彷彿歲月不曾在她身上留下任何痕跡，和陶枝印象中的季槿幾乎相差無幾，熟悉到有些陌生。

兩雙相似的黑眼撞在一起，女人看著她也愣了老半天才笑道：「枝枝回來了？」

陶枝端著水杯站在原地，沒有說話。

季槿慢慢走過來，站在她面前：「我們枝枝長大了，現在跟媽媽一樣高了。」

陶枝的嘴唇動了動，明明剛喝過水，吐出的語彙卻有點啞：「……媽媽。」

時間是最鋒利的武器，能將一段關係削得蒼白如紙，也能將一個稱呼削得生澀晦暗。

哪怕這個人和她血脈相連，是她曾經最親近的人。

陶枝立在原地，一時之間也不曉得在面對這樣的情況時，自己該表現出什麼反應。

似乎是看出了她的無措，季槿微微傾身，拉起她的手後往前走了兩步：「也變漂亮了，媽媽第一眼還差點沒認出來。」

季繁隨意地拍了拍沙發：「妳們幹嘛站著說話？」

季槿瞪他一眼，拉著陶枝繞過沙發，在季繁旁邊坐下。

陶枝僵硬地坐在她旁邊，將手裡的水杯放在茶几上，轉過頭來。

「我把小繁轉學用的手續送過來，他告訴我說妳跟同學出去玩了，我就想著等妳回來，看看妳，」季槿含笑看著她，「看看我們的小枝枝是不是變了。」

「何止是變了，」季繁在旁邊搖頭晃腦地說，「還變得更會欺負人了。」

季槿轉頭，在他手背上輕拍了一下：「你有點男子漢的樣子，都多大的人了，還天天吵吵鬧鬧的，以後跟枝枝在同一個班裡，要多跟你姐姐學習，別一天到晚就想著玩。」

季繁冤枉地抗議道：「我這個年紀不正是玩的時候嗎？大好的青春怎麼能全浪費在書本裡？再說了，枝枝現在也回頭是岸，她已經領悟到青春的真諦，開始享受起生活，上次考試成績也沒有高我多少。」

季槿愣了一下，下意識地看了陶枝一眼，有些意外。

季繁不經思考的脫口而出，才後知後覺地意識到自己可能說錯話了，他抿著嘴唇，閉上了嘴。

客廳一時陷入了安靜，沒人再出聲。

陶枝垂著眼，將手指蜷在一起，把指甲深深地掐進掌心。

她不知道是因為季槿和季繁相處時的那種親暱，和小心翼翼地與自己對話的生疏感形成強烈對比，還是因為季繁在季槿面前提起了她的成績。

她忽然覺得非常難堪。

她在開家長會的時候，並沒有因為被說成績不好的這件事而覺得難堪。闖了禍被學校點名批評的時候也沒有，被同學們在背地裡說三道四的時候也沒有。

可是現在的她卻覺得，如果面前有一道地縫的話，她一定會鑽進去，連帶著她那一點被敲得粉碎的自尊心。

季槿是該覺得意外的，畢竟在過去的時候，她去參加的所有家長會與看過的成績單，陶枝都是第一名。

而在離開的這幾年裡，她也從未參與和了解過陶枝的任何成長及變化。

季繁自覺說錯話了，在季槿準備掐他的一瞬間從沙發裡彈起來，以尿急當作藉口，飛快地逃離了犯罪現場，想留給她們兩個一點獨處的時間。

客廳裡只剩下陶枝和季槿。

季槿沒待多久，兩個人坐在沙發上說了一些話，她接起一通電話，在掛上以後轉過頭來：「也挺晚了，媽媽就先走了。」

陶枝點點頭，站起身來。

季槿穿上外套，陶枝把沙發上的包包遞給她，走到玄關開了門，送她到院子門口。

剛剛還沒有注意到，此時從後面看上去，季槿比她印象中還要更瘦了一些。

兩人在院門口站定，季槿轉過身來，眼神溫和地看著她：「小繁剛剛說的話，妳不要放在心上，成績對你們來說也不是最重要的東西，媽媽也希望枝枝能快快樂樂的，枝枝如果覺得現在這樣更輕鬆一點，那也沒什麼。」

陶枝垂著頭：「嗯。」

季槿的語氣始終都很溫柔：「枝枝要好好吃飯，不要像小時候一樣挑食。」

陶枝又點點頭，小聲說：「妳也要好好吃飯。」

季槿看著她。

陶枝還是沒抬頭，她咬了咬嘴唇，聲音很輕地說：「妳瘦了好多。」

季槿的手指動了動。

她似乎是想擁抱她，但終究沒有動作，只是笑著說：「我們枝枝現在也學會關心別人了。」

直到季槿轉身離開，陶枝才抬起頭來。

夜霧濃重，她看著女人的背影消失在夜色裡，站在鐵門門口一動也不動。

樹影搖曳，秋夜裡的冷風刮起落葉，陶枝出來的時候沒穿外套，只穿了一件薄毛衣，她站在原地習慣性地縮著脖子打了個哆嗦，卻意外地不覺得冷。

她也不是沒想過，就算季槿和陶修平分開，對她來說或許也不會有什麼不一樣。

她還是她的媽媽，她還是可以和她說話、和她見面，跟她說自己在學校發生的那些事，只是見面的次數可能會變少，也沒辦法那麼頻繁地聊天了。

可是事實上，很多東西就是會不一樣。

從一開始的一週一通電話，她會滔滔不絕地和季槿說很多，她會問她什麼時候回來看她，到後來幾個月一次。直到現在，除了逢年過節時一個短暫的電話或者簡訊以外，再也沒有其它的聯繫。

陶枝沒有去問她為什麼，因為在大人的世界裡，有許多小孩子不懂的理由和原因。

即使她內心深處清楚地明白，季槿只是因為不夠想念她。

就像當年被她選擇的是季繁，而不是她。

她抱著手臂，靠著鐵門，緩慢地蹲下去，皺起鼻尖來深深吸了一口氣，眼眶狠狠地在手臂上蹭了蹭，毛衣的衣料也蹭得眼皮有些疼痛。

直到有腳步聲由遠及近地傳來，然後停住，無聲地消失。

陶枝才剛要抬起頭，就聽見一股熟悉的聲線伴著風聲在她面前響起：「誰家的小土撥鼠？」

陶枝緩緩地將視線往上移。

江起淮還穿著今天去遊樂園玩的那套衣服，他蹲在她面前，視線平直地看著她，聲音清清冷冷的，帶著一絲淡淡的微笑：「大半夜不回洞裡睡覺，在這裡吹風啊？」

第十三章　和李淑妃打賭

社區裡燈光昏暗，前方不遠處的小花園裡有一條小路，上頭蜿蜒著的地燈像串連的熒燭，秋葉被攏在路燈下剪出了碎影。

江起淮逆著光，在陶枝抬起頭來才看清楚她的表情，他明顯地頓了一下。

女孩抱著手臂蹲在門口，漆黑的雙眼在光線下有著濕漉漉的潤澤，眼皮有點紅，眼珠卻一片清明地看著他。

少年出現得有些意外，陶枝看著他，沒有即時反應過來：「你怎麼在這裡？」她聲音有點啞。

江起淮往裡面那排獨棟的方向抬了抬下巴：「我上課的學生住在那邊。」

陶枝反應慢半拍地「哦」了一聲。

上次在門口的便利商店看見他時，他確實有說過在這邊做家教，只是沒想到是同一個社區。

她看了手錶一眼：「都快十點了，你怎麼這麼晚下課？」

「連假，家長加了一個小時的課。」江起淮說。

陶枝又點了點頭，反應有些木訥。

江起淮沒再出聲，但也沒離開。

一個不說，另一個也不過問，兩個人這麼蹲在院子門口吹風，沒人繼續開口。

陶枝忽然覺得，自己跟江起淮之間其實是有一些默契的。

比如，他也有很多事情被陶枝撞見，她不會問。

而他也不會。

對江起淮而言，或許這些事情都不算什麼，但在陶枝看來，可能是彼此最狼狽的瞬間。

跟在學校裡是截然不同的另一面。

而這些事，只有彼此知道。

這個認知，讓陶枝從進家門那一刻就有些糟糕的心情，稍微好了那麼一點點。

待情緒慢慢地平復下來後，陶枝後知後覺地感受到了寒冷，她吸了吸鼻子：「那你吃晚餐了沒？」

「還沒，」江起淮看著她，「找不到家？」

陶枝伸手指了指身後。

江起淮往後掃了一眼，半真半假地說：「我以為妳出門夜跑，在家門口迷路了。」他盯著陶枝，「還不穿外套，體質不錯。」

陶枝撇撇嘴：「殿下，嘴巴不要那麼毒，我本來還打算邀請你進來吃個晚飯的。」

江起淮：「現在？」

「現在，」陶枝深吸了一口氣後站起來，她靠在鐵門邊，單手撐著膝蓋，揉了揉發麻的小腿，「要來嗎？」

江起淮抽出手機，看了時間一眼。

快要十點。

「不了，」他也站了起來，低垂著眼，「我等一下隨便吃點東西。」

陶枝思考了一下他所謂的「隨便吃點東西」，大概就像上次一樣，去便利商店買個便當或飯糰而已。

「好吧，」她在原地跳了兩下，「等我一下。」

她轉身推開院門往裡跑，飛快地從玄關門口扯了一件外套後穿上，再次離開家裡。

江起淮沒有離開，眉目低垂地等著她，看上去有種莫名的乖巧。

她走過去，舉手往前一指，大步流星地走在前面：「走吧，本少爺今天心情不好，請你吃個晚餐。」

雖然說是晚餐，但在這個時間還開著的店家，大部分都已經停止接客了。

不過陶枝是個夜貓子，經常在大半夜跑出去，跟宋江他們吃吃喝喝，對那些好吃的店家的營業時間瞭若指掌。

出了社區大門，沿街走了差不多十幾分鐘，在轉進一條巷子後繼續直走，便能看見一片老式國宅。

江起淮就這麼跟著她曲曲折折地往前走，老國宅的光線很暗，路燈時不時滋滋響起，朱紅的牆皮脫落得斑駁，牆邊還堆著報廢的自行車。

貓咪趴在破舊的紙箱裡，在聽見聲音後懶洋洋地抬起頭，瞇著眼看向他們。

陶枝走在江起淮旁邊，指著最裡面的一棟老房子說：「以前我家就住在這裡，後來賣掉了，搬到現在住的地方。小時候，我跟季繁會在樓下的自行車棚裡玩捉迷藏，跟鄰居家的小孩打架，沒人能打得過我們。」

「那群小孩在打輸之後只會跑回家哭，然後鄰居阿姨就會跑到我們家來找我媽媽，」陶枝繼續說，「我媽媽從來都不會罵我，鄰居阿姨也不會跟女孩子計較這些，反正無論闖了什麼禍都是季繁的錯。」

直到後來，陶修平和季槿準備分開，陶枝那天晚上早早就上了床，睡到半夜醒過來，她覺得肚子餓，想下樓去看看有什麼東西可以吃。

她躡手躡腳地出了房間，路過主臥室的時候，聽見陶修平和季槿在說話。

「枝枝這個孩子一直都很懂事，成績什麼的都不用操心，你照顧她我很放心。」季槿溫和地說。

陶修平沉默半晌，才啞聲道：「枝枝是女孩子，跟著媽媽會被照顧得更細緻，我不會照顧人。而且，比起我這個一年也見不到幾次的爸爸，她更喜歡你，她現在也大了，我覺得我們要問問她和小繁，也尊重一下他們的意見。」

季槿嘆了口氣：「但小繁跟枝枝不一樣，從小就是個讓人操心的孩子，我不親自看著他的話會不放心，我一定要帶著他。」

那天晚上，陶枝在門口站了很久。

後來季槿和陶修平說了什麼，她已經聽不進去，也不記得了，她一直站著，聽著他們交流的聲音慢慢地停下來，整個房子再次陷入一片寂靜。

她回到房間裡，躺在床上看著天花板發呆，也沒有哭。

季槿很努力地做到把一碗水端平的程度，她有兩個孩子，她十年來一直將自己的愛平分給了他們，沒有讓任何一個小孩子感覺到，自己是不被愛著的。

陶枝原本以為，調皮搗蛋的孩子才更容易得到偏愛。

直到那時候她才明白，其實有很多事情，即便你已經做到了一百分，但心裡面立著的天平，是那樣的清晰且殘酷，它會衡量每個人在自己心中的地位和重量。

而這種重量，唯有在面臨離別的時候，你無法欺騙自己。

陶枝跟江起淮說了很多小時候的事情，她好像在每一個路過的牆角都有回憶，江起淮話不多，只是安靜地聽著，偶爾應聲。

他們穿過了社區走到街上，兩邊的小攤販鱗次櫛比，每一家都亮著燈，多數是賣吃的，街道兩邊的小吃餐車一輛接著一輛，擁擠得幾乎沒有可以通行的地方。

夜色深濃，整條街卻亮如白晝。

江起淮跟著陶枝在人群中穿行，走到盡頭的一家燒烤店。

這家店店面不大，生意很好，只有最裡面有空位，老闆在客人之間穿梭，時不時跟他們開開玩笑聊上兩句，看起來關係熟絡。

陶枝一進門，老闆就看見她了，朝她擺了擺手：「小陶枝來了，好久沒看見妳了，」他看了跟在陶枝身後進來的江起淮一眼，「帶朋友來？小宋呢？今天怎麼沒來。」

「我沒找他，今天帶我朋友來吃點東西。」陶枝笑咪咪地坐到了最裡面的空位，而江起淮則坐在她的對面。

陶枝從老闆手裡接過菜單後，也遞了一份給江起淮，而她自己連看都沒看，就掰著手指，劈里啪啦地點了一堆。

點完，她轉過頭來：「你要吃主食嗎？他們家的牛肉炒河粉非常好吃。」

江起淮點點頭後看向老闆：「我要一份炒飯。」

陶枝朝著天花板翻了個白眼。

老闆哈哈大笑：「這小子挺有意思的啊，放心，我家的炒飯也一樣好吃，你們等一下啊。」

陶枝回身，從身後的啤酒箱裡抽出了兩瓶啤酒，遞給他一瓶：「燒烤就是要配啤酒。」

江起淮接過來，放在桌子上往前推了推：「明天有家教。」

陶枝打開了自己的那瓶：「明天也有？不是晚上才上課嗎？」

「上午還有英文。」

「還真是全科同步教學，」陶枝抽出一個空玻璃杯，倒了一杯啤酒出來，「你有多少個學生要教啊？」

「就這兩個，」江起淮說，「假日上課會有額外收費。」

陶枝抿了一小口啤酒後，抬起頭來看著他：「殿下，你到底為什麼這麼缺錢？」

「不要問這種何不食肉糜的問題，」江起淮也看著她，「妳為什麼在大半夜的時候，不穿外套出來夜跑？」

江起淮這種在市裡都能排上第一、二名的，絕對是被各間學校搶著要，大概不用申請獎學金也能免除全額學費。

再加上實驗一中算是財大氣粗，前幾名的獎學金金額也不低，他平時的學習教材，甚至包括基本生活開銷，大概也夠用。

就算家裡條件不是特別好，也不至於要這麼拚命。

除非還有其他理由。

陶枝沒有繼續問下去，兩個人之間那種微妙且互不關心的默契之牆，被推著晃悠了兩下，然後穩穩地繼續聳立。

食物很快就上桌，陶枝吃著燒烤，而江起淮吃著炒飯，他似乎對肉類的興趣不大，更喜歡烤蔬菜。

陶枝拿的那兩瓶啤酒，已經全進到了肚子裡，她今天喝酒的速度比平時快了很多，等她反應過來的時候，已經有點醉了。

她托著下巴看著對面的人，開始和他談心：「江起淮，你有沒有後悔轉到實驗一中來了？」

江起淮拿著湯匙：「為什麼？」

陶枝歪著腦袋，想了想：「比如，實驗一中的教學品質相較於附中來說，確實差了一點。」

「無所謂，哪裡都一樣。」江起淮語氣平平。

陶枝擴寫翻譯了一下他這句話。

——無所謂，不管在哪裡都拿第一名。

陶枝抬手，又指了指自己：「比如，認識了一個很麻煩的人。」

江起淮看了她一眼，又看了看她面前已經空了的兩瓶啤酒。

女孩看上去和平常沒什麼兩樣，黑眼微揚，唇角微微地向上翹起，指尖搭在臉頰上，一下一下地敲。

就是眼皮紅了。

江起淮還是第一次看到，有人在喝酒之後眼皮會變紅。

之前在厲雙江的慶生會上，聽到她放出去的豪言壯語，還以為酒量有多好，結果也就兩瓶。

他將視線放到了她的指尖上後說了一句話，而那句話卻被從店門口突然傳來的聲音給淹沒。

有好幾個人吵吵鬧鬧地走進店裡，聲音很大，讓陶枝聽不清楚江起淮說的話。

她好奇地探身過去，在酒精的作用下，舌尖也開始發麻，含糊地問：「你說什麼？」

店門口有幾個男生走進來，而其中一個認出了她，叫了她一聲：「陶枝？」

陶枝轉過頭去。

男生有一種硬氣的帥，戴著銀色的耳釘，身著黑色外套，從頭到腳全是名牌貨，就像一個行走的提款機。

提款機走到他們的桌前，近距離確認了一下，確實是她。

「妳為什麼不接我電話？」提款機面無表情地說。

陶枝一臉茫然：「什麼電話？」

「什麼電話？」提款機難以置信地看著她，「老子他媽的打了五十幾通電話給妳，五十幾通！」

陶枝想了想，一臉認真地說：「那可能是因為我封鎖你了。」

「妳他媽——」提款機被她氣得快要噎到，對上少女一臉無辜的樣子，一時之間也說不出話來。

瓷白的湯匙和盤子碰撞，發出微弱而清脆的聲響，提款機側過頭去，看見了對面的江起淮。

他直接氣笑了，指著江起淮質問道：「妳用一句分手就想輕鬆地把老子甩了，結果不到兩個月又換了一個新的？」

這句話的訊息量很充足，江起淮抬起頭來：「前男友？」

一句話問得毫無波瀾，陶枝卻莫名地有些心虛，她小聲說：「分手了，分手了。」

「五十多通電話，」江起淮指責她，「沒良心。」

「我哪裡沒良心了？」陶枝不滿地嘟囔道，「不是都分手了嗎……」

兩個在那裡旁若無人地你一言我一語，提款機被澈底無視，他氣得想笑，伸手想去扯人：「我有同意妳單方面提出的分手？陶枝，妳出來，我們好好聊一聊。」

陶枝的衣袖被人扯住，反應慢半拍地眨了眨眼睛，提款機力氣不大，她手臂跟著被提起，軟綿綿地往上一抬後整個人都站起來了。

江起淮看著她被拉住的袖子，平靜問：「妳要去嗎？」

陶枝終於後知後覺地反應過來，把手往回抽了抽，看起來還迷迷糊糊的：「不要，沒什麼想聊的。」

江起淮將椅子往後一滑站起身，不動聲色地擋在兩個人之間。

陶枝順勢往後退了一點，整個人藏在少年身後，手指揪著他背上的衣料，只探出了一個腦袋。

提款機看著他，耐著性子說：「兄弟，我是她前男友，沒打算幹什麼，就想跟她聊幾句。」

他看起來不像什麼壞人，說話也客客氣氣的，一副商量的語氣。

江起淮點點頭，也看著他：「人是跟著我出來的，我也得將她原原本本地送回去，就算你現在還是現男友，也得等她酒醒過後，再來跟我要人。」

提款機跟陶枝認識得挺巧的。

陶枝在某次跟著朋友一起出去玩時，他也剛好被朋友叫去。

他們約在一個小廣場上的籃球場碰面，陶枝跟她的朋友先到了，蟬鳴聲聒噪的盛夏，少女靠站在籃球架子下面玩手機，在她抬頭看過來的時候表情冷淡、眼神高傲，看著他的眼神，就像是在看著一坨屎。

提款機被驚豔了，提款機一見鍾情了。

提款機覺得自己活了十七年，頭一次明白什麼叫心動的感覺。

他向來都是個行動派，既然喜歡，第二天也就放手去追，陶枝也答應的很爽快。

兩個人在確定關係以後吃了三次飯、看了兩場電影、牽過一次手，當提款機還沉浸在戀愛的快樂中，感到無法自拔時，陶枝就把他給甩了。

提款機當時的心情是崩潰的。

他覺得自己遇到了情場騙子。

他打給陶枝將近五十通的電話，在被封鎖以後，想去她家找她問清楚，卻發現他連她家住在哪裡都不知道。

上天待他不薄，讓他在幾個月後，在這個又小又破舊，還有些不起眼的燒烤店裡偶遇陶枝，提款機不想放棄這個機會。

陶枝也不知道，事情為什麼會發展成這樣。

而此時，在燒烤店內的破爛小桌前坐了五個人，陶枝坐在最裡面，先是看了看坐在她旁邊的江起淮，又看了坐在她對面的前男友一眼。

提款機和他兩個朋友擠在一張桌子前，又點了一大桌的燒烤，還扯了一箱啤酒過來。

他這兩個朋友也是自來熟，除了一開始有些尷尬對峙以外，一坐下後就如魚得水了起來，一副「在座的各位都是兄弟」的樣子。

提款機悲情的一言不發，在喝酒的時候連杯子都不用了，直接一口氣乾掉。幾瓶酒下肚後，提款機的話開始多了起來，看著陶枝：「陶枝，我真的不明白妳為什麼要跟我分手。」

陶枝撐著下巴，睏得眼睛都要闔上了：「我覺得我們不適合。」

「哪裡不適合？」提款機不同意她的看法，「妳看，妳家有錢，我家也有，門當戶對。」

這個是實話，提款機的家庭條件的確是挺好的。

陶枝點了點頭。

「我長得也不差吧？妳也很好看，從顏值上來看，我們旗鼓相當。」提款機繼續說，「不然妳當時為什麼答應我？」

這個也是實話，陶枝又點點頭：「因為你長得是我喜歡的類型。」

「妳當時說我長得像金城武！」提款機沉痛地說，「妳說妳想感受一下跟明星談戀愛的感覺！結果妳把明星給甩了！」

陶枝眼皮沉重，囁嚅道：「我後來仔細看了一下，發現也不是那麼像……」

「而且，你成績也不行，」提款機拍了拍桌，提高了聲音，「以後我考二十分，妳考二十五分，妳倒第二，我就倒第一，有來有往、其樂融融。」

提款機的朋友：「……」

江起淮：「……」

江起淮從來沒聽過，有人能把成績差的這件事說得如此理直氣壯、唯美淒婉，一時之間覺得這個前男友的腦迴路，和陶枝有那麼一點相似。

陶枝想告訴她，我現在已經不考二十分了，上次的月考我還拿了四十呢。

但她的眼皮已經開始打架了，腦子裡混沌地冒起星星，只能朦朧地看著他，說不出話。

「陶枝，我想不到我們有哪裡不適合，」提款機最後總結，「我們是天造地設的一對。」

陶枝點點頭，勉強打起精神來：「是我一時鬼迷心竅被你的外貌迷惑，才答應了你的告白，但後來相處下來我覺得……」

提款機抿著唇，緊張地看著她：「妳覺得？」

陶枝歪著腦袋，苦惱地想了一下。

當時的她本來是覺得這人挺好的，長得也確實有點像金城武，而且那時候連宋江都談過戀愛了，可是她還沒談過。

直到後來他們去約會，還看了一場電影，當陶枝正津津有味地深陷在劇情中，感到無法自拔的時候，提款機卻在一片黑暗中，突然握住了她的手。

陶枝當時的第一個反應，就是拽著這個不知好歹的傢伙，給他來個過肩摔，把他摔進馬桶裡清醒一下。

然後她才反應過來，這個人現在和她是男女朋友的關係。

她當時忽然意識到自己的行為有點不妥。

男女朋友的這種關係，和她與宋江、季繁之間的感覺不太一樣。

她本來以為，只要一起聊天、一起打遊戲、一起看電影就算是在談戀愛了。

但談戀愛是要有更多接觸的。

她之前沒談過戀愛，也沒人教過她這些，而她也沒辦法去問陶修平關於這類的事情。

所以她親身體會了一下這種特殊關係，也打破了既定的想法。

當天晚上，她傳給提款機將近八百字的小作文，誠懇地表達了自己的歉意和錯誤，希望兩個人可以回到朋友關係。

陶枝覺得她這輩子從來都沒這麼誠懇過。

燒烤店裡，陶枝看著提款機，努力地想了一下，最後費力地說：「我覺得你個子太高了，站在一起讓我很有壓迫感。」

提款機：「……」

提款機從來沒有因為這種原因被人甩過，一時之間也迷茫了，他指著江起淮：「他不是也挺高的嗎？」

「他……」陶枝看了江起淮一眼，猶豫道，「他只是看起來比較高，其實他穿了二十幾公分的增高鞋呢。」

陶枝一臉嚴肅地說：「他只有一百六十公分。」

提款機：「……」

江起淮：「……」

飯也吃得差不多了，陶枝起身去找老闆結帳，還順便把提款機他們那份也一起結了，當做賠罪。

結果到了小吧檯才反應過來，她出門的時候走得急，把手機忘在了沙發上。

因為跟老闆很熟，陶枝和宋江他們也常來，之前在店裡也辦過私人會員，留了錢在裡面，直接報手機號碼就可以從裡面扣掉了。

收銀員算了一下，即便扣除了餘額也還差了一些，而老闆也非常乾脆，直接讓她免了。

提款機和他朋友已經喝多了，此時正在致敬他逝去的青春，順便在他朋友的慫恿下，加了最近正在追他的女孩的聯絡方式。

加完之後，把手機往旁邊一丟，又一把扯住了他朋友的手，沉重地說：「你說，一百六十公分有多好？」

「……」

「老子也他媽的只想長到一百六十公分。」

江起淮：「……」

陶枝仰著臉、哼著歌，已經默默地溜出了店門。

江起淮也跟上去，才剛踏出店門，就看見女孩正在繞彎往前走，眼看著就要撞上牆壁。

江起淮拽著她的袖子，把人給用力拉回來，陶枝歪歪斜斜地繼續走，走著走著，就一點一點地靠了過來。

兩個人的距離越來越近，手臂也緊靠在一起，她的身上還帶著淡淡的酒氣。

接近十二點，夜市也經沒什麼人了，街上空蕩蕩的，只有路邊的熱炒店還開著。

陶枝垂著腦袋打了一個酒嗝，看見一家便利商店後直衝過去。

剛好有一輛車呼嘯而過，江起淮鬆開原本拽著她袖子的指尖，改抓住了她的手臂。

他語氣很冷：「幹什麼。」

「我想喝優酪乳……」陶枝小聲說，看起來有點委屈，「你那麼凶幹嘛。」

「……」

江起淮放開了抓住她的手。

陶枝慢吞吞地跑進便利商店裡，她走到冷藏櫃前面，背著手，像主管似地巡邏了一圈，然後指著最上面那層的優酪乳，指揮道：「我要喝那個。」

江起淮看了一眼：「自己拿。」

那個優酪乳在最上面那一排，陶枝如果想拿的話還得墊一下腳尖，平時只要稍微伸長手臂就能拿到，但因為喝了酒，變得比較矯情：「我拿不到。」

「我也拿不到，」江起淮說，「我只有一百六十公分。」

「……」

陶枝鼓著雙頰看著他，不開心地說：「殿下拿給我。」

聲音帶著喝醉後那黏糊糊的味道，尾音翹著就像是在撒嬌。

江起淮頓了頓，他明明整個晚上連一滴酒也沒碰，卻覺得指尖有點麻。

過了老半天後，江起淮也沒有反應，陶枝只好撇撇嘴地放棄了，準備走過去自己拿。

此時，少年手臂抬起，從她身後更高的地方伸出，在她之前拿起了那瓶優酪乳。

陶枝整個人都被他攏在冷藏櫃和身體之間，洗衣精的味道帶著一絲清潔感，混合著體溫從身後傳來，讓她原本反應慢了半拍的大腦在瞬間停擺，她定在原地，幾秒鐘之後才回神。

江起淮已經拿著那瓶優酪乳到收銀檯結帳了。

他才剛抽出手機點開行動支付，陶枝就已經跑過來拿走了優酪乳，將塑膠蓋子掀開後，撕掉了封膜：「你怎麼幫我拿了？」

「不跟酒鬼一般見識。」

收銀員在收款條碼上掃了一下，江起淮收回手機並退出付款畫面，然後看見群組正瘋狂彈出訊息。

是之前厲雙江組織一群人出去玩的那個群組，他一整晚沒看手機，結果手機累積了一百則以上的訊息。

江起淮本來以為都是去遊樂園玩的內容，結果就看見季繁在裡面傳了一則：『她也沒帶手機，不知道人去了哪裡，再不回來我要報警了。』

江起淮頓了一下後點進去，從最新消息的頂端開始翻。

季繁不知道什麼時候被拉進來，在群組裡聊了半小時以上，因為他聯絡不上陶枝。

季繁本來打算下樓看看季槿和陶枝聊完了沒，結果一下去才發現客廳裡沒人，陶枝的外套不見了，手機也丟在沙發上沒帶。

他以為是因為他說錯話，讓陶枝心情不好，打算出去散散心，結果等了一個小時也沒回來。

他傳訊息給厲雙江，厲雙江又傳給付惜靈，然後把季繁拉進群組裡了。

群組的消息還在往外跳。

季繁：『我剛剛問了及時雨，她也沒去找他，難道她人間蒸發了？到底是去哪裡了？』

江起淮側頭，看了人間蒸發的某人一眼。

陶枝坐在便利商店窗前的位子上，雙手捧著優酪乳認真地喝了起來，就像是小朋友一樣，看起來十分乖巧。

江起淮也傳了訊息。

江起淮：『喝優酪乳。』

季繁：『？』

蔣正勳：『？』

付惜靈：『？』

趙明啟：『？？』

厲雙江：『？？？』

厲雙江不知道江起淮今天為什麼如此親民，連喝優酪乳都要在群組裡通知他們一聲。

厲雙江：『淮哥，那您先喝。』

江起淮：「……」

陶枝喝得見底，她仰著頭，努力地喝著瓶子裡的最後一點優酪乳。

江起淮舉起手機，對著她拍了一張照片，傳到群組裡。

群裡頓時又是一排排的問號，一個一個蹦出來洗版。

厲雙江：『淮哥，老大跟你在一起？』

江起淮：『嗯。』

季繁傳了一串問號以後開始傳起了刪節號。

不是，你們兩個為什麼在一起？

你們兩個為什麼凌晨十二點還在一起？

你們兩個大半夜的都不回家，約在外面一起喝優酪乳？

季繁努力地咽下了一肚子的咆哮，最後很艱難地擠出了一句語音：『好吧，她什麼時候回來？』

江起淮點開擴音，把這句話放給陶枝聽。

陶枝把最後一點優酪乳喝乾淨，胃也舒服了不少，她心滿意足地舔舔嘴角：「我喝完就回去。」

江起淮繼續打字。

江起淮：『她說喝完就回去。』

江起淮：『喝完了。』

季繁：「……」

江起淮把這則訊息傳到群組裡，過了幾秒，提示音又響了一聲。

季繁傳了一封好友申請過來。

江起淮對他這個同學的印象還挺深刻的，這個人是他朋友的朋友的朋友，非要說的話，大概就跟二姨丈家的大表姐的堂哥家小孩一樣遠，兩個人在之前好像打過一架。

江起淮通過了季繁的好友申請，少年傳了四個字過來：『你們在哪？』

江起淮傳了定位過去。

季繁：『我十分鐘就到。』

江起淮抬頭，看了坐在旁邊的陶枝一眼。

女孩把優酪乳喝完了，將瓶子放在一旁的桌上，正撐著腦袋笑咪咪地看著他，她拍了拍自己旁邊的位子，示意他坐過去。

江起淮走過去，把空著的優酪乳瓶丟進垃圾桶，在她旁邊坐下。

陶枝伸長了脖子看著他的手機：「你有沒有看到，我們傳在群組裡的照片？」

江起淮：「沒有。」

「裡面有你呢。」陶枝睏得打了個哈欠，揉了揉眼睛，「你錯過了晚上的煙火，我們在摩天輪上看的，大家都看了，可是你沒有看見，不過我們拍了照片。」

她在那裡絮絮叨叨地對他說：「你應該要看看的，很漂亮。」

江起淮沒說話，把手機放在一旁，也沒有要去翻的意思。

陶枝看了他一眼，有些失落地垂下腦袋，用只有她自己能聽見的聲音小聲嘟囔：「枝枝也很好看。」

季繁對這一片熟門熟路，過來也不用十分鐘。

他一踏進便利商店，陶枝就看見他了，陶枝蹲在椅子上喝著優酪乳，並朝他招了招手。

季繁喘著氣走過來，撐在桌邊等氣喘勻，看向江起淮：「她不是喝完了嗎？」

「又買了一瓶。」江起淮說。

季繁：「……」

季繁點點頭，掏出手機來：「一共多少錢，我轉給你。」

「不用。」

季繁也沒有強行給他，只是道了聲謝謝之後，揉了一把陶枝的腦袋，抓起手臂將人給拉起：「好了，別喝了，喝那麼多優酪乳妳不怕拉肚子啊？回家了。」

陶枝被他拽出便利商店，離開之前還回頭看了一眼。

江起淮坐在桌前看著她，眼神靜靜的。

他看著少女走出了便利商店的感應門，在街上歪七扭八地蹦跳，然後被少年不耐煩地一把撈回，最後消失在街上。

國慶連假過得很快，在所有人都覺得假期才剛剛開始的時候，已經過去七天了，寒假之前最長的假期，逝去得無聲無息。

陶枝的後三天過得非常無聊，她用了一天醒酒，剩下兩天看書。

她推掉了宋江所有的娛樂活動邀約，理由是覺得連假人太多，懶得擠。

「不去。」

『怎麼又不去？』

「我有社交恐懼症，有點怕生，」臥室書桌前，陶枝一邊咬著棒棒糖，一邊翻著物理試卷，把電話開了擴音放在旁邊，「也不喜歡人多的地方，性格比較孤僻。」

宋江：『……』

宋江一句髒話噎在嗓子裡，最終還是忍不住：『妳他媽的最好是有社交恐懼症，怕個毛生！妳最近天天在家，大門不出、二門不邁的到底是為了什麼？』

陶枝轉著筆，筆尖在最後一題選擇題上停了停，勾出一個字母，悠悠地說：「為了更偉大的事業。」

『……』

宋江委屈地掛掉電話。

開學的頭一天，陶枝終於把王褶子單獨給她的那一份試卷解決掉了。

雖然都是一些基礎題，她依然做到頭髮都掉了一把，藉著付惜靈的筆記才勉強做完，因為沒有答案，也不知道正確率高不高。

錯就錯吧，反正都寫完了。

陶枝得過且過地想。

週一一早她剛到教室，就看見厲雙江他們在黑板前忙碌，講臺上擺了一塊小小的黑森林蛋糕，在黑板上用粉筆畫了一個大大的日曆，趙明啟他們一人拿著一根蠟燭，站成一排面對著黑板上的日曆，露出了嚴肅的表情。

厲雙江一聲令下：「一鞠躬。」

一排人整整齊齊地對著黑板拜了一拜。

他們二鞠躬的時候，陶枝湊過去看了一眼：「他們在幹嘛啊？」

「祭奠他們已經逝去的美好長假，」付惜靈在旁邊說，「早上還特地跑去買了一塊蛋糕回來。」

「……神經病。」

陶枝不能理解這些男生的行為藝術，在翻了個白眼後回到座位上。

假期結束，日復一日的讀書生活再次重啟，第二節下課，八卦小天才蔣正勳帶了一則最新消息回來。

隔壁文科一班的年級第一被人發現作弊，所以取消所有考試成績，還被踢出了學校的百名排行榜。

蔣正勳進班裡說這件事的時候，陶枝正趴在桌子上，聽著厲雙江跟他旁邊的同學鬥嘴，趙明啟在旁邊加油添醋，兩個人為了某個數學題目的答案，爭得臉紅脖子粗，從答案到底是多少上升到了人身攻擊。

「我剛剛去國文組拿考卷的時候聽到的，詳細是怎麼回事我也不清楚，反正就是叫趙什麼橋的作弊，也不知道怎麼會被發現，還被匿名舉報。」蔣正勳坐在桌子旁邊，一邊咬著洋芋片一邊說，「然後學校調了監視器之類的，還把他叫過去問，確實是有作弊。」

「趙百橋，」厲雙江說，「他以前是我們班的啊，成績也還行，但確實也沒到年級第一這個程度，我以為他最近進步神速，而且這個人是年級主任的兒子吧？」

「對對對，是我們這個年級的主任，」蔣正勳說，「據說，當時年級主任在辦公室搧了他一巴掌，科任老師全都在呢，痛罵他一頓，這個趙什麼橋的——」

厲雙江：「趙百橋。」

「趙百橋，」蔣正勳說，「當時哭得地動山搖的。」

這件事雖然是文組那邊的，卻鬧得不小。

考試作弊是常有的事情，但是用作弊得到年級前幾名的這種情況，在實驗一中還是頭一次。

一般成績好的，都不屑靠這種作弊得來的分數拿成績，結果他一拿還拿了年級第一。

而且這個人又是年級主任的兒子。

年級主任這個人嚴厲又刻薄，平時只要抓到學生的小毛病，都會叫到辦公室去罵一頓，整個高二都沒人喜歡她，她又喜歡穿粉色裙子，坊間的人們都封她為實驗一中的恩不里居。

實驗一中在每次月考的時候，都會貼前一百名的成績單。當天中午，實驗一中的恩不里居黑著臉，站在高二教學大樓一樓的百名榜前，指揮著兩個學生把榜單撕下來，換上新的。

一群人中午都不吃飯，說說笑笑地在後頭圍觀。

厲雙江拉著江起淮他們，在路過的時候看了一眼，趙明啟在旁邊「嘖嘖」兩聲：「這恩不里居的臉也因為這件事被丟光了。」

他們旁邊剛好站著一班的另外幾個女生，還有李思佳和吳楠，吳楠一向是很嚴肅的性格，皺著眉說：「這種突然進步十幾分的情況，聽起來就很不可思議，讀書是穩紮穩打的事情，怎麼可能一飛衝天？」

李思佳在旁邊挽著她的手，小聲說：「我們班不是也有這種的嗎，平時也沒看到他在讀書，一下子就能從五、六十分考到一百多……」

她聲音不大，但也足夠讓旁邊的人聽見了，厲雙江他們愣了愣。

她這句話的指向性太明顯，從一班放眼望去，能對上的也就只有一個。

原本一直在看手機的江起淮，驀地抬起頭來，情緒不明地看了她一眼。

李思佳的目光和江起淮對上，她慌亂地移開了視線。

旁邊的女生也意味深長地「哦」了一聲：「那位是因為父母花錢才進來實驗一中的，跟年級主任的兒子怎麼會是同個等級？說不得。」

厲雙江皺了皺眉：「老大不是這種人。」

女生翻了個白眼：「怎麼就不是了？她每天的作業不是都用抄的嗎？難道考試就能改邪歸正了？」

趙明啟在旁邊「哎」了一聲，笑嘻嘻地說：「這句話就不對了啊，我也抄過淮哥的作業。」

「作業歸作業，這是兩碼子事，」厲雙江也有點不悅，「我有的時候沒寫完作業，也還會抄一下啊，照妳的意思來說，我的七百分也是靠作弊來的？我們班有誰在早自習的時候沒有抄過作業？妳難道就沒抄過？」

女生一臉不屑：「男生嘛，外貌就是正義吧，反正長得好看就行了。」

厲雙江說不過她，憋得臉都紅了，過了老半天也沒想到該怎麼反駁，趙明啟在旁邊扯了扯他：「老厲，算了。」

江起淮轉身，往樓上走。

他逆著人群上了三樓，一班教室裡安安靜靜的只有幾個人，陶枝和付惜靈坐在一起吃便當，兩個女孩不知道說起了什麼話題，咬著筷子笑成一團。

看見他站在門口，陶枝抬起拿著筷子的那隻手，朝他揮了揮：「怎麼了殿下？忘記拿東西了？」

江起淮沒說話，似乎只是確認一下她在不在，轉身關上後門後又離開了。

陶枝和付惜靈面面相覷。

陶枝眨了眨眼：「這個人有什麼毛病？」

付惜靈也眨了一下眼：「天才的世界，我們凡人可不知道。」

陶枝不知道剛才在樓下發生了什麼事，但也不是傻子，一整個下午的時間，她也能感覺到有什麼事情不太對勁。

比如一到下課時間，那些圍成一圈的女生看向她的次數明顯變多，每次一對上她的視線就趕緊移走，繼續說話。

陶枝對於各種視線的注視早就習以為常了，無關緊要的人她也並不在意，繼續該幹什麼就幹什麼，並不受這些閒雜人等的打擾。

連厲雙江他們對她的態度，都明顯殷勤起來。

整個下午，一下是趙明啟送的優酪乳，一下是厲雙江送的軟糖，連蔣正勳這種平時長在座位上，連動都懶得動一下的人，還特地跑過來跟她談心：「副班長，您剛剛沒有聽見什麼吧？」

「聽到什麼？」陶枝一邊打麻將一邊漫不經心地問。

蔣正勳鬆了口氣：「沒什麼。」

陶枝：「說我月考作弊？」

蔣正勳：「……」

厲雙江耳朵豎起，瞬間轉過頭來，一臉緊繃地看著她。

陶枝皺著眉思索了一下，打出一張三萬：「我又不是聾子，她們那麼大聲，生怕班裡還有人不知道一樣，聽見了一半，另一半是猜出來的。」

蔣正勳有些尷尬地摸了摸鼻子：「妳別聽他們的。」

陶枝抬起頭來：「你怎麼也不懷疑一下，我這個分——」她頓了頓，然後一臉滿意地說，「嗯，是考得挺好的。」

厲雙江：「……」

付惜靈忍不住，抿了抿嘴角偷笑。

蔣正勳有些一言難盡：「妳連平時的班會主題都懶得想，還把那些亂七八糟的工作丟給我，大概也懶得作弊。」

陶枝剛想說話，趙明啟就抱著球衝進了教室：「副班長，老王找妳。」

頓時，班裡的人全都扭過頭來。

陶枝放下手機，沒什麼表情地站起身，走去辦公室門口敲了敲門。

王褶子正坐在桌前寫教案，在聽見敲門聲後抬起頭：「進來吧。」

陶枝走進來，老老實實地站在桌前，等著老師發話。

王褶子放下滑鼠，拖著椅子轉過來：「有同學跟我匿名反應了一下，對妳月考的國文和英文成績有一些質疑。」

陶枝點點頭：「我知道，大概在分數剛出來的時候就有了，只是因為文科班的那件事，今天才有人敢說出來。」

王褶子有些意外地看著她：「妳倒是也稍微委屈一下啊。」

陶枝也學著他的表情：「那您倒是也懷疑我一下啊，畢竟我開在學第一天就被您逮到抄作業的事情。」

王褶子被她氣笑了：「老師相信妳的人品，而且我看過妳之前的成績單，也跟妳爸爸溝通過，妳能考到這個分數，我覺得是合情合理。叫妳過來是想跟妳說，不要受到一些言論的影響，另外——」

王褶子表情一變，把旁邊的一疊試卷往她面前一拍：「妳這個物理寫得是什麼東西？基礎題還能給我錯成這樣？拿回去改掉，把錯的題目再重做十遍，明天我會檢查。」

陶枝：「……」

陶枝抱著試卷，面如死灰地回到了班上，一進門就看到吳楠和厲雙江正在吵些什麼。

兩個人都站起來了，厲雙江氣得面紅耳赤，吳楠一臉冷靜地抱著手臂：「我從來都沒有在私底下說過別人壞話，但關於這件事情，你可以問問班上有誰覺得她沒問題？你跟她關係好就能不分黑白了？」

「我他媽什麼時候——」厲雙江聲音都提高了，付惜靈在旁邊拍了拍他的手臂。

厲雙江轉過頭來，看見門口的陶枝，把還沒說完的話吞回肚子裡，煩躁地抓了一把頭髮。

吳楠也轉過頭來，看見她進來後冷笑了一聲：「既然副班長回來了，那就自證一下清白，如果確實是我們誤會妳了，我就跟妳道歉。」

陶枝把手裡的物理試卷放在桌上後，朝她走去。

她的身高跟吳楠差不多，隔著一張桌子，眼神不避不讓地看著她：「所以是妳舉報的嗎？」

陶枝的長相本來就挺凶的，在平時話多且說說笑笑的時候，看起來機靈又好說話，好像對什麼事情都不太在意，安靜下來的時候，深黑的眼窩直勾勾地看著人，散發出一種壓迫感。

吳楠沒說話。

教室裡也沒人說話，該看熱鬧的看熱鬧，半晌，桌椅輕輕碰撞的聲音響起，李思佳在吳楠旁邊站起來，小聲說：「是我跟王老師說的。」

陶枝轉過頭去。

「不是吳楠說的，是我上次去英文辦公室整理成績，看到妳上學期期末考的英文考卷，」李思佳抿著唇看著她，眼睛有些紅，「我覺得妳的進步幅度不合理。」

所有人都有些意外。

吳楠本來就是那種，只要平時有什麼看不慣的事情，就會直接說出來的性格。但李思佳平常不聲不響，連話都很少，是班裡公認的乖寶寶。

陶枝也挺意外地看著她：「李淑妃，怎麼是妳啊？」

李思佳有些茫然。

厲雙江也疑惑地轉過頭來：「老大，妳叫誰？」

江起淮嘆了口氣，把手裡的試卷給捲起，從後面輕輕敲了一下她的腦袋：「好好說話。」

陶枝「嘶」了一聲，伸手揉了一下頭髮，撇了撇嘴：「李思佳同學，妳是不是英文成績最好？」

付惜靈側頭，小聲說：「英文小老師，上次單科的年級第一。」

陶枝點點頭：「那就英文吧。」

李思佳愣了愣：「什麼？」

她比陶枝矮了一截，陶枝垂眼看著她，不緊不慢地說：「如果我下次月考的英文成績比妳高，妳就去學校的廣播室，用廣播的跟我道歉。」

陶枝想了想，還覺得不夠勁，補充道：「再寫八百字的悔過書，然後在班會的時候朗讀一遍。」

第十四章　光臨殿下寢宮

「我他媽的給您跪了！跪了！」

下課休息時間，厲雙江撐著江起淮的桌邊站在走道，滿臉的震驚在過了一節課之後，也還沒緩過來：「妳知道李思佳的月考英文成績是多少嗎？一百四十三分啊老大！」

厲雙江指著付惜靈：「妳也親身感受過付惜靈的英文有多好吧？她上次也才考了一百四十分！」

付惜靈在旁邊有些委屈，小聲地說：「什麼叫『才』一百四十分，也挺高的不是嗎……」

陶枝趴在江起淮的桌上，表情慵懶地看著他：「你先不要那麼激動。」

「我不激動？我他媽——一百四十三分！大小作文加起來一共只扣了六分，聽力錯一題！」厲雙江又指著坐在旁邊的江起淮，繼續說，「這位，年級第一，六科扛壩子，無所不能的這位！英文一百四十二分！比她少一分！妳居然去跟她打了這個賭？」

「因為她英文最好啊，」陶枝慢吞吞地說，「我當然要在她最拿手的領域贏過她，才更有成就感。」

付惜靈在旁邊贊同地點了點頭：「沒錯、沒錯。」

厲雙江眼前一黑，差點被她兩個給氣暈：「問題是——」

「問題是，妳想要在一個月從一百一十八分考到一百四十分，幾乎是不可能的事情。」付惜靈接話道。

厲雙江在旁邊打了個響指。

「不過，」付惜靈想了想，繼續說，「我覺得這個賭沒什麼，如果枝枝考得比她高，當然是最好的，但就算考不過她，能拿到一百多分的話，也足以證明她這次真的沒有作弊，枝枝也沒有損失。」

厲雙江聞言，瞬間抬起頭來。

他眼睛都亮了，整個人像是重回了人間：「他媽的原來是這個道理？」

「不是這個道理。」陶枝說。

厲雙江和付惜靈轉過頭來，疑惑地看著她。

「這個人很愛面子，」因為睡著而錯過大戲的季繁，在剛剛從趙明啟那裡聽來了前因後果後打了個哈欠，替她翻譯道，「既然她說她要考過這個姓李的，就不會考慮第二種辦法來鑽漏洞。」

陶枝看向厲雙江，也學他剛剛的樣子打了一個贊同的響指。

厲雙江呆滯地看著她：「所以……」

「所以，」江起淮在寫完數學試卷的最後一大題後，把它折起來丟在一旁，人也往後靠了靠，「妳還是趕緊看看妳那張考得不怎麼樣的考卷，想想要怎麼在一個月提高二十幾分。」

陶枝：「……」

陶枝又重新趴回去了，像是沒骨頭似地長在江起淮的桌子上，恢復成剛剛那副死魚相。

她已經有好幾年都沒認真學過英文了，突然叫她考這麼高的分數，心裡也開始沒底：「殿下，我這個白癡是不是吹牛吹太大了？」

江起淮笑了一聲：「我看妳說的時候還挺爽的。」

陶枝想了想後還是點點頭：「是挺爽的，如果再來一次，我大概還是會選擇假掰一下。」

「是啊，」江起淮靠在椅子上，風輕雲淡地說，「考就對了。」

語氣自然得就好像是在說：不就是個清華？考上就對了。

厲雙江：「……」

厲雙江也不知道是他自己瘋了，還是這個世界瘋了。

學校是個藏不住祕密的地方，兩節課過後，二年一班的所有人，包括全體教師團隊都知道，一班的倒數第二和英文單科的年級第一打了賭，揚言要在下次月考考到一百四十分。

大多數的人都等著看笑話。

下午第三節課是英文課，英文老師蔣倩一還特地注意了陶枝，在一整節課上多次點名她，叫她來念課文。

蔣倩一教了十年的英文，也是個挺有經驗的特級教師，幾乎只要學生說兩句、聽個發音，她就能大概聽出這個學生的水準到哪裡。

她之前沒關注過陶枝，只有在跟王褶子那些老師聊天時，聽到他們提過幾次而已。

結果叫起來一聽，蔣倩一還有些意外。

雖然在讀到某些單字時，還是會有點遲鈍，但是她一口英式發音說得標準又流暢，無論是學校課本，還是高中生所會接觸到的，大多也都是美式發音，蔣倩一很少聽見有學生喜歡說英式發音。

但想起她的月考英文考卷，蔣倩一搖了搖頭。

跟李思佳的距離，不是只差了一點點而已。

英文課一下課，宋江就直奔一班，他風風火火地衝進了後門，降落在陶枝面前。

陶枝的英文課本還沒闔上，宋江就一把拍在她桌上：「聽說妳跟妳們班的英文第一打賭，說妳如果考贏她，就要讓她跪在廣播室門口搧自己十個巴掌？」

陶枝：「……」

陶枝也不知道為什麼，明明是叫她去廣播室道歉，怎麼就莫名其妙地被謠傳成「去廣播室門口搧自己巴掌」。

她面無表情地糾正他：「不是我們班第一，是年級第一。」

「靠，」宋江說了一句髒話，「那妳心裡有沒有底？」

「沒有。」陶枝老老實實地說。

「我靠哈哈哈哈——，」宋江爆發出了一陣毫無人性的大笑，「那妳他媽的很屌啊大哥。」

他跟陶枝是青梅竹馬，大概是除了季繁以外，在學校裡唯一知道陶枝以前也是個小學霸的人，宋江很沒有同情心地說：「沒事，不就是個英文嗎？在妳國中考滿分的英文作文，全都被複印下來給全校當範例的時候，這個年級第一的還不知道在哪裡玩泥巴呢，妳怕個毛？把她幹掉就好。」

頓了頓，宋江補充道：「雖然妳現在只能考五十分。」

「……」

陶枝翻了個白眼，指著他：「及時雨，在我耐心耗盡之前，我希望你識相一點，自己消失，不然老子就把你的腦袋塞進抽屜裡。」

宋江朝她敬禮，麻利地滾了。

陶枝把手裡的書和本子推開，伸出長臂，讓整個人癱在桌子上，長嘆了一口氣。

這個她一時興起的賭注，似乎就這麼板上釘釘了。

陶枝在誇下海口爽過以後，終於後知後覺地開始憂鬱。

她有點後悔。

英文確實是她最拿手的一科。

是她每次在校內外的各種比賽，與大大小小的考試中，唯一能拿到漂亮分數的科目。

但那些都已經是過去的事情了。

陶枝很清楚地明白，時間不會給任何一個人特殊優待，它看你拿出多少努力，就會給你多少回報。

而在她荒廢學業的這三年裡，時間不會將這份被她拋棄的東西還給她。

陶枝進入了一種全新、近乎癲狂的狀態裡。

一大清早，季繁在洗漱完畢後就哼著歌走下樓，準備吃早餐。一打開臥室的門，就聽見一樓正以擴音的方式播放著英文聽力。

優美而公式化的女聲，字正腔圓地從餐廳傳來：「請根據聽到的對話和問題，選出最恰當的答案……listen to the dialogue……」

季繁：「……」

季繁抓著頭髮下樓，看見陶枝坐在餐桌前，面前攤著一張試卷，她一邊咬著麵包一邊拿著筆，勾著上面的選項。

張阿姨站在一邊，看見他下來後比了個手勢。

張阿姨走到他旁邊，低聲說：「起來啦？今天早餐吃粥好嗎？」

季繁也小聲說：「皮蛋瘦肉粥？」

「對，」張阿姨湊到他耳邊，「要不要鹹菜？」

「好，我今天早上還想吃酸黃瓜，」季繁繼續小聲道，「您為什麼說話這麼小聲？」

「因為怕打擾到枝枝讀書啊，」張阿姨都快鑽進他耳朵裡了，「第一次看到她這麼用功呢。」

季繁心道，我他媽的也是第一次看到。

以前她天天考第一的時候，我都沒看過她連吃早餐的時候都要做聽力練習。

季繁走到餐桌前，故意大聲地拉開椅子。

椅腿劃著大理石地面發出刺耳的聲響，陶枝像沒聽見似地毫無反應，將目光放在了題目上。

季繁把腦袋湊過去：「不是吧，有差這一點時間嗎？」

「閉嘴。」陶枝頭也不抬地說。

季繁閉嘴了，接過張阿姨端過來的粥，安靜地吃飯。

這一頓早餐伴隨著女人嘰哩呱啦的聲音。

在吃到一半的時候，陶枝終於完成了一份聽力測驗，她把聽力關掉，將試卷折起來塞進書包裡，終於抬頭看了他第一眼。

陶枝一臉訝異：「你今天怎麼吃得這麼慢？」

「我沒胃口，」季繁指著她的手機，「這個女的吵到我現在有點睏。」

「早上做聽力的效果最好，」陶枝站起身來，走進客廳抓起制服，「好了，別吃了，每天早上都吃酸黃瓜，你吃不膩啊？」

季繁兩三下解決了碗裡的粥，小跑過去跟在她後面。

等他上了車，陶枝已經坐在後座掏出了英文課本，努力背著單字。

季繁：「……」

季繁沒有想到，這匪夷所思的清晨，只是個開始。

到學校以後，陶枝早自習在寫英文試卷。

物理課在背英文課文。

數學課在寫英文作文。

國文課，陶枝頭也不抬地做閱讀測驗，付惜靈終於有點看不下去了，湊過去小聲叫了她：「枝枝，妳要不要休息一下啊？」

陶枝沒聽見，飛快地從文章中挑出題幹裡出現的關鍵字，在下面畫了一橫。

付惜靈伸出一根食指來，輕輕地戳了一下她的手臂。

陶枝這才扭過頭來，有些茫然：「嗯？」

付惜靈：「妳休息一下，都看了一整個上午的字母了，頭不暈嗎？」

陶枝眨了眨有些酸澀的眼睛：「還好。」

付惜靈撐著腦袋：「妳不用覺得壓力大，上次也是李思佳考得最好的一次了，大概是因為作文題目猜得比較準確，她的英文成績應該跟我差不多。」

陶枝點點頭，然後繼續垂眼做題：「那也跟我差了很多。」

付惜靈愣了愣。

她跟陶枝認識的時間不長，也見過她的各種樣貌，不過她還是頭一次知道，原來她是會因為這種事情而認真的性格。

付惜靈沒再說什麼，只是默默地把自己的英文筆記和重點單字本找出來，放在她的桌子上。

陶枝的這種狀態持續了好幾天。

在這期間，她借來了付惜靈的英文筆記，要走了厲雙江的單字本，騙來了蔣正勳的滿分作文範文精選集。

季繁在這幾天也伴隨著英文聽力起床，整個人從驚訝到崩潰，近期已經趨於麻木了，而且他驚恐的發現，陶枝非但沒有讀膩的跡象，甚至還越戰越勇，每天都背單字背得津津有味的。

這天下午的第三節課，王褶子大發慈悲給他們連上了一節體育課，男生們歡呼一聲，抱著球衝出教室。

不到十分鐘，教室裡的人走得乾乾淨淨，只留下幾個平時喜歡待在座位上，不怎麼喜歡活動的同學。

陶枝走出教學大樓，去福利社買了一瓶果汁和一點零食，在上樓的時候剛好看見李思佳進了王褶子的辦公室。

辦公室門沒關好，她在路過的時候，隱約聽見王褶子的聲音傳出來：「我也聯絡了教務處，請他們調了當時最後一個考場的監視器畫面，陶枝同學當時沒有任何作弊的行為，她的成績……」

陶枝腳步沒停，眼睛往裡面瞥了一眼。

李思佳背對著她低著頭，看不見是什麼表情。

她不介意。

就算李淑妃現在知道了她沒作弊，賭都已經打了，說出去的話、潑出去的水，並不是說她沒作弊的話，打賭就不算數。

陶枝從一開始就不在意李淑妃的想法，無論被別人怎麼想，她的行為都不會有任何改變。

她進了教室帶上門，班裡剩下的那兩個人也離開了，江起淮背靠著牆，坐在季繁的位子上看書。

陶枝有些驚訝：「你怎麼沒跟他們出去打球？」

江起淮頭也沒抬：「不想動。」

陶枝點點頭，重新回到自己的座位上，擰開果汁瓶蓋喝了兩口，然後翻出了之前沒做完的那疊英文試卷。

她剛寫完閱讀測驗，輪到了大小作文。

陶枝掏出手機，打開鬧鐘的軟體設了時間，開始寫作文。

她清楚自己的優劣勢在哪裡，閱讀測驗除了詞彙以外，主要也是靠技巧的東西，她語感不錯，因為喜歡看英美劇和電影，聽力也不差，雖說寫聽力題目跟看電影還是有很大的差別，但還是可以提升速度與閱讀能力。

不過她已經很久都沒有好好背單字了，詞彙量的累積還停留在國中階段，所以大小作文不太行，寫出來的作文文法和單字，都簡單得跟小學生看圖說故事一樣。

這幾天她也看了不少作文集，每天花在大小作文上的時間最多，寫完後就請付惜靈幫她修改，可是付惜靈目前不在教室。

她寫完了最後一篇大作文，手機上的計時器還剩下不到兩分鐘。

陶枝放下筆，抖了抖手裡的試卷，把自己剛剛寫的內容從頭看一遍。

夕陽低垂，雲層厚重而豔麗，火燒雲染紅了半邊湛藍的天。安靜空曠的教室裡，她的身後傳來了書頁翻動的輕微聲響。

陶枝拿著試卷的手指一頓，在猶豫再三後轉過頭去。

江起淮看著書，神情專注又認真，睫毛柔軟地壓下來，被落日染成了溫柔的金棕色。

陶枝把手裡的試卷舉起來，遮住了半張臉，只露出一雙眼睛在外面，轉過身看著他，很刻意地清了清嗓子。

江起淮抬頭，淡淡地看向她。

少女用露在試卷外面的黑眼，對著他眨了兩下：「殿下，忙嗎？」

江起淮揚起眉梢。

「不忙的話，看看作文？」她有些討好地說，「Please。」

江起淮將手裡的書擱在桌上：「想起我了？」

陶枝有些不明所以。

江起淮懶洋洋地直起身來，語氣低慢：「你找蔣正勳，找厲雙江，恨不得每天二十四小時扒著付惜靈過日子的時候，怎麼就沒想起我？」

江起淮往前傾了傾，抵著桌邊湊近看著她：「求求我有這麼難？」

他在說這句話的時候語氣很淡，和他往常的樣子沒什麼差別，也沒帶著什麼特殊的情緒。

但陶枝的心，卻沒來由地亂了兩拍。

少年上半身靠著桌子，外套上拉到一半的金屬拉鍊碰到木製的桌邊，發出很輕微的聲響。

十月中旬，秋風帶著冷意刮著窗外金黃的樹葉，教室裡開了空調，暖洋洋的。

她舉著試卷往前湊，在近距離下，她看見少年的那雙桃花眼裡含著淺淡色澤。

江起淮長了一雙多情的眼睛，尾睫微微上揚，眼瞼的弧度略微彎起，專注地盯著別人看的時候，容易給人一種溫柔的錯覺。

但他五官淩厲，有著清冷的稜角感，整個人的氣質和性格卻跟這雙眼睛南轅北轍。

她藏在試卷後面的唇角也不自然地抿了抿。

「那，你要不要幫我看……」她小聲說。

江起淮伸出一隻手，掌心向上攤開，動了動修長的手指：「拿來。」

陶枝把手裡的作文遞給他。

江起淮接過來，翻了一頁，先從小作文開始看起，神情十分專注。

陶枝把兩隻手臂靠在他的桌面上，下巴也擱上去，靜靜地等待著他。

江起淮看完了小作文，不鹹不淡地評價道：「我從小學開始就不用這種文法了。」

「……」

陶枝不想聽他刻薄，翻了個白眼：「別囂張，這至少還是國中的文法。」

「基礎還可以，語病不多，但文法和單字都用得太簡單，作文想拿高分的話，光能正確敘事還不夠。」江起淮抬起頭來，輕彈了一下她的試卷，「導出新穎的觀點，高級的詞彙片語和文法，文章亮點，妳全部都沒有。」

陶枝決定收回之前的想法，這個人果然跟溫柔之類的詞沾不上邊。

她被江起淮從頭到尾打擊了一遍，有些無精打采道：「你乾脆說我寫得就是一坨屎。」

「倒也不是，妳這個作文放在國中還是夠看的，」江起淮停頓了一下，補充道，「國一吧。」

陶枝：「……」

羞辱誰啊！

老子高二了！

陶枝衝著他不高興地皺了皺鼻子，被瘋狂評價了一通之後也不裝了，趾高氣揚地說：「那你幫我改一下。」

江起淮被她命令式的語氣弄得好氣又好笑：「一小時八百。」

陶枝一噎，難以置信地看著他：「你做家教做上癮了？誰的錢你都賺啊。」

「友情價，」江起淮悠悠道，「平日都要加錢。」

陶枝沒說話，在心裡把「友情價」這三個字來來回回地滾了幾遍，將重點放在「友情」兩個字，突然不太爽快。

兩個人你一言我一語的說著，此時，教室的門突然被推開，李思佳大步衝進了教室。

陶枝抬起頭來看過去。

李思佳似乎也沒想到教室裡有人，她愣愣地看著她，兩眼通紅，眼角還掛著淚珠。

江起淮看都沒看她一眼，甚至沒有抬頭，並不在意她是不是進了教室，他抽出一支紅筆，在陶枝的試卷上畫出一句，幫她批改作文：「第一段太平淡了。」

就好像她是一個無關緊要的人。

她也確實，只是一個無關緊要的人。

江起淮這個人心高氣傲，有著足以和他實力相匹敵的自負和傲氣，他站在山巔，是頂點，所以站在他底下的人，他是看不見的。

這是理所當然的事情。

他這樣的人，就是值得最好的。

所以她很努力、很努力的讀書，她考到了七百分，她在年級排行榜也排上了前幾名，少女情竇初開的怦然心動讓她想要變得更好，讓他有一天能看見她。

但他看不見。

他根本不在意她的存在和她的進步，卻願意幫根本不值得他關注的另一個人補習。

他幫她改作文、畫重點，幫她拿優酪乳、和她一起打籃球，還在下課時間跟她聊天，偶爾可以看見他對她笑。

甚至在陶枝無理取鬧地纏著他的時候，在李思佳都以為他已經開始不耐煩的時候，他只是有些頭痛地嘆了口氣。

就好像，陶枝對於江起淮來說是個例外。

她明明沒有站在山巔，卻依然可以張揚又強硬地擠到他眼前，得到他所有的關注。

李思佳承認自己是有私心的，她從來沒有做過跟老師舉報的這種事情，但當她懷疑的對象是這個例外的時候，她有些忍不住地感到不甘心。

明明是個每次考試都只考五、六十分，上課不是在睡覺就是在玩手機的人。

明明就沒有付出過任何努力。

李思佳清晰地記得，當老師在講臺上說陶枝的英文考了一百一十八分的時候，江起淮笑了一下。

他極輕極慢地勾了一下唇角，也勾出了她藏在內心深處，那從未有過的陰暗。

她咬住嘴唇，含在眼角的眼淚不爭氣地滾落下來。

陶枝看著她哭，「哎」了一聲。

江起淮終於抬起頭來。

李思佳使勁抹了一下眼睛，深吸一口氣走過去，站在他們面前。

少女哭得梨花帶雨、鼻尖通紅，聲音也帶著哽咽：「是我誤會妳了。」

陶枝還沒反應過來。

「我自顧自地覺得妳平時不努力，覺得妳的成績不真實，覺得妳的分數是抄來的。」李思佳吸了吸鼻子，紅著眼睛看著她說，「我只是……我當時只是……」

她說不下去了，眼淚又開始往下掉。

陶枝轉過身，在抽屜裡摸了老半天，才摸出一包衛生紙遞給她。

李思佳接過後，小聲說了謝謝，她的臉漲得通紅，羞愧得再也待不下去了，拿著衛生紙衝出了教室。

陶枝有些傻眼了：「哎，我只想給她一張而已，怎麼都給我拿走了？」

江起淮：「……」

陶枝重新轉過身來，看著江起淮幫她改的作文。

他看得很快，紅色的筆尖在作文裡穿梭，畫掉了太過簡單以及文法用錯的句子，勾起可以替換的單字。

滿滿一篇黑色字跡的作文很快被紅色代替，幾乎是滿江紅。

陶枝撐著腦袋，想起剛剛李思佳哭得慘兮兮的樣子，嘆了口氣：「李淑妃跟我道歉了。」

江起淮沒說話。

「李淑妃還哭了。」陶枝繼續道。

「妳還有心思關心別人？」江起淮頭也沒抬地說，迅速地幫她改了有語病的句子，「也寫的太爛了。」

陶枝又想翻白眼了：「我沒想到她會道歉啊。」

江起淮終於抬起眼來：「那打賭還算數嗎？」

「當然，」陶枝說，「一言既出駟馬難追，不過她也不用去廣播室道歉了。」

她想了想，補充道：「但八百字的悔過書還是要寫給我的。」

江起淮不知道這個公主是哪來的自信，覺得自己一定會贏，明明前幾天還趴在桌上哀號，說她已經後悔了。

他開始看起她的作文結尾，爛到實在是看不下去，乾脆在下面空白的地方，幫她重新寫一句新的。

寫完後將試卷往前一推，朝她揚了揚下巴。

——拿去。

陶枝接過作文，又看了手機上的時間一眼，下課鐘聲也剛好響起。

一班的同學陸陸續續地回到教室，陶枝也沒轉過去，只是靠在他的桌子上，看著那張被他修改後作文，黑色的字跡被紅色海洋給瞬間淹沒。

「詞彙量不行，」江起淮繼續看起了剛看到一半的那本書，「慢慢來。」

「我現在每天背三百個單字，」陶枝一邊看他重寫的末段一邊說，「加上複習的。」

江起淮看了她一眼：「妳背得完？」

陶枝沒抬頭，只略微揚了揚眉，露出了一個毫不掩飾的囂張表情：「還行。」

江起淮輕笑了一聲，垂頭繼續看書。

等他低下頭，陶枝才偷偷地看了他一眼。

她用藏在桌子下面的那隻手，輕輕地在大腿上摳了摳。

人一旦專注在某件事情當中，就會覺得時間過得非常快。

北方十月乾燥的秋風吹到月底，隔週又是月考。

季繁現在已經練就了一副金剛不壞之身，經過了漫長的英文聽力摧殘，他不知道陶枝下次能不能考一百四十分，只是他現在有一種迷之自信，覺得自己也能考一百四十分了。

第二天是週六，季繁在通宵打完遊戲後睡了個懶覺，等到他起床的時候，已經是下午一點了。樓下靜悄悄的，沒有聽見女人唸英文的聲音。

聽習慣的季繁還覺得有些寂寞，打著哈欠，頂著雞窩頭走下樓，張阿姨在看見他之後，幫他熱了午飯。

季繁環視了一圈，沒有餐桌前看見陶枝，一回頭才發現，她整個人癱在客廳沙發裡，面前的茶几上還鋪滿了試卷。

季繁嚇了一跳，揉著腦袋走過去，隨便掃了她的試卷一眼。

基本上都是作文，上面有密密麻麻的紅筆批改，陶枝最近的試卷和文法，基本上全是江起淮教她的。

陶枝躺在一旁，臉上還蓋著一張試卷，整個人悄無聲息。

季繁俯身，拽著她的試卷邊牽起一看，好奇道：「您在這裡幹嘛呢？」

陶枝睜開眼，目光幽幽地看著他：「思春。」

「……？」

季繁：「大姐，這都秋天了。」

陶枝嘆了口氣，拽著試卷又重新蓋回去：「別理我。」

「不是，」季繁坐在她旁邊，「妳談戀愛了？」

「沒有。」陶枝的聲音悶悶的。

季繁：「那就是有喜歡的人了？」

「……」

等了半天，陶枝不說話了。

季繁明白了，點點頭：「單戀？」

沉默兩秒。

陶枝伸手把一張張試卷給抓下來，撐著柔軟的沙發墊，撲騰著坐起身來，一臉惱怒地看著他。

季繁笑了：「你瞪我幹嘛？瞪我也沒用啊。」

陶枝還是一語不發地瞪著他。

季繁湊過去：「真的有喜歡的人了？」

陶枝一口氣發洩出來，有些苦惱地抓了抓頭髮，表情還有些茫然：「我不知道。」

她也不曉得自己到底是真的不知道，還是在下意識地裝作不知道。

不管是之前在雲霄飛車上的時候，還是從雲霄飛車上下來的時候，她腦子裡只有一個想法。

完了。

也許是從那時候開始，又或者是在更早之前。

總之，在她意識到的時候，她對那個人已經不是抱持著單純的同學關係了。

見到他會開心，見不到會好奇他在做什麼，甚至在聽到別人聊起他，她都會想要湊過去聽。

江起淮在幫她批改試卷的時候，她偶爾看著他，腦子裡會不自覺地冒出：這個人長得真好看。

——諸如此類的念頭。

陶枝垂眼，看著茶几上被她鋪滿的試卷，每一張上面都是彼此的筆跡，一個黑色、一個紅色。

那個人明明就不在這個空間裡，但此時此刻，他的氣息像是在她面前鋪天蓋地，肆無忌憚地刷著存在感。

她煩躁地重新栽回沙發裡，再次拽過旁邊的試卷把臉蓋上。

試卷上那紅色的筆跡也柔軟地貼到了她的嘴唇。

陶枝又像觸電似的，「唰——」的一下把那張試卷給扯下來，她從沙發上連滾帶爬地衝進了洗手間，連拖鞋都來不及穿。

洗手間傳來嘩啦啦的水流聲，伴隨著少女有些懊惱的號叫。

季繁坐在沙發上，一臉疑惑地聽著她在裡面像神經病似的撲騰。

陶枝在洗了把臉出來後，終於冷靜了下來，而季繁坐在餐桌前，一邊看直播一邊吃午飯。

她上樓，用冰冷的指尖掐了一下臉蛋上的肉，深吸口氣，坐在書桌前抽出一份試卷來寫。

一份試卷做完，她又抽出英文書，開始背起單字。

她背東西的速度很快，捏著筆在草稿紙上寫幾遍、畫一行，幾頁背完，太陽已經垂垂落入地平線。

陶枝在放下書本後往後一靠，閉上眼睛，揉了揉痠痛的脖子。

她起身下樓，廚房裡的張阿姨正在做晚飯，哼著歌穿梭在冰箱和中島之間，看見她下來便喊了她一聲：「枝枝下來了？晚飯馬上好了。」

陶枝應了一聲，視線不受控制地移到茶几上那一堆試卷上面。

她在原地站了兩秒，幾乎沒有多加思考，直接走到玄關拿了一件外套，朝廚房喊了一聲：「張阿姨，我晚上不在家裡吃了！」

張阿姨探出頭來：「怎麼了？跟同學約好了？」

「嗯。」陶枝穿上鞋後出了家門，穿過社區走到大街上，舉手攔了一輛計程車。

她在上次和宋江去吃消夜的那條街下車，前面就是遇到江起淮打工的那家便利商店。

天色昏暗發紅、路燈亮起，陶枝沿著街邊，踩著自己朦朧的影子往前走。

前方的便利商店燈光明亮。

陶枝忽然回過神，才反應過來自己到底在做什麼。

她剛剛也沒有多想，只是看到茶几上的試卷就想起了他，不加思索就直接衝出家門。

她想親眼看看他，只要看到他，就能確定心中的某個想法。

她有點後悔沒有帶著那份剛做完的試卷出來。

這樣的話，不就什麼理由都沒有了嗎？

陶枝懊惱地停下了腳步，站在街邊。

要不然就乾脆一點的直接問他好了。

殿下，您還納妃嗎？

您看您現在的後宮如此空虛，我們兩個人，一個公主、一個殿下，要不要將就一點湊一對？

這也太傻了。

她站在路邊垂著腦袋嘆了口氣，頓了一下後繼續往前走。

一直走到便利商店門口。

陶枝躡手躡腳地走到窗邊的牆根下，然後像做賊似地伸出一顆腦袋，偷偷摸摸往地裡面看了一眼，很快就縮回去了。

便利商店沒什麼變化，只看到收銀檯後站著一個女生，而江起淮並沒有在裡面。

她也只在這裡碰過他一次，知道他在這裡打工。

她往外站了站，趴在玻璃上再次往裡看，裡裡外外地找了老半天，就差沒把腦袋給穿過玻璃。

車流來來往往，夜色也漸漸地被刷下來，陶枝透過玻璃的倒影瞥見了停在身後的車子，有人從車上走下來。

她沒在意，把額頭貼在玻璃上，仔細觀察裡面的店員，想確認是不是有自己沒看到的死角。

正當她考慮著該不該去江起淮打工的那家咖啡廳看看時，身後也傳來了關上車門的聲音。

她再次掃了玻璃一眼，發現兩個人影站在路邊，其中一個高了一些，肩背寬闊挺拔，身形有些熟悉。

陶枝頓了頓。

她將視線從店裡收回，看著那個人影慢慢地走過來。

距離拉近，他的五官也清楚地印在玻璃窗面上。

黑色短髮，高挺鼻梁，輪廓稜角削瘦的下顎線條。

還有那件上次去遊樂園時穿的長外套。

那個人在走近後停住腳步。

陶枝整個人都僵硬了，她還保持著直挺挺的姿勢站在原地，渾身的血液順著腳底板直竄腦裡，帶著被抓包的慌張和心虛，耳尖熱得發燙。

江起淮站在她身後，清冷的聲音在她耳畔毫無波瀾地響起：「妳在找什麼呢？」

陶枝在「假裝轉身離開」和「轉過身直面痛苦」之間猶豫了三秒，覺得前者稍顯刻意，更為尷尬一些。

她抵著玻璃窗面靜了兩秒，然後一格一格地回過頭來，她僵硬到在轉動的時候，甚至可以聽見自己的骨骼所發出的「喀喀」聲。

陶枝轉過頭來看著江起淮，露出了一個假笑：「來啦？」

江起淮沒什麼情緒地看著她。

陶枝維持著笑容，強勾起發僵的嘴角，輕拍了幾下他的肩膀，自然道：「好好幹啊。」

「……」

他當下還以為陶枝是這家便利商店的老闆。

陶枝下意識地想開溜，剛剛的那股衝動與滿腔孤勇，全被他嚇得一乾二淨。她也不知道為什麼，明明自己都還沒有澈底地把事情搞清楚，就非要來找人家，然後確定些什麼。

都怪他改作文時的樣子太好看了。

都是他的錯。

陶枝有些氣憤地想。

她還沒有邁開雙腳，就看見一位老人從江起淮身後走過來。

老人大概六十幾歲，看起來精神矍鑠，用一雙笑咪咪地眼神看著她，開口問道：「這是同學？」

江起淮「嗯」了一聲。

陶枝這才反應過來，連忙朝老人問好：「爺爺好。」

「哎，妳好，」老人慈祥地看著她說，「妳是來找阿淮玩的？」

「……」

不是，我就是來看看他的工作進展。

江爺爺的一句話讓陶枝再次進退兩難，她想了想，還是慢吞吞地點了點頭。

見她點頭，江爺爺看起來似乎很高興的樣子：「來玩很好，阿淮在新學校也交到朋友了。」

陶枝下意識看了江起淮一眼。

少年低垂著眼，冷冰冰的氣息消失殆盡，看起來很安靜。

不知道是不是錯覺，當他站在老人身邊的時候，像是收斂起鋒利的外殼，整個人都變得柔軟了起來。

從孤狼變成了黃金獵犬。

陶枝有些稀奇，她擅長討老人歡心，笑著道：「爺爺，江起淮在學校的人緣很好，大家都喜歡跟他一起玩。」

在早自習抄作業的時候。

江爺爺更高興了：「阿淮個性好，從小就討人喜歡。」

「……」

陶枝一時之間也不知道該說什麼，她根本無法把江起淮跟「個性好」以及「討人喜歡」這兩個詞連結在起來。

江起淮抬眼，看她那副一言難盡的表情就知道她在想什麼，他嘆了口氣：「外面風很大，先回去吧。」

江爺爺點了點頭，又看向陶枝：「吃過晚餐了嗎？」

「還沒呢。」

江爺爺：「那走吧，上去吃個飯再跟陪他玩，爺爺來做好吃的給妳。」

陶枝：「啊？啊……」

啊？

江起淮就住在這條街上，轉進便利商店旁的一條小巷子內，老式國宅的朱紅色牆漆斑駁，水泥砌成的樓梯上面也貼滿了小廣告，層高略低，樓道裡狹窄逼仄。

他家住在三樓的最後一戶，陶枝站在門口看著江起淮開門，跟在最後走進去，也還沒反應過來，為什麼事情會發展成這樣。

江起淮站在門口開了燈。

客廳的吸頂燈暖黃，空間很小，一眼就能看到盡頭，餐桌擺在門口，還有紅木舊茶几，沙發上鋪著洗得發白的沙發布。

陶枝只掃了一眼就沒再亂看，乖乖地低頭換鞋。

她進去脫掉外套也不亂丟了，疊好放在一邊，然後將兩手放在膝蓋上後坐上沙發。像個老老實實的小學生。

江爺爺在洗了手後問她有沒有忌口的，然後進了廚房。

江起淮跟在後面進去，倒了杯水給她。

陶枝接過來，小聲地說了句「謝謝」。

水溫熱，驅散了剛剛站在外頭的滿身涼意，陶枝抱著玻璃杯小口小口地喝，偷偷地往廚房的方向看了一眼。

門沒關，江起淮站在水槽前垂手洗菜，又從冰箱裡掏出一塊鮮紅的肉塊出來。

他關上冰箱門往外看。

陶枝便趕緊縮回腦袋，低頭看著自己的水杯。

廚房裡時不時傳出說話聲。

陶枝猶豫了一下後放下杯子，走到門口探著腦袋：「需要我幫忙嗎？」

江起淮拖出砧板正在切菜：「回去坐著吧。」

「你也出去，這麼大的個子也太占空間了，」江爺爺不悅地趕他，「人家來找你玩的，今天讓老爺子給你們露一手，你別在這裡搶我風頭。」

陶枝「噗哧」一聲笑出來。

江起淮無奈，放下手裡的東西後離開了廚房。

陶枝靠在牆上，笑吟吟地看著他。

「笑什麼？」

「沒什麼，」陶枝還在笑，「只是沒想到我們平時蹺到天上去的殿下，在家裡是個乖寶寶。」

江起淮忍不住地「嘶」了一聲，在敲了一下她的腦袋後往裡面走。

陶枝捂著腦袋跟著他：「你幹嘛總愛敲我腦袋？會敲笨的！」

「我只是在打地鼠。」

陶枝不開心了，跟在他後面張牙舞爪地無聲做鬼臉。

江起淮突然轉過頭來。

陶枝立刻停下動作，臉上的表情一繃，一臉平靜地看著他。

江起淮無聲地勾了一下唇角，把臥室的門給推開，然後往旁邊讓了讓。

臥室屬於比較私人的地方，陶枝站在門口猶豫了一下，沒進去：「我可以進去嗎？」

「還要我請妳嗎？」

「也不是不行？」陶枝認真道。

江起淮沒理她，徑直走進去。

他的臥室不大，窗邊擺著一張床，床頭是書桌，而衣櫃則擺在牆邊。對面立著一個巨大的書架，上面塞著滿滿的書。

比起陶枝擺滿破爛的臥室，他的房間看起來整潔、乾淨又平平無奇。

唯一的亮點是書桌旁邊的牆面上，貼有滿滿的照片。

陶枝沒想到江起淮還有這樣的一面。

她感動地說：「沒想到像殿下這種冷漠又孤傲的少年，也有一顆如此細膩而脆弱的文藝青年心。」

「別發神經。」江起淮走到桌前，翻了一下堆滿試卷和書本的桌子，然後抽出一本來遞給她。

「這是什麼？」陶枝接過看了一眼。

《王前雄三六五系列——英文作文精選集》。

陶枝：「……」

陶枝看著他的眼神，就像在看一隻地獄裡的魔鬼：「我來你家玩，你讓我看作文精選集？」

「妳還有時間玩？」

「……」

好吧。

陶枝走到書桌前坐下，翻開了他那本作文精選。

江起淮走出了臥室。

陶枝有些看不下去，一想到自己現在坐在江起淮的書桌前，待在他的臥室裡，就覺得心癢難耐，她裝模作樣地翻了兩頁後，把書放在桌子上。

她站起身，走到那一塊貼有照片的牆邊。

他選的照片都有點奇怪，拼了一半的拼圖、玩具賽車的遙控器，還有趴在巷子圍牆上，曬太陽睡午覺的狸花貓。

照片的左下角被用黑筆寫下了幾個小小的字，要近看才看得清楚，她沒有去看，總覺得這是屬於他一個人的祕密。

最下面貼了一排夜空。

陶枝一眼就認出了他們上次去遊樂園，在摩天輪上面拍的那張。

當時付惜靈在群組裡傳了一堆，十幾張照片，裡面也包括偷拍她的那一張。

江起淮只挑了一張貼上去，透過摩天輪艙位的玻璃窗，天空中舉行著盛大燦爛的儀式，明淨的夜色裡綻放出大朵璀璨的花，將夜空染上斑斕的光點，星火閃耀。

除此之外，鏡頭裡再也沒有其他的東西。

他沒有選擇有她的那一張。

陶枝垂下眼睫，抿了抿唇。

雖然這是理所當然的事情，也在她的意料之中，但在親眼確認這個人並不喜歡自己的時候，她還是覺得有些鬱悶。

好像有一根細細小小的刺在心尖上紮了一下，不明顯，甚至稍縱即逝，但那種細微的痛楚卻在身體裡蔓延開來，讓人從頭到腳都很難過。

她也確實沒有什麼值得他喜歡的地方。

性格不可愛，成績也不好，長得好像還可以？但他長得那麼好看，大概在這個世界上，外表是他最不在乎的東西。

除此之外，她沒有任何能拿得出手、讓他刮目相看的東西了。

陶枝重新走回書桌旁，拉開椅子坐下，垂頭看起攤在面前的英文作文書。

一個個字母在她眼前飄過，她卻忽然都不認識了。就好像江起淮高高地站在她面前，冷眼看著她，嘲笑著她的不自量力。

臥室門被推開，江起淮走進來的時候，就看見少女趴在桌子上，有一搭沒一搭地翻著眼前的書。

聽見聲音後的她懶懶地瞥了他一眼。

少年身上還帶著一些涼意，大概是剛才又出去了一趟，陶枝沒問，收回視線繼續發呆。

書桌上被放下了小小的一盤草莓。

一顆顆鮮紅的草莓擺在透明的玻璃水果盤裡，上面掛著剔透的水珠，顆顆飽滿、顏色嫣紅，只是看著而已，就彷彿能感覺到甜酸的汁水在口腔裡溢開。

她很喜歡草莓，在學校裡也經常會買草莓味道的糖果和牛奶。

她眨了眨眼抬起頭來：「你出去買草莓了？」

江起淮「嗯」了一聲，坐在床邊隨手扯來一本書，瞥了她手裡的作文一眼：「都過十幾分鐘了，還是這篇？」

陶枝沒注意到他說了什麼，只覺得剛剛紮在心裡的那根小木刺突然生根，慢悠悠地長出了一株小小的嫩芽，然後抖了抖。

剛剛那股憋得整個人發悶的難過，也一點一點地消散掉了。

她放下書，捏起一顆草莓放進嘴巴裡。

冰冰涼涼的甜味。

她吃了兩顆以後就沒再吃了，抵著盤子往他的方向推了推，繼續看書。

臥室裡點著明亮的檯燈，兩個人湊在燈下各看各的書，好一陣子都沒說話，臥室裡的氣氛靜謐安靜。

陶枝看完了兩篇作文和逐段分析的評語，有些睏了，她撐著腦袋打了個哈欠，偷偷地看了他一眼。

她占了他的位子，所以他坐在床邊，將長腿向前伸展開來，專注地看著手裡的東西。

果然還是很好看。

他就是這麼好看。

專注在一件事情上的時候特別好看。

陶枝收回視線，默默地想。

照片上的小字是他的祕密，而她現在也有了一個屬於自己的祕密。

就好像兩個人又多了一個共同點。

這個認知讓陶枝又開心了起來。

過了一會兒，江起淮用餘光發現她沒有繼續拿起草莓了。

他抬起頭來：「不好吃？」

陶枝趴在桌子上，「唔」了一聲，才反應過來他在說什麼。

她看了那盤漂亮的草莓一眼，依依不捨地說：「挺好吃的。」

江起淮以為，她是因為馬上就要吃晚飯所以才停下的。

「但這個很貴，」陶枝抬起頭來，用深黑色的眼睛看著他，睫毛柔柔地揚起，「我想留給你吃。」

江爺爺做的晚餐香味四溢。

陶枝的嘴巴是被張阿姨從小養刁的，對於吃東西很講究，此時有些狹小的四方餐桌上，三個人各坐一邊，桌上擺有幾道簡單的家常菜，陶枝聞了一下，肚子也跟著餓了起來。

廚房裡，江起淮把最後一道菜盛盤端出來，紅燒雞翅裹著醬汁堆在盤子裡，陶枝眼睛放光，忍不住笑咪咪地看著他。

江起淮特地把那盤雞翅放在她面前。

「阿淮說妳喜歡吃這個，」江爺爺也笑笑地看著她說，「嚐嚐爺爺的手藝。」

陶枝「嗳」了一聲，拿起還沒有用過筷子，先幫老人家夾了一個：「您先吃。」

江爺爺笑得眼睛彎彎，連說好。

陶枝抬頭，看著坐在對面的江起淮，這個人冷冷淡淡的，什麼話也沒說，只是坐在那裡吃著青菜。

跟江爺爺的性格完全不一樣。

一頓飯吃得其樂融融，陶枝本來就是話多的性格，把老人家哄得一整個晚上都沒放下過嘴角。

飯後，陶枝還陪他下了幾盤棋。

她象棋下得很爛，小時候跟陶修平學過，陶修平完全不讓她。只要她贏不了就會直接氣哭，而陶修平就在旁邊，看著女兒放聲大哭的模樣哈哈大笑。

江爺爺會讓著她，兩個人下得有來有往，陶枝終於感受到了一點象棋帶來的樂趣。

江起淮從臥室出來，看著客廳裡的一老一少坐在棋盤前說說笑笑，他停下了腳步。

客廳裡的光線溫暖柔和，電視櫃上淡淡的檀香燃出一條細線瀰漫，少女撐著腦袋皺著眉，看著棋盤，細白的手指搭在棋子上，想移動。

「哎，」江爺爺道，「考慮好了啊，妳炮過來，我可是要跳馬的。」

女孩在被提醒後又停下了動作，有點苦惱的樣子。

客廳裡的空調烘得人暖洋洋的，有些發懶，江起淮站在那裡，斜靠著牆面看了一陣子。

這一刻，他突然覺得眼前的畫面溫馨又和諧。

是他十幾年以來從未見過的光景。

陶枝一直待到了晚上八點多。

她玩得正開心，但老人家比較早睡，而且也不適合在男生家裡待這麼晚，幾盤棋下完，陶枝在看了時間一眼後起身告辭。

江爺爺捨不得她，把人送到了門口，一直叫她過幾天有空再來玩。

陶枝笑著答應，江起淮也把門關上。

樓道裡瞬間安靜下來，棚頂的鎢絲燈泡光源很暗，陶枝站在門口看著江起淮轉過身來。

少年很高大，將她整個人籠罩在陰影裡，陶枝看著水泥地面上那重疊在一起的影子，有種隱秘又快樂的滿足感。

她走在前面，江起淮則跟在她身後下樓，陶枝故意走得很慢，一步一步地踩著影子往下走，江起淮也不催她。

兩人一路沉默地走到了巷口。

穿過小巷子，眼前的街道也明亮了起來，週末的晚上是最熱鬧的時候，人來人往。

陶枝側頭看了旁邊的便利商店一眼，開口道：「你不在這裡打工了嗎？」

「嗯，沒時間。」

陶枝點點頭，沒再過問，站到路邊準備攔車。

江起淮站在旁邊，把手裡的書遞給她。

他一直走在她身後，所以陶枝都沒有發現他手上拿著東西，她接過來看了一眼，是剛剛在他家看的那本英文作文精選集。

陶枝仰起頭，看著他：「我已經有一本了，從蔣正勳那裡騙來的！」

「這本更適合妳，」江起淮沒什麼反應，又說，「妳可以把他那本還回去，CP值不高。」

「喔，」陶枝懵懵懂懂地點了點頭，「那我週一還給他。」

剛好有空車過來，陶枝在招了招手後上了車。

她坐在後排，跟司機報了地址就重新靠回去，翻看手裡的書。

直到車子從江起淮面前駛過。

陶枝瞄了車子的後照鏡一眼，遠遠地看見少年轉身離開。

她到家的時候，季繁正躺在沙發裡玩平板、吃水果，聽見開門聲，少年仰著腦袋看了她一眼：「今天怎麼這麼早就捨得回來了？」

陶枝抱著作文書，走到他旁邊坐下，美滋滋地翻了翻。

茶几上的試卷還擺著，在一般的情況下，沒有人會去碰她的東西，陶枝把書放在旁邊，將試卷一張一張地收起來。

上面的紅色批改痕跡，從一開始的滿篇，到後面已經越來越少了，陶枝將試卷立在茶几上磕了磕，然後整齊地堆在旁邊。

她重新靠回沙發裡，繼續看著她的寶貝作文書。

季繁探頭過來：「這是什麼東西？」

「看不懂就不要看了，」陶枝悠悠地說，「這不是你這種智商水準能理解的東西。」

季繁看著那本有點眼熟的書，認了半才天才想起來：「這不是江起淮的書嗎？我前幾天有看到他在看。」

就像是少女的小祕密被戳中似的，陶枝頓時有些不自在，她一巴掌拍在季繁的腦袋上：「我就不能自己買了一本一樣的嗎？」

「我他媽——」季繁捂著腦袋坐起來，「買就買，妳打我幹嘛？」

陶枝沒理他，自顧自地翻開，她之前都是跳著隨便翻的，到家後就打算一頁一頁地慢慢欣賞。

她翻開書皮，在乾淨的扉頁上，有著用黑色中性筆隨意寫下的幾個字。

——江。

季繁：「……」

陶枝：「……」

季繁抬起頭來，狐疑地看著她。

陶枝面無表情地伸手指向她：「閉嘴，別多話，閉上你的嘴。」

第十五章　公主教訓得沒錯

下週就是月考。

依然只會考一天，剩下一週的時間，陶枝把時間分配好，用兩天的時間來看作文，又單獨把剩下三天平均分給了閱讀和單選聽力，她沒有再寫整份的試卷，怕做出來的成績達不到標準，會影響到月考的心情。

付惜靈看起來比她還要緊張。

平常上課比誰都認真的女孩，在這時候連課都聽不下去了，一下子抓著她教教文法，一下子又問她今天份的單字背完了沒。

陶枝其實自己心裡也沒底，但付惜靈的理科綜合本來就稍微弱了一些，陶枝也不希望她因為自己而影響心情，只能擺出非常有自信的樣子，好像能考個一百五十分。

一班的同學和老師就看著她每天那悠悠哉哉、輕輕鬆鬆的樣子。

考試前一天晚上，陶枝失眠了。

臨睡前，季繁送來了一杯牛奶給她，陶枝沒喝，在床上翻來覆去將近兩個小時以後，沮喪地坐身起來。

原本這只是跟李淑妃打的一個賭，陶枝覺得沒什麼，但是現在，這件事情又變得不止是一個賭這麼簡單了。

陶枝得想盡辦法考好一點。

她這次必須要考好。

這樣才能讓自己有比較亮眼的地方。

只有這樣，她才能變得稍微配得上江起淮一點。

她煩躁地抓了抓頭髮後起身下床，把放在桌上的牛奶一飲而盡。

牛奶已經涼透了，冰冷的液體順著喉管滑進胃裡，陶枝覺得更清醒了。

她拍開檯燈，坐在書桌前背了一下單字。

直到眼睛開始酸澀，她抬起眼來，看見桌面上的那本作文精選集。

陶枝把筆放下，翻開了那本書。

少年平時卷面上的字跡，就像是印刷出來的一樣，工整漂亮，大概是為了盡可能的不被扣分。而私底下寫的字就隨意了很多，筆鋒凌厲大氣，一個「江」字被他寫得氣勢磅礴，彷彿把江河湖海都包容進去，波濤和浪潮全都像畫卷一般地在眼前鋪展開來。

陶枝盯著那個字看了好一陣子，忽然有些理解李思佳的執著。

當自己喜歡上了一個優秀的人，就是會覺得有點自卑，會想拚命地追趕上他的腳步，與他並肩而行。

即使她這一個月幾乎都沒做別的事情，每天都在寫題目、背單字，也還是覺得不夠。

她拿著那本書走到床邊，想了一下之後，決定把書放在枕頭底下，然後再蓋上被子後躺下，閉上雙眼。

高密度會向低密度的地方流，等她一覺睡醒，書裡的所有內容就能全部流進她的腦子裡了。

大概。

五個小時後，陶枝在鬧鐘響起之前醒過來。

她瞇著眼睛，躺在床上緩了一下，清醒過來的第一反應——高密度流向低密度的這個說法是騙人的，她腦子裡根本就沒有作文。

因為上次月考的英文和國文成績，把她的總分往上拉了不少，陶枝這次已經不在最後一個考場了。考場裡沒有熟人，連鬧騰的季繁都不在了，陶枝坐到自己的座位上，把手機交上去，等著監考老師進教室發考卷。

英文考試在下午，陶枝在上午考完之後，就沒有再臨時抱佛腳看書，只是回到考場，趴在桌子上補眠。

考場裡靜悄悄的，她睡得很熟，沒有聽見任何聲音。

江起淮在吃完午餐路過考場的時候，往裡面看了一眼。

少女側頭趴在桌子上，將臉頰藏進臂彎裡，臉上軟軟的肉被壓著，嘴唇微微嘟起，長長的睫毛也覆蓋住下眼瞼。

考場裡的窗戶開著，正對著她的位子，壓在手臂下的草稿紙被風給捲起，她似乎覺得有點冷，皺著眉縮了縮脖子，腦袋一偏，換了一面繼續睡。

陶枝被考試的預備鐘聲給吵醒。

當她抬起頭來的時候，考場裡的人已經都回來了，後面那位兄弟打球打了一個中午，把制服外套脫掉，只留下了一件T恤，正嚷嚷著：「誰把窗戶全關了？」

他俯身過來開窗的時候，監考老師剛好走進來。

陶枝坐起身，用力拍了拍臉後喝了兩口水，瞬間清醒過來。

一下午的考試結束，靜謐的實驗一中又重新活了過來。

按照慣例，所有人在考試結束後，要回去班上把桌椅擺整齊。當陶枝回到班上的時候，教室裡有一堆人正湊在一起，拿著一張草稿紙對答案。

季繁看了她一眼，非常自動自發地把她的桌子和椅子都拖回來了，做了個「請」的手勢。

陶枝揚眉看著他：「何事讓你如此殷勤？」

「這不是考了一整天，覺得妳辛苦嗎？」季繁小心地觀察著她的表情，「感覺怎麼樣？」

「什麼怎麼樣？」陶枝裝傻。

「就感覺啊，」季繁說，「妳的感覺一向都很準，這次考試還好吧？」

「不知道，」陶枝打了個哈欠，拽著他的書包往外走，「回家了、回家了，我快要餓死了。」

一連幾天，家裡的早晨都照常放著英文聽力，差別只在於，陶枝沒有在吃早餐的時候做寫題目了。

季繁有些疑惑：「不是，考試都結束了，妳怎麼還在聽呢？」

「習慣了，」聽力剛好切到下一段，陶枝咬著三明治抬起頭來，「學無止境，懂不懂。」

季繁不懂這個，他只知道學海是涯，他成天痛苦地往涯裡跳，還跳不完。

陶枝看起來跟平時沒什麼差別，完成那些該做的事情，她把借來的筆記和作文書一一還回去，而江起淮的那本，她出於私心留下了，去參考書店找了一圈，買了一本一模一樣的還給他。

她還書的時候，江起淮沒接。

陶枝拿著那本書在他面前晃了晃：「那我放這裡了啊。」

江起淮看著她，突然沒頭沒尾地問了一句：「蔣正勳的那本，妳還了沒？」

陶枝歪了歪腦袋：「還了啊，怎麼了？」

江起淮收回視線，無意識地勾了勾唇角：「沒事，拿回去吧，這本我看完了。」

您的腦子是機器嗎？

存檔備份之後就忘不掉了啊？

陶枝翻了個白眼，把作文書放在他桌上。

江起淮翻開看了一眼，表情沒什麼變化。

陶枝有些心虛。

這本一看就是新的，上面也沒有他的名字。

但江起淮沒說什麼，她也就沒問。

她抿著唇，偷偷藏著他的作文書，心理的小人也穿上草裙跳起了舞，像占了天大的便宜似的。

實驗一中的考卷批改的很快，隔天，月考成績就下來了。

當天下午的最後一節課，王褶子拿著成績單進來的時候，甚至都沒有像平時那樣整頓紀律，全班瞬間就安靜了下來。

「這次整體的題目都比上次要難了一些，之前是看你們才剛開學，網開一面給你們一點甜頭嚐嚐，果然，有些同學就開始得意忘形了啊？考個七百分就覺得自己成仙了是吧？」王褶子說，「厲雙江，退步二十分的感覺怎麼樣啊？」

厲雙江在下午的時候被王褶子找去談話，早就知道了自己的成績，他撓撓腦袋，看上去也沒什麼失落的樣子，小聲說：「六百八十分不是也挺好的嗎……我的真實水準也就這樣了。」

他旁邊的同學笑了一聲。

王褶子：「成績我就不念了啊，整體來說，分數都沒有上一次的高，我們班七百以上的只有一位，我也不用說是誰了，你們心裡都清楚。」

所有人扭過頭來，看了江起淮一眼。

被注視的江起淮八風不動地靠在椅子裡，沒有任何反應。

王褶子繼續道，「不過我們副班長——」

江起淮和陶枝一起抬起頭來。

王褶子看著她說，「王老師請我問妳，是不是對他有什麼意見，妳上次的那個數學成績竟然還能有退步空間？」

王褶子皮笑肉不笑地說：「我也想問問妳，妳這個物理，滿分一共就一百分，還沒考到妳最低分的極限啊？」

季繁在後頭笑出了聲，陶枝仰頭望天，站起來乖乖地聽訓。

「好了，下課的時候我會把成績單貼到前面，你們自己看吧。」王褶子把書翻開，「先上課。」

陶枝坐下了，抽出物理課本和習作。

她心不在焉地上了一堂課，心裡像是長草似的，又像裡面有一隻小爪子，正在左撓撓、右抓抓，她期盼著趕快下課，讓她可以去看看成績，又覺得這節課就乾脆這麼上下去好了，讓她永遠都不知道自己到底考了多少。

一節課好不容易熬過去了。

下課鐘響起，沒有人像往常一樣，急著收拾書包趕緊放學回家，所有人都一窩蜂地跑到前面去。

一堆人湊過去看，時不時還會有人來來回回地看著她和李思佳。

陶枝慢吞吞地裝好書包，正猶豫著是要耍帥直接走回家，之後再問季繁，還是要直接過去看看。

「走呀。」付惜靈忍不住的小聲催她，見她沒反應，就直接扯著她的手把她拉到成績單前。

陶枝站在人群後頭，抿著唇看了一眼。

實驗一中的成績單列得很詳細，班級排名、各科成績，每一科的後面一排是單科學年排名。

第一行還是那個名字，江起淮就像一座高山一樣，穩穩地壓在上頭，名字的後頭緊跟著一排整整齊齊的阿拉伯數字「1」。

陶枝把視線往下掃過去，在第六名的地方看到李思佳，英文一百四十一分，單科和江起淮並列年級第一。

她心裡猛地一跳，視線再往下，在倒數的位置看到了自己。

她直接忽略了其它科目，找到英文。

一百三十九分。

單科年級排名：第三名。

清晨，高二教學大樓的走廊裡傳來陣陣的讀書聲，李思佳站在講臺上，帶著大家讀英文單字。

班級裡的人趴著的趴著，吃早餐的吃早餐，一排單字讀得零零落落，李思佳的脾氣很好，所以也沒有說什麼，而風紀股長則站起身道：「大家好好讀啊，當心等一下被王老師發現你們偷懶。」

趙明啟聞言，趕緊把沒吃完的包子裝進紙袋後塞進抽屜，裝模作樣地拿起英文課本。

厲雙江用書把臉擋住，轉過頭去，看著身後空著的桌子問：「老大還沒來？」

付惜靈搖了搖頭：「傳訊息給她了，沒回。」

她扭過頭去看了一眼，季繁沒來。

厲雙江嘆了口氣。

昨天成績單一貼出來，全班都震驚了，厲雙江在前面直接蹦起來「我靠」了一聲，他趾高氣昂地看著吳楠和李思佳，自豪和得意都寫在了臉上：「看見沒？我們家副班長一個月能進步二十一分，年級第三！請問您各位上次進步二十一分的時候，是幾年幾月呢？」

吳楠表情有些僵硬，李思佳低著頭沒說話。

旁邊還有個女生不服氣地說：「她說她能考過佳佳，也確實沒考過，有什麼好囂張的？」

吳楠皺著眉拉了她一下：「別說了，確實是我們的錯。」

蔣正勳坐在旁邊的桌子上，笑著用親切的口氣說：「除了淮哥和英文小老師，也沒看見還有人考得比一百三十九分還要高啊，我看看……」他從成績單找到了剛剛說話的那個女生，「顧娜娜，一百二十分，考得挺不錯啊，也就跟我們副班長差了二十幾分吧？一個月後也能考到的，加油。」

顧娜娜被他那陰陽怪氣，氣得臉色一陣青一陣白，說不出話了。

沒有人覺得陶枝沒考過年級第一是什麼笑話，這是意料之中，但她能在一個月內直接飆到一百三十九分，拿到整個學年僅次於江起淮和李思佳的分數，這是個很大的意外。

她能在短時間內提升到這種成績，即便厲雙江他們知道她有多用功，都覺得很震撼。

趙明啟在旁邊長長地鬆了口氣，說了一句「太屌了」。

所有人同時往後看，在想著要去找陶枝的時候，卻發現連人影都沒了。

付惜靈一個人站在後面，人還有些呆滯。

厲雙江疑惑道：「老大人呢？沒來看成績？」

「看了，」付惜靈遲鈍地說，「然後走了。」

她都沒反應過來。

她看到陶枝的英文成績時，開心得差點叫出聲，結果側頭一看，只見少女的雙眼與唇角低垂，一句話都沒說就轉身離開了。

她背上書包，走得無聲無息。

她想要去追，卻被後頭的江起淮攔下。

付惜靈看了陶枝的成績一眼，除了英文這一科，其他科目分數都比上次還要低，總成績也和上次月考差不多。

她抿了抿唇，聽著旁邊的厲雙江手舞足蹈地炫耀，高興得就像是他自己考贏了江起淮，拿到年級第一似的。

男生的神經總是比較大條，大概無法馬上理解。

陶枝把這一個月所有的時間都給了英文，她並不覺得自己是在追逐一個根本不可能贏的賭注，在所有人都不相信她能成功的時候，她是真的拚盡全力，想要實現她說的話。

她甚至沒有多想，這只是打了個賭而已。

她現在一定非常、非常的難過。

一直到早自習結束，陶枝都沒有來學校。

王褶子在進教室的時候，也只是看了後面的空位一眼，沒說什麼，若無其事地開始上課。

但是很明顯的，班級裡的大多數人都有些心不在焉，厲雙江沒隔多久就會回頭看陶枝的位子一眼，王褶子也一反常態的沒有罵他。

男生粗到堪比長江黃河的神經終於上線，直到下課，厲雙江嘆了口氣：「老大現在是不是很不開心？」

「也會覺得沒面子吧，」他旁邊的同學也嘆了口氣，「感覺副班長就是一個愛面子的人，但她這次考得很好啊，也沒人覺得她輸了很丟臉，我們除了付惜靈跟她同分，還有上頭那兩個，整個學年也找不出更高的。」

厲雙江拍了一下桌子：「她要是今天真的不來了，我們放學就去看看她吧？去告訴她，她是最屌的！」

旁邊的同學白了他一眼：「你別在這裡瞎操心了，我要是遇到這種事，只會想一個人待著，好好靜一靜。」

直到放學，陶枝果然沒來。

付惜靈在收拾好書包後，還是決定打電話回家，坐公車去找陶枝了。

她照著記憶走到陶枝家的社區門口，跟門口的警衛解釋一下後走了進去。

付惜靈站在陶枝家的院子門口，想了想，沒有直接傳訊息給陶枝，反倒是傳給了季繁。

沒過幾分鐘後，少年走了過來。

他穿著睡衣打著哈欠，幫她開門：「進來坐坐？」

「不了，」付惜靈低著頭說，「我就是想來看看，可是也不知道枝枝想不想看見我……」

「別想那麼多，不過只是屁大點事，」季繁大大咧咧地擺了擺手，「她這個人從小就這樣，一不高興就自閉，面子比天大，不想讓別人看見她的狼狽，過兩天就好了。」

付惜靈點了點頭堅持道：「我不進去了，你提醒她好好吃飯就行。」

季繁也沒再說什麼，點點頭：「那妳等一下。」

兩分鐘後，少年拿著一張紙走出來：「她今天早上叫我把這個交給李思佳，但她不去上學，我也不打算去，畢竟一個人沒什麼意思，妳幫忙轉交一下。」

付惜靈在答應之後，拿著東西離開了。

她上了公車，找到了一個空位坐下，看著手裡那折起來的紙張。

她不看都知道裡面寫的是什麼。

陶枝這個人就是這個樣子。

誰輸了就要道歉、寫悔過書，她不會因為自己考得超過了別人的預期就賴帳。

雖然在付惜靈心裡，她就是贏得很漂亮，是最厲害的，但在陶枝自己看來，輸了就是輸了。

付惜靈突然覺得非常、非常的委屈。

憑什麼啊？

憑什麼她的枝枝都那麼努力了，明明是別人誤會她的，她們捧著一桶髒水潑在她頭上，最後還要她道歉。

第二天，陶枝還是沒來。

第一節下課，付惜靈拿著季繁給她的那張紙條，往李思佳那邊看過去。

江起淮在後頭闔上書，注意到她的視線後看了她一眼：「這是什麼？」

付惜靈愣了愣，說：「枝枝給我的，讓我轉交給李思佳。」

教室裡很安靜，李思佳旁邊的幾個女孩正在說話，也不打算收斂音量，隱隱約約地傳過來。

「今天也沒來，是覺得不來就能夠逃掉，不用道歉嗎？」顧娜娜說，「她心機還挺重的。」

「她這次考得挺好的，」吳楠說，「是我們誤會她，有錯在先。」

顧娜娜翻了個白眼，嘟囔：「誰知道她這次的分數是怎麼來的？沒意外的話，大概也是作弊了呢……」

李思佳低垂著頭，把桌上的書收進抽屜裡。

她本來想告訴她，陶枝上次也沒有作弊，可是說出來的話，就等於要她當眾承認自己的錯誤，把自己陰暗的一面明明白白地暴露出來。

李思佳抿了抿唇，猶豫了一下後還是沒有說話。

付惜靈聽到後氣得不行，她咬著牙想衝上去跟她們對峙，她才剛要起身，就聽見後面的椅腿刮著地面，發出刺耳的聲響。

她扭頭看過去。

江起淮表情沒變，眼睛稍微瞇了一下。

付惜靈跟這個學霸打了兩個月的交道，算是比較熟了，雖然他看起來一直都是沒什麼情緒的，但在這一刻，連她都感覺到了江起淮的不爽。

她都能猜到陶枝寫了什麼，江起淮自然也想得到。

他把椅子往後一滑，站起身：「給我吧。」

付惜靈「哎」了一聲，想了想後，還是把紙條遞給他。

江起淮直接走到李思佳的位子前，輕輕敲了一下她的桌角。

幾個女孩子正在聊天，少女和好朋友之間的祕密是藏不住的，陶枝她們是因為有親眼看見，才知道李思佳喜歡江起淮。

而平時和李思佳感情比較好的朋友也都知道。

江起淮一過來，顧娜娜就「哦」得擠眉弄眼地叫了兩聲，吳楠也跟著笑了笑。

李思佳嗔怪地瞪了她們一眼，轉過頭來小聲道：「有什麼事嗎？」

江起淮沒說話，將手裡的紙條遞過去。

顧娜娜在旁邊直拍桌子，開始起哄。

李思佳的臉瞬間漲得通紅，她接過後，結結巴巴地問：「這是什麼啊？」

「還能是什麼，」顧娜娜在旁邊一搭一唱，「男生寫給女生的信啊。」

她們在那裡瞎起哄，江起淮也不出聲阻止，只是冷淡道：「我的副班長寫給妳的道歉信。」

李思佳的表情僵住了。

顧娜娜也瞬間說不出話。

江起淮平靜地看著她：「她臉皮薄，沒有自己交給妳，我代勞。只要當初怎麼說，她就會怎麼做，不會不認，是我們輸了。」

他在說這句話的時候不帶任何情緒，只是平鋪直述。

李思佳的表情越來越難看，捏著那封信的手指也一點一點地收緊，一語不發。

江起淮像是在嘲諷般地勾了勾唇角，居高臨下地看著她，輕飄飄地丟下最後一句話。

「妳贏了，恭喜。」

他說完後轉身就離開了，背過身去的時候皺了皺眉。

李思佳綳不住了，把信塞進抽屜裡，靜靜地趴在桌子上。

付惜靈看得嘆為觀止，這真是字字誅心。

趙明啟在旁邊伸著腦袋，還不明白是怎麼回事：「雖然還是沒什麼表情，但不管怎麼看，淮哥都像是……發火了呢？他還會發火啊？」

蔣正勳嘆了口氣：「這叫殺人誅心。」

既表達出我是站在她那邊的，又暗諷了一頓她們，給別人潑完髒水之後，還縮著頭不敢道歉，尤其這句話還是從江起淮的口中說出的，殺傷力加倍。

和喜歡的人對立，聽著他袒護著另一個女孩子而說出這些話，應該也不是很好受。

厲雙江的情商比趙明啟高了一點，他也領悟到了，摸著下巴沉思道：「淮哥連對女生發火都沒有手下留情，殘忍。」

付惜靈和蔣正勳什麼話也沒說，只是對視了一眼。

雖然厲雙江和趙明啟這種傻子看不出來，但在這陣子的相處中，付惜靈他們多多少少也看出了一點本質。

大概對於江起淮而言，人是沒有性別之分的，他根本不在意這個人是男是女，喜不喜歡他。

只有她，和其他人，這兩類差別而已。

陶枝不知道學校裡發生了什麼事，也不知道江起淮這個被全班公認為沒有感情的讀書機器，第一次當著全班的面發火。

她在房間裡自閉了兩天，難過的感覺已經過去了，只覺得非常丟臉。當著那麼多人的面立下豪言壯語的是她，輸的人也是她，不僅輸了，還灰溜溜地鑽回了洞裡躲起來。

陶枝覺得自己實在是太丟臉了，輸都輸不起。

輸了也沒什麼，沒考過就沒考過，她努力的時候別人也在努力，她想贏，李思佳也不會想輸。

更何況在她無所事事耗費掉的時間裡，別人也在努力。

她有什麼資格贏呢？

從她每天打架蹺課，和宋江他們去網咖泡整天的那一刻起，她就已經失去資格了。

但只要想到自己只能眼睜睜地，看著喜歡的人和別人並肩站在一起時，她就覺得非常、非常煩躁。

有人趕在她之前，追上了她的少年。

這個事實讓陶枝整個人跌進了谷底。

到了晚飯的時間，陶枝撐著腦袋，用筷子戳著碗裡的白飯，過了老半天也沒吃任何一口。

她鬱悶了兩天，在家連話都變少了，張阿姨把裝著雞翅的盤子放在桌上，小聲問季繁：「枝枝這兩天是怎麼了？飯也不怎麼吃，學校也不去。」

「她考試沒考好，」季繁夾了塊紅燒肉說，「沒事，您讓她自己靜靜就好了。」

少年說著，把雞翅往她那邊稍微推了推。

晚飯後，陶枝接到了陶修平的電話。

老陶這陣子都很忙，上次接到電話的時候，是季繁剛回來的那陣子，陶枝把腦袋埋在沙發裡接起電話，沒開口。

陶修平在那邊清了清嗓子。

「幹嘛。」陶枝開口。

『你們班的王老師打了電話給我，』陶修平對於她兩天沒去學校的事情隻字未提，『聽說妳這次的英文考得挺好的。』

陶枝：「好個屁。」

『別說髒話，』陶修平嘆了口氣，『你們王老師挺喜歡妳的，一直跟我誇妳。』

「誇我什麼，誇我物理只考了十八分？」陶枝悶聲悶氣地說。

『什麼？我女兒現在的物理都能考到十八分了？』陶修平語氣十分驚喜：『厲害啊！』

「……」

陶枝煩躁地踢了踢腿，踢到沙發墊發出了砰砰響。

陶修平在那邊笑出聲：『好了，又不是什麼多大的事，煩兩天也夠了啊，我家的枝枝可不是這種會被小挫折打倒的小孩，還是說因為有喜歡的人，所以覺得在人家面前丟臉了？』

陶枝的心思被自己的親爸戳得體無完膚，瞬間從沙發上坐起身來，怒視著季繁。

季繁別開眼，吹著口哨，望天逃上了樓。

陶枝無精打采地坐在沙發上。

過了一陣子才小聲說：「他跟別的女生一起考第一名了。」

陶修平明白了，原來她彆扭的地方在這裡啊。

『那妳想想，妳是想跟他一起考第一嗎？』陶修平正思考著該怎麼順著他女兒的腦迴路說，『跟他一起考個第一名，妳就滿足了？』

陶枝想了想，也不是。

『妳不得要超越他，讓他臣服妳才行？』陶修平佯裝嚴肅地說，『喜歡的人，就是給妳用來踩在腳下蹂躪的，妳跟他站一起也太沒意思了。』

一語驚醒夢中人。

陶枝覺得陶修平說得對，這個李淑妃還是沒能占了她的位子，她只是其中一步跟上了江起淮，僅此而已。

但是，陶枝想騎在他的腦袋上。

想通了以後，陶枝的心情也好了起來，她掛掉電話，撐著腦袋在沙發上坐了一下。

這兩天下來，她都沒怎麼吃過東西，肚子已經開始咕咕叫了，陶枝跑到廚房看了一眼，飯菜都已經涼了，她也不想再麻煩張阿姨幫她弄。

她穿上外套走出家門，準備去便利商店買點零食回來吃。

院門虛掩著沒有關上，陶枝將腦袋縮進圍巾裡往外走，一抬頭，就看見前面站著一個人。

江起淮拿著手機站在地燈的邊上，身型被光線自下而上地攏著，修長挺拔。

同時，陶枝的手機也傳來了訊息的提示音。

她從口袋裡摸出手機後看了一眼。

一個祕密：『出來。』

他們兩個同時把頭抬起，而祕密正在遠處看著她。

陶枝慢吞吞地走過去，在他面前站定，低著頭一語不發。

才兩天沒見，江起淮就覺得女孩好像瘦了一點，她戴著一條紅色的薄圍巾，襯得小臉白白嫩嫩的。

長髮被圍巾纏在領口鼓起來，有點可愛。

江起淮把剛到嘴邊的話給全部吞回，眸色沉沉地看著她。

陶枝清了清嗓子，慢慢開口：「我想了一下。」

她看著他皺了皺眉：「你這個成績還是不行。」

「……」

江起淮：「？」

江起淮懷疑她這個「你」是不是弄錯了，應該是「我」才對。

「你才考一百四十一分，你怎麼這麼容易就被別的女生追上了？」陶枝皺著眉教育他，「你得努力讀書啊。考一個誰都追不上的分數，然後等著被我騎在上頭，以後不準再出現這種情況。」

「……」

江起淮用奇異的眼神看著她。

她在那裡胡言亂語，那些有點莫名其妙的脾氣，也像是找到了出口一樣地竄出來，然後散了。

半晌，他從喉嚨裡溢出了一絲笑意，低聲說：「公主教訓得沒錯。」

第十六章　我很喜歡你

陶枝說完又開始思考，會不會把話說得太滿了。

江起淮這個人本來就是個變態，萬一再給自己開外掛，連她都追不上了該怎麼辦？

她停頓了一下後，擺了擺手道：「也不用特別努力，你自己控制一下就可以了，希望你心裡有數。」

等了一陣子，見江起淮沒有應聲，陶枝不滿道：「你怎麼不配合我了？」

秋天的夜風捲起落葉，江起淮拉著她的外套帽子往上一兜，把她的腦袋整個罩在裡面，拽著邊緣的絨毛往下扯了扯：「夠了、夠了。」

「好吧，」陶枝見好就收，從外套帽子裡重新探出頭來，「所以，你叫我出來幹嘛？」

江起淮：「……」

少年沉默著，陶枝有些好奇地看著他：「嗯？嗯？」

江起淮沒有說話。

好像也沒什麼事情，只是在學校裡看著前面突然空出來的座位，以及聽著付惜靈他們說「她現在一定很難過」的時候，就會覺得非常煩躁。

她一直是個嬌氣的人，受不了半點氣，在開學的時候，只不過從他這裡吃了一丁點大的虧，就得馬上找回場子，但只要撞翻了她的桌子，讓她真的覺得自己做錯事情時，也會彆扭地補救、不動聲色地道歉。

她真的就像城堡裡的公主，玻璃罩裡的玫瑰，從小在疼愛和呵護下長大，有很漂亮乾淨的明亮靈魂，直接又鮮活，真誠而熱烈，讓人捨不得讓她受委屈。

江起淮再次抓著她的帽子，把她的腦袋給全部罩進去：「哪有那麼多問題。」

陶枝的眼睛和鼻子都被罩進帽子裡，眼前一片昏暗，她腦袋往外拱：「好吧，我不問了！你放開！」

江起淮鬆開手，往後退了一步。

陶枝趕緊把帽子揪下來，視線裡的人也重新出現：「那……」她試探性地說，「我先回去了？」

江起淮沒什麼反應：「嗯。」

陶枝轉身往回走。

她在走到院門口之後拉開門進去，也沒回頭，垂著腦袋裝模作樣地走，腦子裡還想著該如何退場，才可以讓自己的背影看起來最好看。

模特兒一般都是怎麼走臺步的？

算了，太蠢了。

陶枝在原地蹦跳了兩下，在拉開門準備進去的時候，偷偷地用餘光瞥了他剛剛站的位置一眼。

那個人早就走了。

陶枝撇撇嘴，脾氣很大地「砰」的一聲甩上門。

還在那邊想要怎麼退場才好看！

結果人家根本就不會看！

她靠在門板上翻了個白眼，肚子咕嚕一聲地叫了起來，她才想起自己原本是要去買零食的。

結果在碰見江起淮之後，就把這件事忘得一乾二淨。

她也不想再出去一趟了，乾脆把外套脫掉，直接去廚房的冰箱裡翻出一盒牛奶，塞進微波爐裡加熱。

廚房暖洋洋的。

她在加熱好的牛奶內放入了一點糖，然後靠在中島上，小口小口地喝著牛奶，還摸了摸自己的腦袋。

江起淮在剛剛拽她帽子的同時，指尖也碰到她了。

冰冰涼涼的。

她站在那裡發呆，季繁一邊玩著手機一邊下樓，從廚房裡冰箱中拿了一瓶可樂，順便側頭看她一眼：「妳幹嘛一個人站在這裡傻笑？」

陶枝下意識地去拉了拉嘴角，面無表情地說：「誰傻笑了？」

季繁擰開可樂，咕嚕咕嚕灌了兩口：「明天會去學校嗎？」

「去啊，為什麼不去？我可是年級第三。」陶枝揚著下巴說，「是要去接受殊榮的。」

季繁看著她孔雀開屏的樣子，提醒她：「單科。」

陶枝把杯子裡的最後一點牛奶喝完：「對了，陶老闆說他過兩天就會回國，還帶了禮物給你。」

季繁的眼睛為之一亮。

「獎勵你跟他打小報告的英勇行為，」陶枝瞇眼看著他，「叫你以後要及時跟他彙報，我喜歡的那個小男生的動向。」

「……」

季繁一口可樂嗆住，別開眼裝模作樣地咳嗽。

陶枝好好地睡了一覺，第二天一大早，消失長達兩天之久的英文聽力聲，再次於一樓大廳內迴盪。

季繁打著哈欠下樓：「不知道為什麼，聽著這個聒噪的女人在這裡廢話，本少爺我竟然還有一種懷念的感覺。」

陶枝咬了一口三明治，沒抬頭：「你就是欠虐。」

他們到學校的時候，班裡的早自習才剛開始，今天是國文古詩朗讀，國文小老師正在前面整頓紀律，就在此時，後門被推開發出了聲響。

靠後排的人聽到動靜，轉過頭來。

陶枝含著一顆牛奶糖，若無其事地回到座位上，厲雙江在聽見聲音後轉過來，看到她的時候，眼睛都亮了，嘴巴才剛張開：「老——」

陶枝將食指抬起，低聲道：「閉嘴啊。」

厲雙江在一頓點頭後放下心來，轉過去繼續讀課文。

陶枝摘下書包，抽出國文課本，一扭頭就看見付惜靈直直地看著她。

陶枝也看著她摸摸鼻子，有些不好意思。

付惜靈眼睛紅了。

陶枝愣了愣：「咦……」

女孩突然靠過來，抱住她的腰，悶悶地說：「想妳。」

陶枝在猶豫了一下後，抬手摸了摸她的腦袋。

季繁在後面看得匪夷所思，他轉過頭來看著自己旁邊的同學，難以理解道：「你們女的都這樣？」

而他也面無表情地看著季繁：「我是女的？」

「喔，口誤，她們。」季繁連續過了兩天日夜顛倒的幸福生活，一時之間還沒從自己的時區轉回來，腦袋有些恍神。

第一堂是數學課，陶枝果不其然被王二刁難了一頓。

王二這個老師很有自己的性格，他也不管學生前兩天為什麼沒來上課，成績見真章，只要沒考好，無論有再合理的理由，天王老子都不會順從你，陶枝站起來乖乖聽訓，下課又被他叫到辦公室繼續念了一頓。

數學辦公室比物理辦公室還要大一點，老師也都剛上班，泡茶的泡茶、聊天的聊天，陶枝老老實實地站在王二的桌子前。

隔壁的數學老師推門進來，跟王二打了個招呼，看見陶枝笑道：「她不是在一個月內把英文分數提升一百四十分的那位嗎？怎麼了？闖禍了？」

「一百三十九分，結果數學給我考了三十分，」王二翹著腿，在一堆考卷裡挑挑揀揀，「妳這個偏科給我偏到馬里亞納海溝裡去了，哪怕數學考個英文的零頭也行啊，怎麼？妳還看不上這九分？」

陶枝覺得王二有些瞧不起人：「您對我要求也是挺低的。」

王二氣笑了：「我倒是想對妳提高要求，妳要是能把數學考到英文的那個分數，我就倒立上課！這幾天，你們英文老師的嘴角都快翹到天上去了，單科年級前十和進步最快的全是她教出來的，妳倒是也讓我感受一下啊。」

他一邊說著，一邊抽了一疊試卷丟過來：「基礎題，不會就問，暫時不給妳那麼大的壓力，期中考試至少給我考及格。」

陶枝把試卷抱過來。

王二：「聽見沒！」

陶枝老老實實地「喔」了一聲。

王二一看見她裝乖的樣子就頭痛，雖然表面上說什麼是什麼，但在出了這個門之後，又會是另一副德行，他擺了擺手：「去吧，別白費了妳的英文成績。」

陶枝抱著試卷走出去了，一回班，就看見趙明啟在那邊飛奔，手裡還拿著一張表格在整個教室裡面亂竄。

她把試卷放在桌子上：「這是在幹嘛？」

「運動會。」付惜靈言簡意賅。

陶枝點了點頭。

實驗一中的秋季運動會在第二次月考之後，十一月中上旬，是期末考之前的最後一個大型活動。

陶枝興致缺缺，只是拿起筆來，開始寫數學試卷。

數學和英文不一樣，英文憑著語感和基礎她還能自己寫一寫，數學和理綜這種，大量主題和公式的缺失讓她有些無從下手。

她把試卷放到一邊，還是決定先從看書開始，順便考慮請陶修平幫她找個家教。

讀書的時間總是過的特別慢，課如果聽不下去，那一小時就會過得跟一世紀一樣漫長。

只要聽進去了，那一天很快就會過去。

陶枝從來都不覺得時間過得這麼快。

實驗一中的老師教學效率非常高，重點知識抓得也很準，基本上有三分之二的時間都用來講課本上的主題，剩下的十幾分鐘讓大家做進階題。雖然陶枝有些地方聽不懂，但她也沒閒著，還是將不理解的部分在書裡標註出來，把它們全部都記在筆記上。

按照慣例，最後一節課是自習，陶枝在下課的時候轉過頭去，跟季繁說了一聲，兩人也交換了位子。

江起淮一回來，就看見女孩坐在她旁邊，桌上攤著一堆試卷，正翻著數學課本。

他垂眼站在她旁邊。

陶枝沉浸在自己的小世界裡，過了老半天才注意到他已經回來了，仰著腦袋拍了拍他的位子。

江起淮坐下。

陶枝放下書湊過來，直勾勾地看著他：「殿下，一小時八百，平日加錢。」

江起淮明白這句話的意思後，踩著桌杠懶洋洋道：「一千三。」

陶枝瞪大了眼睛：「你不如去搶？我找個清華的都不用這個價錢。」

江起淮挑眉：「你又知道我考不上清華？」

「……」

你行。

你最屌了。

陶枝翻了個白眼，把數學試卷推給他。

她一整天下來只寫完了一張，沒有答案可以對，也不知道寫成了什麼狗樣。

果然，江起淮看了兩眼，表情都凝固了。

陶枝撐著腦袋：「你這個表情是什麼意思？」

「意思就是，」江起淮拿起筆，不緊不慢地說，「妳的提升空間大到讓人敬佩。」

「……」

陶枝想把他腦袋塞進抽屜裡。

江起淮繼續道：「妳現在想提高總成績非常容易，不用再像上個月一樣死讀英文，把每一科的基礎題分數拿到的話，至少可以得到考卷上百分之六十到七十的分數，比妳提高英文要簡單很多，而且理科本來就是會就會。」

「不會就不會，不需要長期的詞彙量累積。」陶枝垂頭喪氣地說。

江起淮看了她一眼。

腦子還挺清楚。

他沒拿課本來教她，直接從練習題開始了。

每一題涵蓋了什麼主題，用了哪些公式，他都列得清清楚楚，陶枝遇到不會的就直接圈出來，他再針對性地講一遍。

效率最高的一種辦法。

他講解題目的語速不急不緩，條理分明、邏輯清晰，聽進去以後，陶枝終於明白，為什麼付惜靈會說聽學霸教書是一種享受。

一個講得明白，一個理解得快，只花了一節自習課的時間，陶枝就做完了兩張。

陶枝得意忘形了。

陶枝覺得照這個節奏走下去，她下次期中考的數學能考一百五十分。

兩張試卷做完，她放下筆伸了個懶腰，人也從剛剛緊繃的狀態中放鬆下來，身子往後靠了靠，從斜後方看著江起淮。

少年正在看她剛剛做完的那張試卷，低著眼睫的目光沉靜。

他的視線停在其中一題，筆尖往過程上輕點，低淡開口：「這題，公式用錯了。」

過了老半天都沒人理他。

江起淮抬起頭來。

女孩兩隻手臂往前一伸，上半身趴著，整個人大字擺開，癱在桌子上：「我累了，我腦子都凍結了，好累，無法思考。」

江起淮瞅著她，沒說話。

見他沒反應，陶枝擺了擺雙手，趴在桌子上耍賴：「需要一點獎勵。」

江起淮嘆了口氣，也不知道她是跟誰學的：「什麼獎勵？」

陶枝側過頭來，想了想說：「比如，我做對一題你就誇我一句。」

「……」

江起淮的眼神刻薄得明明白白：妳是在做夢？

他這個人本來就不會說話，陶枝思考了一下，叫他誇人確實有點太為難他了。

她撐著腦袋直起身，和他拉近了距離。

江起淮沒躲，只是看著她湊近。

距離近到連睫毛都變得清晰起來。

陶枝仰著頭，深黑色雙眼直勾勾地盯著他，眼神明亮又直接：「或者是，只要我做對一題，你就抱我一下。」

陶枝本來就是個乾脆的人，個性直接，不喜歡彎彎繞繞地憋著，心裡面如果裝著事，就會直截了當地表達出來。

既然已經確定了，既然已經明白了自己心中所想的，那也沒什麼好隱瞞的。

配不上就努力配，追不到就慢慢追。

暗戀有什麼意思？暗戀又不能讓人夢想成真。

如果她只是默不作聲地暗戀，到最後錯過了她的少年，豈不是會後悔一輩子？

她幾乎是屏住呼吸，等待著江起淮的反應。

話都說到這個份上了，他要是再聽不出來，那他就是傻子。

她直勾勾地盯著他，想從他的表情裡看出一絲一毫的蛛絲馬跡，無論是驚訝或是驚嚇都可以。

但江起淮沒有反應。

他垂眼看著她，逆著窗外的夕陽，一雙桃花眼被攏下一片陰影，眸色漸深。

兩個人對視了半晌。

陶枝抿了抿唇，還是先忍不住了。

她小聲說：「你怎麼沒反應？」

江起淮頓了兩秒，才開口：「我要同意嗎？」

他的聲線很低，帶著一絲不易察覺的啞。

說到底，她也是個女孩子，臉皮薄，陶枝覺得自己的耳尖有點燙：「你要是同意的話，我今天就把那些試卷全都做完。」

她嘟囔：「我總能答對一半以上吧。」

陶枝想了想，只要她每張試卷能寫對一半，就可以讓江起淮抱著她一整晚。

不過這樣好像顯得太癡漢了。

她思考著自己的這顆直球是不是打得太過突然，應該給他一點緩衝時間的。

畢竟江起淮這個人，在男女關係上應該還是挺靦腆的。

陶枝偷偷看著他，那位冷若冰霜的高冷男子，還是退了一步：「你當真了嗎？我開玩笑的。」

江起淮看著她，緩慢地將唇角抿成平直的一條線。

看起來好像更冷了。

陶枝有些後悔自己不經大腦說了這些話，手指也抱著桌邊摳了摳，覺得有些懊惱。

她不曉得江起淮到底在想些什麼。

也拿不准他到底喜不喜歡、介不介意這種直接的表達，不曉得他會不會覺得厭煩。

陶枝不說話了，江起淮也沒說話，安靜地幫她改完了試卷，兩個人陷入了一種莫名的沉默之中。

晚自習的最後十分鐘，趙明啟到講臺上說起了運動會的事情，呼籲大家積極報名，為班級爭取榮譽。

陶枝一句話都沒聽進去，一直等到王褶子進來，發下了今天的作業後準備放學時，她才不情不願地從季繁的位子上站起來，慢吞吞地回到自己的座位上收拾書包。

她把東西都裝好，轉過頭去，發現江起淮還沒走。他把東西都收拾完後，坐在座位上滑著手機，不知道在等什麼。

陶枝剛想跟他說話。

季繁兩步跨過來，一手拎著她的書包，一手揪著她的外套，頭也不回把她給拽走了。

陶枝趔趄地跟著他走出了教室，依依不捨地回頭去找江起淮，季繁腳步很快，幾乎是拎著她往前走。

沒有在最後跟江起淮說上話，陶枝有些惱火：「你跑這麼快幹嘛！」

「難道等妳繼續跟人家打情罵俏？」季繁放緩了腳步，翻了個白眼，「妳能不能稍微收斂一點？還在教室呢，妳以為坐妳前面的兩個人都是聾子嗎？」

陶枝一頓，後知後覺地臉紅了。

她結結巴巴道：「你們聽到了？我講很小聲呢。」

「我們，他媽的，就坐在妳前面啊祖宗，」季繁一字一句地說，「所以，妳喜歡的那個人真的就是江起淮？」

陶枝一語不發，默認了。

「我真是服了，」季繁看起來一副既震驚又早知如此的樣子，「我之前也猜到是他，跟妳關係好的一共就這麼幾個，妳總不可能喜歡厲雙江那個白癡。」

陶枝氣勢微弱地反駁道：「怎麼就不可能了？厲雙江長得也還行，成績還挺好的。」

季繁看起來有些鬱悶：「江起淮這個人，前腳把我揍一頓，後腳我姐就喜歡上他了，我他媽的要在這個人身上栽兩次？」

「不能這麼說，」陶枝糾正他，「你有沒有想過，可能就是因為他把你揍了一頓，我才喜歡上他的呢？」

季繁：「……」

兩人邊走邊說，在出了校門之後找到車。

來接人的車子還停在老地方，但換了一輛。

季繁還沒有反應過來，以為顧叔叔今天把車停到別的地方去了，陶枝眼睛一亮，朝那輛黑色的轎車奔去。

她拉開車門，陶修平趴在方向盤上，皺著眉發呆，看起來心事重重的樣子，在聽到車門被打開的聲音後，驀然回過神來。

他眉心鬆開，笑呵呵地看著她：「這是誰家的公主放學了？」

因為季繁回來了，陶枝沒有坐副駕駛，乖乖地爬到後座：「你不是過兩天才回來嗎？」

「這不是趕著來接我們家的少爺和小姐嗎，」陶修平指了指後面，「栗子酥，小繁不愛吃太甜的，還買了一些肉鬆蛋捲，嚐嚐看好不好吃。」

季繁也上了車，他還鬱悶著：「可能聽說妳非禮人家小男生，特地回來查崗的。」

陶修平才剛發動車子，緩慢上路，在聽見這句話的時候，被口水嗆了一下：「昨天還彆扭呢，今天就動手了？」

季繁翻了個白眼：「她叫人家抱她一下。」

陶修平一個急剎，車子堪堪停在學校路口的紅綠燈前。

他直接轉過頭來：「那個小畜生還抱上了？」

陶枝：「……」

季繁：「……」

陶修平清了清嗓子，重新轉過頭去，放緩了語氣：「爸爸的意思是，那個男生。」

「沒有，人家沒理她。」季繁幸災樂禍地說。

陶修平暗暗地鬆了口氣。

陶枝坐在後面揍了季繁一拳。

季繁捂著肚子彎下腰，「啊」了一聲：「我負傷了！」

陶枝不想理他，扭過頭看著車窗外。

江起淮明明就有回應她。

耳朵壞了就去看醫生，他明明就有回話，還問她要不要同意呢。

多麼的尊重她。

依照慣例，只要陶修平提前回來，他就會負責掌廚，而張阿姨就在旁邊幫忙。季繁坐在沙發裡，擺弄著陶修平從德國帶回來給他的機器人，陶枝把禮物放在一旁，坐在沙發上看書。

等到菜都做得差不多後，陶修平走過來，本來以為她是在看什麼小說，結果垂頭一看，是一本國文課本。

陶枝直勾勾地盯著客廳虛空的某一點，嘴裡小聲念叨著正在默背的古詩詞。

她注意力很集中，根本沒注意到陶修平走過來，男人一臉愕然，跟他的兒子來了一個眼神對視：她現在天天都這樣？

季繁點點頭，對他做了一個嘴型：她喜歡的那個小畜生，年級第一。

陶修平的心情有些複雜。

既欣慰，又覺得忌妒。

女兒從來都沒有為了他認真讀書過，現在卻因為另一個男生，下定決心要重新開始讀書。

晚飯的時候，陶枝跟陶修平提起想找家教的事情。

在陶枝國中的時候，因為成績跟坐了滑翔傘似的直線而下時，陶修平就提過幫她找家教的這件事，但當時的她很抵觸，說了兩次後也不歡而散，之後就再也沒談過這件事。

而這次卻由她主動提出，陶修平立刻就答應她了。

他的效率很高，週六上午十點，家教上門。

對方是個大二的名校學生，叫蔣何生，是陶修平一個朋友的兒子。本來是打算把季繁也拉起來聽課，但是少年寧死不屈，最後還是只有陶枝一個人上課。

蔣何生長相溫和俊逸，在校期間的履歷也很漂亮，學生會副會長，校辯論隊核心成員，教起課來也有自己的一套方法。

跟江起淮那種言簡意賅、不多說半點廢話，只劃分重點題型，按主題來進行的不同，他講東西非常細膩，基礎知識會翻來覆去、換換花樣，即便陶枝提出了再簡單的問題，他都不會不耐煩。

用他的話來說，萬丈高樓平地起，基礎是最重要的一環，只要掌握好基礎，過去不知道從哪裡下手的題目，也會茅塞頓開。

因為是熟人，上課時間也隨意很多，沒有固定，陶修平讓兩個孩子加了聯絡方式，以便安排時間。

一整個上午的家教結束，在吃完午餐後，陶枝坐在書桌前欣賞著剛剛做完的試卷。

她拿著筆，對著題目一題一題地數，算著自己能靠這張試卷得到多少個抱抱。

算著算著，她又有點坐不住了，心裡發癢。

這次，陶枝長了腦子，在出門的時候帶上了試卷。

一回生二回熟，她在江起淮家的樓下下車，走去旁邊的小超市裡買了點東西，兩隻手提得滿滿的，憑著記憶走到他家門口。

樓道裡光線很暗，東西也很重，陶枝的雙手都勒出了紅印，她站在門口，腳步卻突然停住了。

有點唐突。

她甚至都忘了跟人家打聲招呼，只是腦袋一熱，就直接跑到人家家門口來了，這是怎麼回事？半點禮貌都沒有。

陶枝靠在冰冷的扶手上，想了想後還是決定先回去，等到下次打個招呼再說。

正當她準備轉身離開時，面前的大門「喀噠」一聲打開了，江爺爺提著一袋垃圾，站在門口，在看見她之後愣了一下，笑道：「小陶來了？」

陶枝拎著東西，眨了幾下雙眼後才反應過來。

走也走不了了，乾脆上前，有點不好意思地說：「我想吃爺爺做的菜了。」

江爺爺哈哈大笑，將身子往旁邊讓了讓：「快進來，外面很冷。」

陶枝進去，將手裡的東西放在旁邊的餐桌上，又看見老人家提著的垃圾：「爺爺是要去丟垃圾嗎？給我吧。」

江爺爺連說不用，但陶枝已經接過來了。

女孩穿著一件紅色的外套，蹦蹦跳跳地往下跑，看起來歡快又活潑，跟他們家的悶葫蘆截然不同。

江爺爺開門等了一下，聽見樓道裡傳來腳步聲，陶枝縮著脖子跑回來。

屋子裡暖洋洋的，她揉了揉勒得有點疼痛的掌心，換下鞋子後舒服地吐出了一口氣。

江爺爺倒了一杯溫水給她。

陶枝在道謝後接過，小心地往裡看了一眼。

「阿淮不在家，下午才會回來。」江爺爺說。

陶枝坐在沙發上，乖乖地捧著水杯。

江爺爺嘆了口氣：「阿淮是個懂事的孩子，就是沒有出生在一個好家庭，個性沉悶，跟同齡人也很少能玩在一起，要操心的事情多，還要照顧著我這個老頭子。」他頓了頓，沒往下說，只是含笑抬起頭來，「妳能過來玩，爺爺真的很高興，跟妳在一起的時候，阿淮看起來會更活潑。」

陶枝點了點頭，完全感覺不到江起淮跟她在一起的時候，到底哪裡活潑了？

這個人跟「活潑」兩個字完全就是絕緣體。

她陪著老人聊了好一陣子，女孩話題多，講話又有趣，逗得老人一直笑。聊累了，兩個人就各自做點事情。

江起淮在回來的時候已經接近傍晚，才剛進門就看見客廳裡多了一個人。

江爺爺坐在窗邊的搖椅裡，戴著眼鏡看書，而陶枝搬了一個小板凳，坐在茶几旁邊，面前還攤著張試卷。

他不在家，她就沒進他的臥室，直接趴在茶几上寫起題目。

夕陽透過玻璃窗，被舊窗框切割成一塊塊整齊的斜方格，她的髮梢被籠罩在昏黃色的餘暉下，那一剎那，她整個人都非常明亮。

像光一樣。

江起淮恍惚了一瞬間才回過神來，陶枝在聽見聲音後也抬起頭。

她隔著一個客廳的距離，逆光看著他，嘴角揚起了很大的笑容：「你回來啦！」

江起淮的心臟跟著一跳，蜷了蜷垂著的手指。

光線直接穿透軀體，柔軟且不動聲色地包裹著心臟，然後一點一點地緩慢擴張。

有某種東西混雜著陌生的情緒，不受控制地往外湧。

他抿著唇沒說話，把鞋子換下後走進客廳。

「我有東西要給你看。」陶枝坐在小板凳上回過身，從沙發上拽過她的小包包，然後垂著腦袋，往裡面掏了掏。

翻了老半天，她抽出了一張試卷，那張試卷被她塞得有點皺，她把它展開來，迫不及待地高舉到他面前。

這張試卷是蔣何生特地出給她的，上面都是簡單的基礎題，陶枝把腦袋從試卷下面探出來，仰著頭看著他，眼睛亮亮地：「你看，我全寫對了！」

客廳裡一片靜謐，只有女孩子歡快的聲音，江爺爺將視線從書上移開，悄悄地往這邊看了一眼，然後又若無其事地低下頭，將身子轉過去，背對著他們。

江起淮對上她期待的眼神，終於忍不住彎了彎唇角。

他讓掌心停在她頭頂，頓了一瞬之後輕輕落下，溫柔地揉了揉。

「我看到了，很厲害。」他低聲說。

陶枝連呼吸都屏住了。

少年的身上還帶著晚秋的冷氣，手指冰涼，掌心卻是溫熱的，修長的手指穿過髮絲，屬於他的矛盾溫度和重量，輕飄飄地壓在陶枝的頭頂上。

很舒服，又有些癢。

她想伸手撓撓，又擔心只要自己一抬手，江起淮就不會再摸摸她的頭了。

她不受控制地晃了晃頭，讓腦袋抵著他的手掌，輕輕蹭了蹭。

少女柔軟的髮絲纏繞著指尖，漆黑的長髮和冷白膚色糾纏在一起，極鮮明的對比，江起淮的手指微屈，片刻後才把手收回。

頭頂的重量倏地卸下來，空空的，陶枝有些意猶未盡，遺憾地看著他小聲說：「你不再摸摸我了嗎？」

江起淮「嘶」了一聲。

陶枝立刻老實道：「我亂說的，我錯了。」

江爺爺背對著這兩個年輕人，把視線放在書上，眼觀鼻、鼻觀口，努力將自己融進客廳的背景牆，假裝自己不存在。

江起淮抬頭看向他。

陶枝才終於想起江爺爺還在客廳裡，把手裡的試卷「唰」地放下去，扒著她的小板凳，默默地轉回了茶几的那一面繼續寫題目。

茶几有點矮，腿也沒地方放，她屈著腿，下巴抵在膝蓋上，整個人弓成一團小蝦米，裝模作樣地寫著試卷。

江起淮把外套掛在一邊，側頭：「怎麼不去房間寫啊？」

陶枝用筆尖畫過卷面上的題目：「你不在家啊。未經允許，不得擅闖私人領地，連小動物都知道。」

江起淮俯身，拿著她放在沙發裡的小書包往臥室走：「進去寫吧。」

陶枝收拾起了自己的試卷，顛顛地跟著他。

起身的時候，她回頭看了江爺爺一眼。

江爺爺也剛好轉頭，跟她對上了視線，還朝她擠了一下眼睛。

陶枝揉了揉臉，有些不自在。

總有種當著江爺爺的面，占了人家孫子便宜的心虛感。

江起淮的房間和上次來的時候沒什麼差別，依然收拾得乾淨簡潔，床上的被子鋪得整整齊齊，讓陶枝想起了自己那永遠都疊不起來的被子。

她不喜歡把棉被疊起來，也不讓張阿姨疊，早上起來就把被子堆起，堆成一坨中間鼓起來的小山，到了晚上睡覺的時候，就可以直接把自己埋進去。

北方的十一月已經開始供暖，臥室裡溫暖而乾燥，在夕陽柔和的光束裡，能看見空氣中沉浮著細小的灰塵顆粒。

陶枝將試卷放在書桌上，沒坐下，又跑到門口，神秘地朝江起淮招了招手：「你過來。」

江起淮跟著她走出去。

陶枝進了廚房，裡面堆著兩個大大的袋子，陶枝打開其中一個，從裡面翻出來了兩大盒草莓，獻寶似地說：「我買了好多草莓。」

江起淮掃了檯面上的東西一眼：「都是妳買的？」

「總不能每次來都白吃白喝的，」陶枝將草莓盒上的一層保鮮膜拆開，走到水池前，江起淮已經開了水龍頭洗手：「我來。」

他順手接過了她手裡的盒子，陶枝也沒堅持，只是站在旁邊看。

他從碗櫃裡抽出水果盤，又把草莓的葉子一片片摘掉，丟進去沖水，洗得細緻又熟練。

陶枝靠在牆上看著，突然想起這是她喜歡吃的東西，因為她喜歡，所以也想分給他吃。

但她對於江起淮的愛好一無所知。

喜歡什麼、討厭什麼、愛吃的東西又是什麼，這些都是空白的，這個人的生活中似乎除了讀書和賺錢以外，沒有其他的偏好。

陶枝突然覺得很不舒服，他們在相似的年紀裡，過著截然不同的生活。

她不用做任何家務，不愁吃穿和金錢，不必考慮生活的重擔，每天活在陶修平的庇佑之下，卻依舊有那麼多讓她覺得難過的瞬間。

這種瞬間，江起淮肯定感受得比她還要多。

他會不會也經歷過、覺得生活非常辛苦的時候？

陶枝的情緒有些低落，抿著唇看向他：「殿下，你有喜歡吃的東西嗎？」

江起淮把洗好的一顆草莓裝進水果盤：「沒有。」

陶枝伸著腦袋：「水果呢，也沒有嗎？」

「嗯。」

陶枝猶豫了一下，還是大膽地問：「桃子呢？」

江起淮停下動作，抬起頭來。

她看著他眨了眨眼，一臉無辜：「也不喜歡吃嗎？」

水流聲在廚房裡嘩啦啦地響，她的聲音很輕，似乎不帶有任何內涵。

江起淮看著她，微微地瞇起了桃花眼。

這個女孩就像一隻機靈且狡猾的小貓咪，試探性地伸出爪子來觸碰他一下，又很快地收回去，在消停一下之後，又忍不住伸出來，扒著他撓撓抓抓，然後再次晃著尾巴溜開。

她倒是非常熟練。

熟練得讓人無端地感到火大。

江起淮的氣壓又低了兩度，他端著洗好的草莓轉過身來：「伸手。」

陶枝乖乖地把手伸出去。

江起淮把草莓盤子往她手上一放，轉身走出廚房，帶著輕飄飄的語氣：「我對桃子過敏。」

陶枝：「……」

陶枝把草莓分裝成兩盤，一盤放在客廳留給江爺爺，另一盤則拿進臥室裡放在書桌上。在等待晚餐的時候，她繼續寫著剛剛放在客廳的那張試卷。

沒過多久，江起淮又被江爺爺趕出了廚房，老人家似乎非常介意他搶了自己的表現機會，他一進臥室，就看見陶枝正用筆戳著鼻子，對著題目苦思冥想。

江起淮走過去坐在床邊，隨手拿起了她剛剛給他看的那張試卷。

基本上都是問答題，陶枝的字跡非常好認，在她的解題過程旁邊，時不時會出現另外一行小字。

相同顏色的筆，但筆跡卻截然不同，那些字工整又漂亮。

江起淮頓了一下。

陶枝因為一題都做不出來，就轉過頭來看向他。

她的視線也落在了那張卷面上，指著那個字開心地說：「這是我的家教告訴我的解題方法。」

江起淮抬眼：「請了家教？」

陶枝點點頭，比了兩根手指出來：「大二，也是實驗一中畢業的，我本來還覺得找學生太年輕了，想叫我爸找個更好、更有經驗的，結果這個學長的解題方式意外的細心。」

學長。

江起淮也點點頭，沒再說話。

陶枝沒有察覺異狀，繼續寫題目。

她還卡在某一題上面，想問問江起淮，結果這個人已經開始寫起了習作。

他流暢又迅速地寫著，陶枝也不想因為自己的問題而打擾他、讓他分心，想了想，還是先跳過那題，繼續往下寫。

江起淮就著麼等到了江爺爺叫他們出去吃晚飯，陶枝都沒有開口問他。

他用餘光瞥了她的試卷一眼，發現她把剛剛不會的那題給空下，其餘的題目都寫完了。

他就這麼活生生地坐在她旁邊，結果這個沒良心的，因為有了她的學長家教，就連一題也不再問他了。

一題也不問。

她是覺得他的水準不如那個學長好？

江起淮垂著嘴角，放下筆闔上習作，起身出去。

一整個晚飯的時間，他都沒再說話。

連陶枝這種神經不是特別細膩的，都能感覺到他有點不對勁。

江爺爺瞅了自己一聲不吭的孫子一眼，之後又看向陶枝，無聲做了一個嘴型：吵架啦？

陶枝抓著筷子搖了搖頭，也不知道是哪裡出了問題。

他在回到家看到她的時候，應該還是挺高興的。

還摸了她的腦袋，說她很厲害。

陶枝有些煩躁，她覺得男生真是太難懂了。

如果是平常的話，她肯定就直接問了，但因為江爺爺也在，所以她不好開口。

幾個人安靜地吃飯，只有陶枝時不時跟江爺爺說笑兩句，江起淮始終都沒什麼聲音。

一頓飯吃完，陶枝的情緒也有點低落了，她沒多待，幫江爺爺收拾好了碗筷，就裝上了自己的東西告辭。

江起淮送她下樓。

樓道裡安安靜靜的，陶枝悶著頭，一口氣走下去，在推開大門後，冷颼颼的強風順著外套往裡面灌。

陶枝也開始賭氣。

這個人的性格真的很煩。

她根本不知道自己哪裡惹到他了。

出了國宅後走到巷口，陶枝越想越悶，最後還是忍不住。

她停下腳步，猛然轉過頭去，有些惱火地皺眉看著他：「我又惹到你了？」

江起淮跟在她身後，腳步差點沒收住，把身子往後偏了偏才沒有撞到她。

「沒有。」

「那你在這裡板著臉發什麼脾氣？」陶枝煩躁地說，「吃飯的時候也不說話，下樓的時候也不跟我說話，你這個人性格怎麼這麼討厭？」

江起淮一言不發。

巷子裡瞬間安靜下來，貓咪蜷縮在牆角睡覺，時不時抬起頭，警惕地看著他們。

半晌，江起淮忽然沒頭沒尾地說：「我教的，妳聽不懂？」

陶枝的怒火憋在喉嚨，愣愣地仰著頭，不太理解：「啊？我聽得懂啊。」

江起淮抿著唇：「聽不懂的，妳也不問。」

她愣了兩秒，突然明白了。

學霸覺得自己被比下去了。

學霸的自尊心又受挫了。

這個人平時看起來挺冷酷無情的，偏偏在有些地方又讓人覺得有點幼稚。

「你當時不是在寫題目嗎？」陶枝委屈地說，「而且你也不理我，妳看到我有不會寫的題目，也不會主動教我。」

女孩委屈地看著他，江起淮跟她對視了片刻：「妳的學長家教會教妳。」

「那不一樣，」陶枝撇嘴。

「哪裡不一樣？」

陶枝皺起眉：「全部都不一樣，家教只是家教，你跟他怎麼會一樣？」

他們聲音有點大，趴在牆角的貓咪似乎是受到了驚嚇，喵的一聲竄進了巷子深處。

老舊的路燈滋滋作響，黯淡的光線將兩個人的影子拉得很長。

江起淮垂著眼，女孩也低下了腦袋，長髮柔軟地披散下來，頭頂有一個小小的漩渦。

「陶枝。」他突然叫了她一聲。

陶枝抬起頭來，不開心地鼓著雙頰。

江起淮淡淡地看著她。

「妳喜歡我？」

陶枝把鼓在臉頰裡的那口氣全吐了出去，還沒反應過來。

她本來覺得自己已經夠直接了，沒想到江起淮也不拐彎抹角，直接開門見山地問。

雖然她最近表現得挺明顯的。

但聽到他這麼直截了當的提問，還是讓人有些措手不及。

陶枝屏住了呼吸，低垂著的腦袋也倏地抬起來，在路燈下看著他。

下一秒，她像剛才竄走的貓咪一樣，整個人退後了幾步，靠上冰冷的牆面，漆黑的雙眼也睜得圓圓地看著他。

跟剛剛那隻因為受驚而逃走的貓咪，幾乎一模一樣。

江起淮並不是提出「要不要做我女朋友？」這類的問題，而是「妳喜歡我？」。

疑問句，她可以有兩個回答。

如果她說喜歡，那江起淮也有兩個回答。

我也喜歡妳，或者，我不喜歡妳，也請妳不要造成我的困擾，不要繼續喜歡我。

陶枝心裡大概也知道，關於這兩個答案，哪一個中獎的幾率更大，但她不是很想承認自己會被拒絕。

卻也不願意否認自己喜歡他。

至少在現在來看，她是很喜歡這個人的，就算只是口頭上說說的，陶枝都不想否認這個事實。

喜歡就是喜歡。

她皺著眉看著他，絞盡腦汁地想了老半天，才有些艱難地開口：「這不好說。」

「……」

江起淮聲音平緩：「怎麼不好說？」

「就是，不好說，」陶枝將手指抵在牆上，糾結地摳了摳牆皮，吞吞吐吐地說，「我得考慮考慮，我過幾天再給你答覆。」

江起淮：「……」

瞬間被她反客為主了，悶著的情緒還憋在那裡，又全被她塞回來了，江起淮又氣又想笑，他不動聲色地往前走一步：「妳還要考慮自己喜不喜歡我？」

陶枝看著他，緊張地舔了舔嘴唇。

他又往前走了一步：「要我問妳，妳才開始考慮？」

巷子本來就很窄，只有兩、三人寬的距離，陶枝緊貼著牆壁，看著他一步一步朝自己走來，深長的影子把她整個人給包圍住。

江起淮將她圈在牆壁和身體之間，傾下了上半身，低著頭看著她，氣息在一瞬間籠罩環繞：「妳今天到底是來幹什麼的？跟我炫耀妳的學長家教？」

少年的氣息溫暖，和室外冰冷的空氣形成鮮明的對比，咫尺距離，他的聲音繚繞在她的耳畔，溫熱的吐息也一股一股地撲在耳廓，陶枝呼吸有些亂，指尖發麻，大腦開始短路。

不是。

我想來跟你討個抱抱。

陶枝垂下眼瞼，心臟跳得又急又快，聲音大到讓她覺得是在耳邊砰砰作響，她忽然動了動，整個人向前一小步。

江起淮還維持著俯身的動作，而陶枝突然抬起手臂，環著他的脖頸，整個人也湊上來。

柔軟的身體隔著外套貼上，女孩的額頭抵著他的肩膀，輕輕抱了他一下。

鼻尖縈繞著她髮絲間的清甜香味。

江起淮僵在原地。

陶枝把腦袋埋在他肩頭蹭了蹭，小聲說：「我是來做這件事的。」

她說完後，瞬間鬆開手臂，重新拉開了距離，順著他和牆壁之間的空隙中竄出，頭也不回地往外跑。

巷子的一端是昏黃，另一端則是燈火通明的夜。

她的背影挑開了黑暗，像是午夜鐘聲響起的仙度瑞拉，逆著光，有些慌亂地飛快逃走。

江起淮站了良久，直到陶枝的影子澈底地消失在視線中。

他將手指覆上了裸露在外套外面的後頸，用指腹輕輕地蹭了蹭。

剛剛攏在那邊的手指有些冰涼，帶著柔軟的力度，透過皮膚，殘留在身體裡。

陶枝逃回家的時候，家裡才剛結束晚餐，陶修平坐在沙發裡，抱著筆電處理著工作郵件，而季繁則橫躺在沙發上，看著手裡的漫畫。

陶枝把背包摘下來，將脫掉的外套丟在一旁，穿著拖鞋走進客廳，一抬眼就看見父子倆正盯著她看。

季繁的眼睛從漫畫上面露出來，陶修平略低著頭，視線從金絲邊框的眼鏡上方看過來。

季繁：「妳去哪裡了？」

陶修平：「晚飯都不回來吃？」

「……」

陶枝有些心虛地抓了抓鼻子，隨口道：「我去找及時雨一起吃飯。」

「哦，那沒事了。」季繁放下心來，繼續看漫畫。

陶修平一眼就看出她在說謊，但也沒有多說，在推了推眼鏡後繼續工作。

陶枝鬆了口氣，走過去把書包丟到沙發上，在季繁旁邊坐下，並抽出了一本習作。

她屈起腿踩在沙發上，把習作放在腿上看。

陶修平劈里啪啦地打著字，好似不經意地問道：「妳喜歡的那個小男生，叫什麼名字啊？」

季繁繼續看著漫畫，翻了一頁後懶洋洋道：「小畜生。」

陶枝朝他的腦袋拍了一巴掌。

季繁「嗷」地一聲，捂著腦袋：「江起淮！行了吧。」

陶修平贊同道：「姓江？名字取得真不錯。」

「主要是人家老爸的姓氏很好，」季繁撇撇嘴說，「再看看我們家的這位，姓了一個水果名。」

陶枝停下了寫字的動作，被他這麼提醒，立刻就想起了今天下午在廚房的事。

江起淮對桃子過敏。

然後她還姓陶。

就好像冥冥之中，兩個人註定不相配一樣。

她為什麼就一定得姓陶？

她就不能姓梨、姓杏、姓個葡萄什麼的嗎？

陶枝皺了皺眉，有些不開心地看向陶修平：「爸爸。」

陶修平抬起頭：「嗯？」

「我不想叫陶枝了。」陶枝看著他，嚴肅地說。

「那妳想叫什麼？」陶修平也很尊重她的意願，問道，「陶小枝？陶美美？要不然叫陶大胖吧，妳小時候挺胖的。」

「叫什麼都不重要，隨便叫什麼都行，」陶枝有些憂鬱，嘆了口氣，「我主要就是不想姓陶。」

陶修平點點頭：「妳主要就是不想姓陶，我看妳是想上天。」

「妳可以姓季，叫季上天，」季繁說，「我們來孤立老陶。」

「你們兩個夠了喔，還沒完沒了了是吧？」陶修平看了他一眼，又看向陶枝，「跟爸爸說說，妳為什麼突然就不想叫這個名字了？有誰說過妳的名字不好聽嗎？」

「沒有，」陶枝不想承認自己是因為這麼幼稚的原因，「我就是突然不想姓陶。」

「她就是突然想上天。」季繁來勁地說。

陶枝隨手抓了一個沙發靠墊拍在他臉上。

季繁掙扎地把靠墊拽下來。

陶修平把筆電放在旁邊，俯身端起茶几上的茶杯喝了一口：「我們家的公主，最近有很多奇思妙想啊。」

「單戀中的女生都是這樣的，沒辦法。」季繁抱著靠墊說。

陶修平嘆了口氣：「過兩天，爸爸也不是這個世界上最帥的男人了。」

季繁：「再過一段時間，就會開始養老鼠咬布袋了。」

「女大不中留。」陶修平說。

「留也留不住。」季繁悠悠道。

「……」

陶枝不想聽這對父子在這裡一搭一唱，腦子裡亂糟糟的，連題目都做不下去，她抱著習作回到了房間。

臥室安靜，陶枝抱著習作站在床邊，然後直挺挺地往前倒，一聲悶響地栽在床上。

她將腦袋埋進被子裡，抱著被角蹭了蹭。

陶枝突然有些後悔，自己之前過於膽小，錯失了一個跟江起淮示愛的大好機會。

但陶枝也不想這麼貿然表白，然後被拒絕。

她得想個辦法，讓江起淮就算不同意，也不會說出拒絕的話。

一連幾天，陶枝都沒有再提起這件事。

平時不務正業，只知道玩樂的趙明啟，在最近特別活躍，運動會近在咫尺，他做任何事情都有了充分的理由，打球是強身健體，為接下來的運動項目做準備、聊天是苦口婆心，勸說同學報名參加比賽。

一班學生的成績各個都拿得出手，只是在運動方面和各種課外活動上，都搞得很普通，除了幾個男生以外，其餘的人都興致缺缺，趙明啟用請客誘惑、帶零食去勾引，好不容易才把所有項目的報名人數湊齊，將報名表交給體育老師。

陶枝也在他的死纏爛打下報了兩個項目。

運動會在十一月中，因為學校裡的室外體育場在擴建，所以臨時借了旁邊的帝都二醫大當作活動場地。

陶枝在前一天查了一下地圖，發現這個學校離江起淮家不遠，從她家過去的話剛好可以路過。

第二天，她起了個大早做準備，把季繁和陶修平也叫醒了，提前半個小時出門。

父子倆的哈欠一個接著一個打，她神采奕奕地坐在後頭，背包裡放了一堆零食，緊張地抿著唇。

車子駛上江起淮家的那條街。

陶枝眼睛亮了亮，直起身來拍了拍駕駛座：「爸爸，停車。」

陶修平緩緩地開到路邊，在停下後轉過頭來：「怎麼了？忘了帶東西？」

「沒，我去找我同學，」陶枝打開車門下車，又回過頭來，「你們先走吧，我等一下跟同學一起過去！」

陶修平還來不及說話，女孩就已經背著她的小包包跑到了前面的人行道，剛好是綠燈，她一跑一顛地過了馬路，身影很快就消失了。

陶修平回頭看了季繁一眼：「這個小孩是怎麼回事？」

季繁打了個哈欠，擠眉弄眼地說：「還能怎麼回事？肯定是去找那個誰誰誰了吧。」

深秋的清晨霜露濃重，天氣陰沉沉的，雲層蔽日。

陶枝一路小跑到江起淮家的那條巷子前，停下腳步，雙手撐著膝蓋彎下腰，小口小口地喘著氣，調整呼吸。

心跳很快，不知道是因為剛剛跑了一路，還是其他原因。

陶枝站在巷口，直起身來靠在牆面，深吸一口氣後調整了一下呼吸。

街道上沒有夜晚的熱鬧，整條街都空蕩蕩的，窄巷上方的天光傾灑，照亮了幽暗狹長的路。

陶枝搓著凍僵的手指，站在裡面等了一下子。

大概過了十幾分鐘，一個人影出現在了盡頭。

他裹著霧氣向前走，在兩人隔著幾公尺的距離時停下了腳步。

陶枝抬起頭來看過去，隔著晨霧，她影影綽綽地望著他。

江起淮慢慢地向前走。

陶枝站在原地，看著他越走越近，心跳也開始加速，唾液腺在瞬間變得活躍，直到他走她面前。

他似乎是剛洗過澡，髮梢上還有一點沒吹乾的潮濕，身上帶著似有若無的沐浴乳淡香。

陶枝吞了吞口水，仰起頭看了他一眼，又緩緩地垂下：「我考慮了一下，我喜歡你。」

「很喜歡你。」

她的聲音伴隨著冷空氣，一起撞進了耳膜。

陶枝的腳尖在水泥地面上蹭了蹭，手指也緊緊地抓住外套袖口，不知道是因為寒冷還是緊張的關係，她覺得自己連聲音都在發抖。

他是那麼優秀的人。

成績好，運動也還行，長相更是全世界最好看的。

唯一的缺陷就是性格有點彆扭。

但是沒關係，她個性好，可以彌補他這一點無傷大雅的不足，唯一的問題就是——

陶枝垂眼，心裡忽然湧上了一些從未有過的自卑，她覺得有些煩悶，心情就像這天氣一樣，見不到太陽。

她很小聲地說：「但是我現在考不到七百分。」

江起淮看著她。

女孩鼻尖紅紅的，長長的睫毛垂下後顫了顫，看起來又低落又難過。

讓人忍不住又想摸摸她的腦袋。

他一動也不動地垂手站著，只問：「所以呢？」

「所以，」陶枝鼓起勇氣抬起頭，看著他眨了眨眼後試探性地說，「你能不能讓我多考幾次？」

第十七章　社會性死亡

江起淮沒有想過，陶枝會因為他之前隨口拒絕李淑妃的理由，而執著這個七百分。還執著了這麼久。

總成績至少七百，在她那裡莫名成了他擇偶的基本條件。

她似乎還覺得考到這個分數只是早晚的事情，對自己非常有信心。

冷風順著巷口用力灌了進來，江起淮將身子往旁邊側了側，站到冷風吹來的方向，把她整個人遮住，順著她問道：「妳打算考幾次？」

這個問題，瞬間讓這件事從籠統變得具體，她的機會有限，陶枝認真地想了想，絕對不能指望這次的期中考，甚至在期末考之前都沒什麼可能。

她在高三之前，只要能考到一次這種分數，就要燒香拜佛、感謝祖宗顯靈。

陶枝有些心虛地別開視線道：「就，多考幾次，你不要多問。」

女孩心虛地滾著眼珠，薄薄的眼皮和長長的睫毛也跟著動了動，江起淮看著她的目光深長。

她永遠都是這樣。

一往無前、燦爛熱烈，有喜歡的人就去追，說過的話就努力做，堅定且毫不遲疑，彷彿在這個世界上，沒有什麼事情能夠阻擋她追求「我想要」的腳步。

他們本來就不是同一個世界的人，分別在不同的生活環境裡，一天一天地成長，然後成為截然不同的兩種人格。

鮮豔的玫瑰是沒有辦法在貧瘠的土地上盛開的。

對於江起淮來說，她是過於滾燙的一簇光，反常又突如其來，跟他平淡的生活矛盾得格格不入。

卻又讓人忍不住，想要抓住那一縷光亮。

陶枝在說完後，偷偷地觀察著他的反應，等了片刻，見江起淮一副還沒反應過來的樣子，她也準備在他回神之前開溜。

她清了清嗓子：「反正我就是過來通知你一聲，在我考到七百分之前，你也不可以喜歡別人喔。」

陶枝在說完之後，轉身就想跑。

她扭過頭準備邁開步伐，身後的少年忽然嘆了口氣，她背上的書包被人抓住，傳來一陣阻力。

江起淮嘆道：「妳要從這裡走到二醫大？」

陶枝轉過頭來：「不就只要十幾分鐘的路程嗎？我昨天看過地圖了。」

江起淮瞥她：「是開車只要十分鐘。」

「……」

陶枝表情有點呆滯：「啊，走過去要很久嗎？」

「半個小時吧，」江起淮往外走，側頭看著少女在後面無精打采地垂著腦袋，忍不住勾了勾唇角，他走到巷口牆邊的自行車架前，轉過頭。

陶枝已經乖乖地跟著他過來了。

江起淮將其中一輛自行車的鎖打開，把書包丟進車籃後推出來，低聲問她：「會騎自行車嗎？」

「會啊，」陶枝抬起頭來，看著他有些震驚地說，「你打算讓我載你？是不是搞反了？」

江起淮指著旁邊另一輛老舊的自行車，淡聲說：「我有兩輛。」

「喔，」陶枝的表情瞬間平靜了下來，從善如流道，「那我不會騎。」

江起淮：「……」

陶枝緊抓著他的自行車後座，遲遲都不肯放手，搖頭晃腦地故意拖長了聲音：「殿下載我嘛。」

「……」

江起淮咬著槽牙，下顎也輕微動了一下：「好好說話。」

他扶著自行車往前推了推，沒有去打開另一輛車子的鎖。

陶枝開心地跳上自行車的後座，制服的褲子很寬大，她大大咧咧地將長腿叉開來踩在兩邊，握著車座的邊緣晃了晃腿：「走吧走吧！」

江起淮推著車子上路，然後跨上來。

運動會的時間比早自習早了一個小時，清晨的車流量不多，他們沿著自行車道在馬路上穿行，江起淮騎得很穩，陶枝甚至可以放開雙手，不需要抓著座位。

少年將寬闊的背弓成一道流暢的弧度，寬大的制服外套被風鼓起，柔軟的布料擦著她的鼻尖，洗衣精的味道帶著乾淨的整潔感。

耳邊風聲吹拂，陶枝坐在後面晃蕩著腿，把身子往前靠了靠，漸漸地放鬆下來。

車子已經騎進了二醫大的校園，實驗一中已經很大了，卻跟大學的校園沒得比，江起淮似乎對這裡熟門熟路，車輪滾著滿地橙紅色的落葉，在林蔭小道中穿行。

時不時可以看見穿著實驗一中制服的學生，三兩成群地笑著往體育場的方向走。

陶枝在前方的不遠處看見了厲雙江他們。

她才剛想著要不要打招呼，江起淮的聲音就從前面淡淡地傳來：「抓緊。」

他的聲音在前面，音量不大，陶枝沒聽清楚，她伸著腦袋：「什麼？」

「前面有個下坡。」江起淮說。

他話音剛落，車子突然加快速度，順著斜坡筆直地往前滑，陶枝被晃得整個人猛地往前一斜，她的叫聲憋在嗓子裡，化成了一聲慌亂的嗚咽，手指下意識地纏上前面那個人的外套，抱著他的腰，鼻尖也頂住他的背，整個人貼上去。

少年的脊背突然僵住：「都告訴妳要抓緊了。」

「我沒聽清楚啊！」陶枝的腦袋還抵在他背上，聲音悶悶的，「只不過要你說話大聲點，好像會要了你的命一樣。」

江起淮輕笑了一聲，沒說話。

自行車滑過斜坡，重新平穩下來，陶枝後知後覺地感到有些不自在。

她慢吞吞地收回手臂，用冰涼的指尖捏了捏發燙的耳垂。

厲雙江站在坡上，看著前面慢慢拉開距離的那輛自行車，有些呆滯：「剛剛那是，淮哥和……？」

蔣正勳點了點頭：「副班長。」

厲雙江雖然反應遲鈍，但也開始覺得不太對勁：「他們怎麼又一起來了啊？」

蔣正勳沒說話，看著他。

「你看我幹嘛？」厲雙江納悶地說。

蔣正勳：「我在看傻子。」

「你他媽，」厲雙江不服氣地說，「老子上次考六百八！」

蔣正勳打了個哈欠繼續往前走：「你考七百八也是個傻子。」

厲雙江：「……」

等陶枝到達體育場的時候，裡面已經熱鬧起來了。

實驗一中的秋季運動會只有高一生和高二生參加，高三生只剩下半年就要迎接升學考了，所以暫停了所有的娛樂活動，被關在學校裡專心埋頭啃書。

大學的體育場比實驗一中大了一圈，高一和高二各占一邊，自願來幫忙的大學生，站在中間的空地上開始佈置跳高、標槍之類的運動項目，學生在田徑跑道上穿梭，而老師們則在兩邊的看臺上，召集著自己班裡的學生。

陶枝跳下自行車，江起淮把車鎖在體育場門口，兩個人進去找到一班的位置。

因為二年一班要打頭陣，所以被分布在靠近看臺的位置，而看臺前的趙明啟和幾個男生正綁著條幅口號，紅底配上黃字，被風鼓起來獵獵作響。

付惜靈在看臺上拖著一個大袋子，輪流把手掌拍發給大家。她個子嬌小，那個黑色大袋子幾乎有她半個人高，非常重，女孩吃力地拖著往前走，旁邊玩手機的季繁在百忙之中抬起頭，有些看不下去，起身接過她手裡的袋子，不怎麼費力地提起來：「好了，妳去旁邊吧。」

付惜靈閒下來，看見陶枝走過來便朝她揮了揮手。

陶枝也隔著場地，蹦跳著和她打招呼。

等所有人到齊並結束列隊後，校長也開始在司令臺上講話，太陽遲遲地從雲層中探出頭來，瀉下幾縷冰冷的日光。

場館裡熱熱鬧鬧，吃零食的吃零食，準備比賽的也下場熱身。陶枝作為副班長也沒閒著，所有比賽的號碼牌都在她這裡，她靠坐在看臺的第一排，腿上放著裝號碼布的袋子，懶洋洋地叫學號：「十八號，十八號在不在？」

厲雙江從後面探出頭來：「這裡啊老大。」

陶枝把手裡的號碼遞過去，又把兩個別針丟給他：「自己別。」

厲雙江接過來，一邊別號碼一邊說：「哎，老大，您今天怎麼淮哥一起來啊？繁哥呢？」

陶枝一個哈欠還沒打出去，張著嘴巴定住了。

季繁在旁邊晃了晃彩色的塑膠巴掌，發出啪啪啪的清脆聲響後冷笑了一聲：「繁哥怎麼會有存在感呢？繁哥只是一個可有可無的路人罷了。」

陶枝一把抓過他手裡的巴掌玩具拍在他的腦袋上，將手裡還沒發掉的號碼牌放到一邊：

「去發你的巴掌吧。」

季繁翻了個白眼繼續往後走。

號碼牌幾乎都發完了，只剩下她自己的，一班的女生普遍都不太擅長運動，陶枝在趙明啟的糾纏不休下報了兩個項目，女子四百公尺在上午，下午還有一個大隊接力。

正當她別著號碼牌的時候，突然有人從看臺下叫了她一聲。

陶枝抬起頭來。

蔣何生的手裡拿著一張表格，身上穿著二醫大志工的制服，站在底下朝她招了招手。

男生肩寬身長，把那身醜醜的橘黃色上衣穿得非常帥氣，他平時的衣服多半是淺色，陶枝第一次見他穿了亮色，帶著幾分年輕人特有的活力。

陶枝站起身來，順著護欄前的樓梯跑到他面前，覺得有些新鮮：「你怎麼也來當志工了？」

「因為硬性規定學生會的幹部都要來。」蔣何生有些無奈。

在幾堂課的相處下，兩個人逐漸熟悉起來，陶枝笑著朝他比了個拇指：「你這不是還挺適合亮色的嗎？比你穿白襯衫還要帥。」

「枝枝穿制服也很好看，」蔣何生看了她衣服上的號碼一眼，「要去比賽了？」

陶枝點點頭：「女子四百公尺，應該等一下就要檢錄了。」

「剛好是我負責的，」蔣何生拍了拍她的腦袋，笑容溫和，「加油。」

旁邊有幾個同樣穿著志工制服的男生，笑嘻嘻地發出「哦哦哦」的起哄聲。

不知道為什麼，陶枝忽然覺得有些心虛，她下意識地朝看臺的方向看了一眼。

江起淮站在上面，毫無情緒地和她撞上了視線。

場地上方的廣播聲響起，提醒女子四百公尺的參賽選手到檢錄處集合。

蔣何生已經收回了手：「走吧，一起過去？」

陶枝也來不及細想，收回視線點點頭，跟著他一起往前走。

江起淮就看著女孩走在男生旁邊，兩個人不知道說了什麼，她笑起來，眼睛彎起了小小的弧度，側臉柔和，唇邊還露出了一顆小虎牙。

他輕皺了一下眉頭，然後移開視線。

田徑賽道一圈是四百公尺，要跑到賽道的內側邊檢錄。

陶枝起跑的位置在一班的斜後方，終點就在看臺下面。

她在檢錄處填好了自己的班級和號碼，站在起點的地方做熱身運動。

她脫掉外套，裡面只穿了一件毛衣，遠遠看過去，就像一個雪白的小人站在朱紅色的賽道上，蹦蹦跳跳地壓著腿。

陶枝在靠內圈的第二個賽道，位置比外圈的後面一點。

預備槍聲響起，陶枝深吸了一口氣，閉上眼睛平靜下來。

雖然她不喜歡跑步，長大以後也不愛運動了，不過既然已經報名了。

總歸還是要拿個第一回去。

隨隨便便的。

第二聲槍響響徹天際，陶枝在聽見槍聲的那一瞬間，整個人猛地衝出去，場邊響起各個班級的歡呼與吶喊聲，小道具發出來的整齊清脆聲響也瞬間飄遠，陶枝的耳邊只有呼呼風聲。

她定定地看著跑在她前面的幾個人，飛快地拉近了距離，然後一點一點地超越，直到前面只剩下一個。

兩個人幾乎是並排往前跑的。

到了中後段，陶枝開始加速。

女生也同樣開始加速，她剛超過一點，又被追回去，距離始終拉不開，陶枝皺了皺眉，覺得有點煩躁了。

一直到最後的衝刺階段。

陶枝猛烈地咬牙向前跑，旁邊的女生似乎在中段用了太多力氣，速度沒有跟上來。

厲雙江扒在看臺欄杆上瘋狂咆哮：「老大衝啊！幹他媽的！」

眼見著終點的線近在眼前，陶枝沒有留下半點餘力，只看著那條紅色的線往前衝，跟第二名拉開距離，一直到終點。

就在此時，突然有兩個女生從終點線的盡頭走過來，有說笑著地從中間穿過去，剛好走到她的賽道上。

陶枝速度太快，已經沒辦法減速了，眼看馬上就要撞上去，她還來不及喊出聲，那個女生就已經近在咫尺。

女生終於扭過頭，在看見她之後往後退了兩步，還是沒躲開，陶枝向著她衝過去，兩個人就這麼牢牢地「砰」的撞在一起。

陶枝整個人被強大的衝擊力撞倒在地，她在摔倒之前迅速地反應過來，用手掌撐著地面，卸掉了一半的力氣，尾椎骨卻還是痛得厲害，腳踝也火辣辣的，疼得她眼前一黑。

周圍亂哄哄的，腳步聲一陣一陣地傳過來，陶枝的耳畔嗡嗡響，眼前的視野也逐漸清晰了起來。

有人在她面前輕輕地握著她的手臂，氣息乾淨且聲音清冽：「還好嗎？」

陶枝努力地眨眨眼，回過神來，視線才慢慢聚焦。

江起淮跪在她面前，低垂著眼看著她，淺色的眼眸中有著一片晦澀的暗影。

他似乎是剛從看臺上跑下來的，還帶著輕微的喘息。

陶枝忽然就覺得更痛了，連帶著人都變得矯情了起來。

她眼睛蒙上了一層水氣，癟著嘴，小聲地說：「痛。」

江起淮手指一緊，瞬間又放輕了力度，抿起嘴角後微啞道：「哪裡痛？」

「每個地方都很痛，」陶枝吸了吸鼻子，抬起手來，她手心擦破了，傷口混著賽道上的碎沙往外滲著血，她哽咽著，嬌氣地說，「手痛，腳踝痛，屁股也痛。」

江起淮挪動了一下身子，小心地抬起她的腳踝，將寬鬆的褲管往上捲起。

陶枝瞬間頓住，將含在眼眶裡的眼淚憋了回去，她突然意識到什麼，猛地縮起了被抓住的那隻腳。

江起淮抬起頭來。

女孩用濕漉漉的雙眼看著他，縮著腳，一副驚慌的樣子，像是他剛剛幹了什麼非常冒犯的事情。

江起淮深吸了口氣：「我看看。」

「不行！」陶枝拒絕得很乾脆。

氣氛有些僵硬。

陶枝不知道該怎麼解釋。

她因為怕冷，所以習慣在這種天氣多穿一條秋褲。

非常非常醜的秋褲。

這麼醜的秋褲，怎麼能被喜歡的人看見！

更何況她早上才剛跟他告白。

這個年紀的少女所擁有那莫名其妙且讓人無法理解的自尊心，突然在奇怪的地方上線了，陶枝非常後悔，當初為什麼沒有隨便買一條純黑色的，偏偏聽了陶修平的話，買了這件比較暖和厚實的。

如果被江起淮看見她穿著這種醜到爆的秋褲，她寧願當場痛死。

江起淮不曉得她為什麼突然這麼抵觸，他耐著性子放緩了語氣說：「我就看一下，然後送妳去保健室處理。」

陶枝執拗地抱著腿，不動，無聲拒絕。

兩人僵持著，幾個志工已經從起點那頭跑過來，蔣何生跑到陶枝面前蹲下，他皺著眉看著陶枝：「哪裡受傷了？有沒有撞到頭？腳扭傷了？」

陶枝看著江起淮，還沒反應過來，她慢吞吞地轉過頭去。

蔣何生不由分說地拽過她的另一隻腳，一把拉起了她的褲管，低頭去看她的腳踝。

陶枝毫無防備。

在制服褲的遮擋之下，她的秋褲瞬間暴露在三人眼前。

非常鮮豔，飽和度高到有些刺眼的粉紅色秋褲，上面還印著大朵的黃綠花朵，褲腿的地方有一隻翠綠色的兔子，正踩在金黃色的花上咧嘴笑，露出兩顆長長的大門牙。

五顏六色，斑斕地在陽光下閃耀，十分奪人目光。

江起淮：「……」

蔣何生：「……」

「……」

陶枝閉上了眼睛，心裡被絕望淹沒了。

就在這一瞬間。

她失戀了。

她的青春澈底結束了。

體育場上人聲沸騰，因為突發情況，學生和老師紛紛跑過來，幾個志工也攙扶著另一個女生站起來，往保健室的方向走去。厲雙江和趙明啟跑得快，很快就到達陶枝的身邊，王褶子也向這裡小跑過來。

陶枝雙目闔死，心裡一片死灰。

反正已經被江起淮看到了。

無論再被誰看到，她都已經不在乎了。

十六歲的少女用片刻時間飛快搜尋，發現在她短暫又漫長的十六年中，沒有比現在還要更社會性死亡的瞬間。

不會有比被告白對象看到自己的醜秋褲，還要更讓人絕望的事情。

不會有。

少女直接閉著眼躺在賽道上，一臉安詳。

厲雙江大驚失色：「老大躺下了！她倒下了！繁哥呢！季繁！」

「他在對面檢錄，」趙明啟說，「先送去保健室吧，看看有沒有撞到頭，如果只有皮肉傷的話應該沒事。」

「她都倒下了！」厲雙江嚇出雞叫，差點破音，「快快快，趕緊送去！」

江起淮掃了少女紅得透澈的耳朵一眼，不動聲色地將她的制服褲腿拉下去，一手攬著她的膝彎，另一隻手向上移，準備將人打橫著抱起來，一旁的蔣何生卻突然抬手，輕輕地將手指搭上來，溫聲道：「我來吧。」

江起淮動作頓了一下，抬眼。

蔣何生皺著眉，擔憂地看了陶枝一眼，抬起頭：「你應該也不知道保健室在哪裡。」

江起淮移開視線，直接抱人給抱起，往前走：「知道，忙你的吧。」

少年的聲音裡帶著毫不掩飾的冷硬不耐，蔣何生愣了一下，手指也滑下去，看著他的背影挑了挑眉。

陶枝閉著眼，被少年抱在懷裡。

臨近正午，日光帶著淺淺的溫度罩在眼皮上，視野裡是一片暗紅色，陶枝的睫毛顫了顫，耳邊的說話聲越來越遠，周圍的環境也逐漸安靜了下來。

她的頭還貼在江起淮的胸口上，少年溫熱的體溫就貼在耳際，心臟跳動的聲音隔著衣料和肌膚傳過來，他走得很穩，腳步聲也很輕。陶枝開始思考，最近這幾天她吃得多不多，有沒有變胖。

正當她懊惱著昨晚是不是該少吃一點紅燒肉的時候，江起淮低聲說：「沒人了，睜眼吧。」

陶枝佁然不動，垂著手縮在他懷裡裝死。

江起淮突然鬆了鬆手臂，作勢要把她丟下去。

陶枝感覺自己整個人往下一墜，下意識睜開眼，趕緊伸出一隻手臂來緊勾著他的後頸，生怕自己掉下去。

身體稍微往下竄了竄，又被他穩穩地抱住了。

陶枝惱火地瞪著他：「你怎麼還逗弄傷患啊！」

江起淮則瞥了她一眼，還挺有精神的，看來應該是沒撞到腦袋：「妳怎麼還裝死？」

「我哪有裝死，」陶枝硬著頭皮倔強道，「我剛剛就是暈過去了，我什麼都不知道。」

她把手縮回去，掌心不小心蹭到了他的衣領，疼得「嘶」了一聲。

少女的睫毛上還帶著一點潮濕的痕跡，她可憐地把手攤開在眼前，對著掌心小心地吹了吹氣。

雖然這個公主在有些時候脾氣很大，但不是矯情的個性，之前因為打架，被人抓傷手臂的時候，她連眉頭都沒皺一下。

看樣子這次是真的很嚴重。

江起淮抿了抿唇，沒有心情再開口說話。

保健室離體育場不遠，江起淮似乎很熟悉這所學校，抄近路走過去。

那個橫穿賽道被撞倒的女生正坐在床上，她大概是學校的啦啦隊成員，穿著啦啦隊的制服短裙，長襪破了，膝蓋被蹭下了一大塊皮，校醫正在幫她處理，一邊清理傷口一邊絮絮叨叨：「比賽的時候橫穿賽道，你們這些小孩還真是大膽，蹭破這些都無所謂，萬一撞到頭怎麼辦？還哭，現在知道痛了？當時到底在想什麼？」

女孩紅著眼不停地掉淚，小聲道歉。

江起淮將她放到另一張床上：「屁股還痛不痛？」

尾骨的痛感淡了不少，但被他這麼一問卻覺得有點羞恥。

陶枝搖了搖頭，瞥了旁邊的女生一眼，人家裹著白色長筒襪的腿又細又好看。

她想起自己身上這條醜到不行的秋褲。

對比之下，傷害更大。

她坐在床上晃了晃雙腳：「她的腿好好看。」

江起淮順著她的視線看了那個女生一眼，眉心皺了皺，散發出了戾氣。

他沒說話，只是沉默地看過去，這讓陶枝更鬱悶了。

男生都是視覺動物，比起漂亮的長筒襪，誰會喜歡醜秋褲呢？

她忽然低落地用很小的聲音說：「我的腿也很好看的。」

江起淮轉過頭來看著她。

女孩垂著腦袋，像隻無精打采的小動物。

他抓著垂在床邊的白色簾子，「唰」地一聲拉上，把視線給隔絕開來後半蹲在床邊，將她穿在腳上的運動鞋給脫下。

「她拿什麼跟妳比。」他聲音輕淡。

陶枝愣愣地垂下眼來。

少年將她的運動鞋放在地上，然後掀起她的褲腳。

陶枝撐著床面，把腿往上縮了縮，有些抵觸。

江起淮低聲：「別動。」

她不動了。

粉紅色的秋褲再次露出來，陶枝覺得慘不忍睹，乾脆移開視線不看。

江起淮輕輕地捲起她的秋褲，露出一截又紅又纖細的腳踝。他看著陶枝一臉捨身赴死的表情，不理解這個女孩的腦子裡，到底裝了些什麼奇怪的東西：「這有什麼不能看的？」

陶枝扭著頭，撇撇嘴：「明明就很醜。」

「哪裡醜？」

「都很醜。」

綠色的兔子睜著圓溜溜的眼睛，兩隻爪子插著腰，耀武揚威地站在花上，神態跟某個人越看越像，江起淮勾了勾唇角：「那妳幫她取個名字。」

陶枝彆彆扭扭地扭過頭：「誰？」

「兔子，」江起淮說，「就叫醜醜吧。」

陶枝：「……」

第十八章　不純潔的普通同學

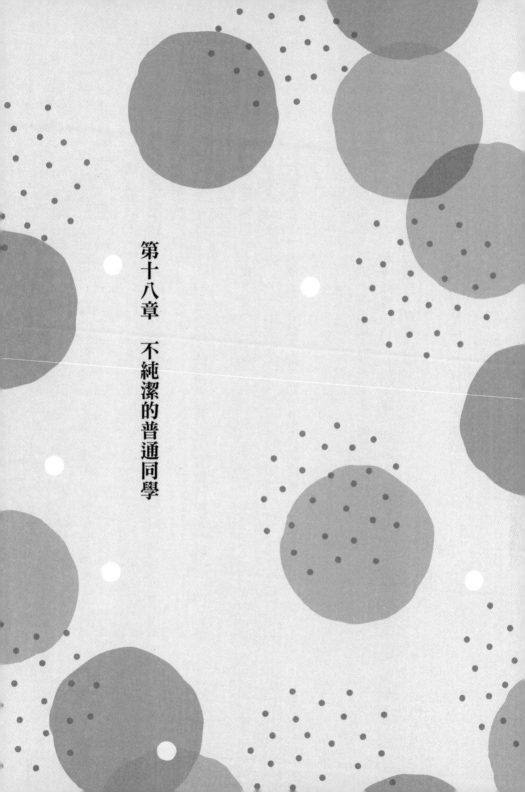

陶枝的腳踝有輕微的扭傷，不嚴重，很快就能痊癒，手上蹭破的傷口比較深。校醫檢查的動作很快，在清理消毒了一下傷口後做了包紮，她兩隻手都被纏上了紗布，乍看之下就像是兩個雪白的小饅頭。

疼痛逐漸消散，少女又重新活潑了起來。

江起淮跟王褶子說了一聲，陶枝棄權下午的比賽，雖然四百公尺以小組第一名進了決賽，但也沒有辦法參加了。

運動會還在繼續，她躺在保健室的床上翹著腳，有點無聊：「殿下。」

江起淮看向他。

陶枝百無聊賴：「我沒事可做。」

「那妳睡覺。」

「我睡不著，」陶枝拖長了聲，為難他，「你講個故事。」

「……」

江起淮坐在床邊，背靠著床尾挑了挑眉。

陶枝用眼角餘光瞥他，等這個人脾氣上來，開始陰陽怪氣地毒舌她。

等了一陣子，江起淮緩聲開口：「六王畢，四海一；蜀山兀，阿房出。覆壓三百餘裡，隔離天日。驪山北構而西折，直走咸陽。」

「……」

陶枝轉過頭來，有些一言難盡：「你這是在講故事？」

「六國覆滅，天下歸一，阿房宮殿建成。」江起淮不緊不慢道，「這怎麼不是故事？」學霸就是學霸，跟他們這種普通人的覺悟不同。

陶枝翻了個白眼，朝他抱了抱拳。

直到運動會結束，陶枝都待在保健室。

季繁在結束比賽項目以後到保健室看她，見她慘兮兮的樣子，少年對她一陣嘲笑，陶枝舉手就要打他，少年又趕緊抓住她的手臂，皺眉：「妳省省力氣吧，手都已經傷成這樣了還閒不下來？再不老實一點，我可要打電話給老陶了啊，叫他直接來把妳接走。」

陶枝滿不在乎地說：「他才沒時間，忙著呢。」

最近的陶修平罕見地沒有出差，一直待在家裡，只不過還是很忙碌的樣子，有時直到晚飯的時間也不見蹤影。偶爾在陶枝看書看到很晚，覺得肚子餓下樓去覓食的時候才看到他回家。

他不說，陶枝也就不多問，大人的世界裡總是會有很多煩惱。

更何況她現在也有自己的目標，每天追趕之前落下來的那些知識，拚命地想要觸碰到那個人，已經讓她覺得很吃力了。

運動會過去，高二上學期的娛樂活動宣告終結，短暫的快樂時光結束，大家重新投入到機械式的讀書當中，準備期中考試。

基本上，蔣何生在一週內會來上兩到三節課，陶枝學得飛快，進步驚人，不僅是在校的各科老師，就連學生都明顯感覺到了她的變化。

陶枝再也沒有抄過任何人的作業和試卷。

她每天要補齊自己落下的功課，又不能忽略學校目前正在進行的進度，期中考試近在眼前，她總覺得時間不夠用，恨不得把一個小時劈成兩個小時來用。

有些時候，蔣何生也不明白她為什麼要這麼拚命，有好幾次都跟她說可以慢慢來，她現在才高二，還有一年半的時間，可以不用那麼急。

陶枝聽著也沒說什麼。

如果只是重新回到正常的成績範圍，她不需要有那麼大的壓力。

但她的目標不在那裡。

江起淮站在頂點，她也必須要爬到頂峰去。

時間竄得飛快，深秋的枯葉掃盡，冬日將至。

期中考試安排在十一月的最後一個禮拜，和月考只用一天就考完所有科目不同，為了讓學生能夠儘早的習慣寫題目的節奏，從高二開始，實驗一中的期中和期末考完全按照升學考的時間安排，分別在兩天考完。

考試前一天，連季繁都有點緊張，陶枝卻平靜下來了。

跟上一次拚命地想把英文單科提升到一百四十分不同，這次的每一科、每一門她都不能忽視。

陶枝的考場編號和上次相同，座位號碼比上次前進了十幾個，依然沒有認識的人在同一間考場裡面。

第一科的考試時間比月考晚了許多，陶枝在考場等得無聊，於是跑到第一考場去看了一眼。

第一考場裡，所有人基本上都已經到了，有的在考前最後看書，有的趴在桌子上閉目養神。江起淮坐在靠門邊的第一個位子上，而李思佳的位子在最後一個。

兩個人一頭一尾，倒是很和諧。

陶枝有些不開心地撇了撇嘴。

她只是偷偷往裡面看了一眼，江起淮就看見她了，陶枝靠著牆站在走廊，手機在口袋裡震了一下。

陶枝抽出手機看了一眼。

一個祕密：『進來。』

陶枝慢吞吞地打字。

枝枝葡萄：『那你怎麼不出來。』

她豎著耳朵等了一下。

教室裡傳來了輕微聲響，江起淮走出來，看見她靠在牆邊，有些無奈：「不好好待在自己的考場，跑過來幹什麼？」

陶枝眨眨眼，忽然踮起腳尖，抬起手臂，將指尖輕輕地搭在他的額頭上。

學校裡開著暖氣，少女的手指暖洋洋的，指腹柔軟、觸感溫熱。

江起淮沒躲，動也不動地站在她面前任由她摸：「妳幹什麼呢。」

「汲取一下學霸的神威，」陶枝閉著眼睛，神神秘秘地說，「畢竟我這次是要考七百分的人。」

江起淮瞇眼：「這次能考到了？」

陶枝放下手後搖了搖頭，實在地說：「我覺得不行。」

「但是你可以幫我打個折，」她說，「找你補習都有友情價，考試打個折不是合情合理？一碗水要端平，你總不能厚此薄彼，就幫我打個九折吧？」

她一本正經地搬出了一套又一套的歪理，讓人聽到想笑。

江起淮側靠著牆看著她，唇角掀起，溢出一聲笑，眸色淺淡透澈：「好吧。」

他將食指微微屈起，輕輕敲了一下她的額頭：「都給妳了，好好考。」

第一科的國文考試鐘聲響起，監考老師在走進考場後，拆掉了考卷的封袋後發下。

陶枝在拿到考卷後，先掃了題目一眼。

國文也屬於更看重累積的科目，不能心急，所以她沒有花太多的時間在上面。而期中的國文考卷也沒有太多考古題，古詩背誦默寫和文言文翻譯全部都是這個學期學過的，閱讀測驗的答題方式和技巧與課堂上講過的通用，作文主要是立意精準以及素材的累積。

她目前的這個階段還不能拉開國文分數，沒辦法一口氣把成績提高，只能慢慢來。

陶枝心裡挺清楚自己現在的水準，想達到七百分根本就是癡人說夢，但是如果打個九折。

數學、國文和英文各拿一百二十分，理綜兩百四十分的話，加起來還可以有個六百分。

不過她的理綜應該是拿不到這個分數的，但在英文和國文上更加謹慎一點的話，加起來應該可以往上拉個三十分左右，來補上這個空缺。

如果題目簡單的話，以她目前的基礎或許還能稍微拚一下六百分。

不過她的數學就一定得拿到一百二十分以上，理綜也不能差太多。

大概吧。

她的心裡又開始沒底了。

陶枝有些後悔，她剛才為什麼要突然豁出去跟江起淮說打九折？

八折不是也挺好的嗎？要不然八五折也可以啊。

她嘆了口氣後胡亂地揉了一把腦袋，把腦子裡那些亂七八糟的事情全都甩走。

算了。

車到山前必有路，之後的事情之後再考慮，她現在也沒時間分心思考這些。

她重新拿起筆，專注於眼前的考試。

期中考試的時間寬裕很多，數學考試在下午三點才開始，五點結束。

不允許提前交卷，考試結束的時候也不用復原桌椅，明天要繼續考理綜和英文。

陶枝直接出了校門，拉開車門進去後跟顧叔叔打了聲招呼。

等了一陣子之後季繁才出來。

少年一臉睏意，打著哈欠爬上來：「竟然不允許提前交卷，學校還有沒有人性？我他媽睡了一天，快無聊死了。」

陶枝有些一言難盡：「多寫兩題就能累死你？」

「我都寫了好嗎，」季繁撓撓頭，「我這次可沒偷懶，作文我都寫完了，也把會的題目都做了。」

「只是會寫的不多。」陶枝悠悠道。

季繁瞥她一眼：「蔣正勳他們在群裡對答案呢，妳不去看看？」

陶枝隔著外套捏了捏口袋裡的手機，最後還是說：「不了。」

反正她也不記得自己寫的內容。

考卷都交出去了，就算知道哪題寫對哪題寫錯，已經扣掉的分數也不會因此回來。

結束了第二天的英文考試後，陶枝回到班上擺起了桌椅。

她在考場收拾東西的時候，還在思考剛剛寫的作文，動作有點慢，直到考場本班的學生回來了，她才收拾完離開，回到教室的時候，她的桌子已經被擺好了。

陶枝把書包甩在桌子上，伸手拉著椅子往後一拖，跨坐在上頭看著後面的江起淮：「殿下，要不還是給我打個八五折，你覺得如何？」

江起淮還在找自己的桌子，聞言轉頭：「討價還價？」

陶枝想了想，又保守道：「你要是願意的話，八折也行。」

江起淮眉梢揚起：「還沒完沒了。」

「我這是對自己的實力有正確認知。」陶枝一本正經地說。

江起淮找到自己的桌子，單手拽著桌邊拖回來：「怎麼，沒考好？」

陶枝嘆了口氣，趴在他剛扯回來的桌子上，實在地說：「我不知道，我覺得應該還好吧。」

她撇了撇嘴小聲道：「我的水準本來就有限。」

套用季繁說的，把會的全寫了，反正有把考卷填滿。

雖然她這兩個半月都沒有再出去玩，每天幾乎從早到晚都在讀書，和之前比起來，這兩天的考試確實讓她輕鬆不少。

那種看到某一題之後會覺得遊刃有餘，心裡很清楚明白這題能做對的感覺，讓陶枝覺得非常好。

就好像這幾張考卷組成的一方天地，是屬於她的天下。

期中考試結束後的週末，陶枝決定給自己放個假。

她傳了訊息給蔣何生，取消了這兩天的家教課，久違地度過了一個頹廢的假日，縮在房間裡看看書，和季繁一起打了一整個下午的遊戲。

陶修平在晚餐時間回到了家裡，閒聊幾句之後，看似不經意地望向陶枝，問道：「對了，妳和妳喜歡的那個小……男生，最近怎麼樣了？」

陶枝舀了一勺的番茄丸子湯，美滋滋地說：「我們兩個現在是不純潔的普通同學關係。」

「……」

陶修平表情一變，看了她一眼：「怎麼個不純潔？」

陶枝慢悠悠地說：「就是，我喜歡他，他也知道我喜歡他，但是還沒有在一起。」

陶修平長長地鬆了口氣。

老陶覺得現在的他已經無法了解，這些年輕人腦裡裝的那些亂七八糟的東西。

他剛放下心來，也盛了碗湯，陶枝又繼續說：「不過我們說好了，如果我這次期中考試能考六百三十分，我們就可以談戀愛！」

季繁在旁邊翻了個白眼。

陶修平差點把嘴裡的湯給噴出來。

他舉著湯匙，再次抬起頭：「多少？」

「六百三。」陶枝將手指往前一比，嚴肅地說。

陶修平以為自己聽錯了：「是六百三還是三百六？」

「……」

陶枝非常不開心，面無表情地看著他：「老爸。」

「爸爸錯了，爸爸開玩笑的。」陶修平咳了兩聲，放下湯碗後抽出旁邊的衛生紙擦了擦嘴，又重新端起碗來，準備繼續喝湯。

他瞥了坐在對面一臉理所當然、毫不擔心的陶枝一眼，最後還是忍不住又問：「妳做小抄了？」

「……」

陶老闆精準踩雷，陶枝炸毛了。

陶修平連哄帶騙地忍著笑幫她順毛，好不容易才把這個公主的脾氣哄下去。

飯後，陶修平上樓進了書房工作，陶枝跟季繁窩在沙發裡繼續打遊戲。

陶枝技術稀碎，全靠季繁的神仙操作帶著她一路往前殺，她只負責送頭，打著打著，隊友忍不住地開始打字噴人。

陶枝來了興致後翹著腿，直接跟對面的人以不帶髒字的方式，互相切磋國罵技術，季繁兩眼盯著手機螢幕，等了一個大絕以後衝進紅名堆裡一打三，最後漂亮得全身而退，一邊開口：「老媽最近有聯絡妳嗎？」

陶枝正劈里啪啦地打字，沒抬頭：「沒有啊，她怎麼會聯絡我？就算要找也肯定是找你啊。」

她自然而然地說出這句話，連她自己都沒反應過來。

脫口而出之後，兩個人都停下了動作，季繁愣愣地抬起頭來看了她一眼。

陶枝沒看他。

季繁抿了抿唇後移開視線，低聲說：「她最近也沒找我，我打給她兩次都沒接。」

少年的心思並沒有那麼細膩，但也不是傻子。

他覺得心裡有些不舒服。

小的時候，季繁總覺得季槿跟陶枝更親了一點。

會幫她綁漂亮的辮子，還會買給她喜歡的裙子，陶枝小的時候常常哭著不睡覺，很難哄睡，季槿就靠在床邊講故事給她聽。

雖然有時候還是會羡慕，但他是小男子漢，每天調皮搗蛋的，皮實一點也沒什麼，女生都是嬌氣鬼，更依賴媽媽，這是很正常的事情。

更何況從那個時候開始，陶修平就因為工作忙碌而經常不在家，比起相處時間比較少的爸爸，他們都跟季槿更親一些。

但後來，季槿卻選擇帶他走。

她拋棄陶枝。

她不要她了。

季繁不希望這樣，鬧了好長一段時間，發現沒什麼結果後也不再提起。

他們走的那天，陶枝沒有露面，季繁哭了。

他本來是不想哭的，他不是愛哭的性格，跟人打架受傷進醫院都沒有掉過眼淚，但那一天，不知道為什麼，眼淚止也止不住。

雙胞胎之間大概是真的會有一些無法解釋的聯繫，就像他偶爾可以非常敏銳地察覺到陶枝的情緒。

那一天，季繁覺得除了他自己以外，深切地感受到了另一個人的悲傷。

兩天假期結束，陶枝給自己的休息時間正式結束，週一一大早，在季繁下樓吃早餐的時候，再次聽見了熟悉的英文聽力。

老師們把期中考卷帶回家裡批改，成績也在兩天後出爐，陶枝一到班級，就感覺到氣氛的變化。

月考都是小打小鬧，期中和期末的成績才是重點，是可以作為校內外各種評選的加分項目。

她到的時候已經快要早自習了，江起淮的位子空著，人還沒來。

他平常不會這麼早來，幾乎都是算準時間才到，陶枝沒在意，坐在座位上挑出打算在早自習寫的試卷，垂頭寫題。

直到上完幾節課後，江起淮的位子始終都是空著的。

連季繁都問她：「我旁邊的同學怎麼沒來？」

陶枝有些莫名其妙地看了他一眼：「是你坐他旁邊又不是我坐他旁邊，我怎麼知道。」

季繁抱著雙臂嘲笑她：「你們兩個不是『不純潔』的普通同學嗎？再怎麼說，情報也比我這個坐他旁邊的還要多吧。」

他特地在「不純潔」三個字上面加重了讀音。

陶枝不想理他。

一整天下來，江起淮都沒來，陶枝憋著也沒去問，下午自習課，王褶子帶著成績單進了教室，隨手撕了塊透明膠帶，把成績單往黑板旁邊一貼：「我先去開個會，回來再幫你們做期中總結，不多說了啊，自己看吧。」

語畢，王褶子離開了教室。

教室裡瞬間沸騰，一群小孩也不管是不是還在上自習課，一窩蜂地湧到了成績單前，開始了他們每個月的日常。

陶枝滿懷心事，坐在位子上猶豫了一下後才起身。

她突然覺得江起淮今天沒來，也許是一件好事。

如果她沒考到呢？

反正讓他晚一天知道她的成績不夠，也挺好的。

她慢吞吞地走到前面去，成績單前已經圍了一群人，陶枝站上講臺，從他們的頭頂瞇著眼看。

她習慣性地從後面往前找自己的名字，一眼掃過十幾排，沒找到。

陶枝的心情忐忑，像是體內藏了一隻小兔子，瘋狂地上竄下跳。

她繼續往前看。

越過了顧娜娜、趙明啟，一直到班級的第三十九名，她看到了自己。

陶枝屏住呼吸，視線從那長長的成績條上滑過，落在最後的總成績上面。

——五百八十三分。

不夠。

她又沒有考夠。

她的英文和國文跟標準的一百二十分相比，確實幫她往上拉了二十幾分，但還是無法補上數學和理綜所丟失的分數。

但，是看得到希望的。

陶枝不覺得難過，甚至還莫名地有點開心，她已經朝著江起淮的方向往前跨了一大步。

周圍的學生都在議論，蔣正勳嘆了口氣，看著成績單第一行那熟悉的名字：「真服了，這個人是妖怪吧？都已經這樣了，總分還能比月考高分，考不過、考不過。」

「跟我們完全就是不同等級的，」吳楠搖了搖頭，「這種題目對他來說應該沒什麼難度。」

「畢竟都去集訓了，」厲雙江這次考得還行，他活蹦亂跳地說，「區區一個期中考試，淮哥看不上眼，我們圍在這裡對著成績單唉聲嘆氣的時候，人家在準備全國奧林匹克競賽呢。」

陶枝愣了愣，轉過頭去：「什麼全國奧林匹克競賽？」

厲雙江有些意外道：「數學競賽啊，之前淮哥不是去參加了嗎？過了初試和複試，要參加冬令營集訓來準備全國決賽。應該要去一個禮拜吧，我還以為淮哥跟妳說了呢。」

厲雙江有些興奮地繼續說：「如果決賽拿到名次，淮哥可以保送吧，肯定有很多名校搶著要他。」

陶枝抿著唇，過了好半天才輕聲說：「他沒有說過。」

他沒有。

他什麼都沒有跟她講過，好像也是合情合理的，她根本不知道決賽的事，也從來都沒有過問，而江起淮也不會無緣無故突然來跟她說，喂、我要去集訓參加決賽了。

陶枝很清楚，就算是全國決賽，江起淮也一定可以拿到很好的成績。

他又往前走了一步。

陶枝咬了咬嘴唇，眼睫輕輕顫了顫。

她剛剛的那一點開心像一縷抓不住的煙霧，緩慢地升騰，然後一點一點地煙消雲散。

她以為他們之間的距離正在快速地縮短，陶枝盡了最大的努力，拚了命地想要追上他的腳步，她終於取得了一點點成果。

她抬起頭，朝著山巔伸出手。

然後逆著光，看著她的少年踏上了雲端。

第十九章　當你的皇后

奧林匹克競賽的冬令營集訓隊，每年都會選擇一所學校作為集訓地點，今年剛好在帝都附中舉行。

決賽的內容範圍和深度通通遠高於升學考難度，更不是高二期中考的試題能夠比擬的，這種考試，江起淮確實不用在意。

他隨便回答的題目，已經是陶枝現在能力的極限。

這就是他們之間的距離。

遙遠又現實的差距。

說沒有被打擊到，那是假的，陶枝甚至有點後悔曾經荒廢了三年。

每個人在每一個階段所做的每一件事，都會影響到人生的軌跡。她不知道如果讓她回到過去，她會不會同樣近乎於自暴自棄的任性。

陶枝想，如果命運讓她早一點，再稍微早一點點遇到江起淮就好了。

在她情竇初開的年紀，甚至根本不知道男女之間的喜歡是存在著的年紀，如果是他的話，她心裡的那朵花一定會為他盛開，然後喜歡上他。

這樣的話，現在的她是不是就能夠跟他並肩了？

她從口袋裡摸出手機點開對話框，看著江起淮的頭貼發呆。

在察覺到自己喜歡他的時候，她幫他改了備註——一個祕密。

然後置頂了。

兩個人之間的對話還停留在期中考試，是她去第一考場叫他出來的時候。

陶枝把手指放在螢幕上，過了老半天才點開那個頭貼，然後把置頂取消了。

他已經站得太高了。

不可以連在通訊軟體裡面，都高高地占據著她的頂端。

陶枝提高成績的速度非常驚人，就連王褶子都說，她是他從教這麼多年以來，成績進步最快的學生，王二還特地把她叫到辦公室去，送給她一個小相框作為獎勵。

旁邊有老師在批改作業，聞聲轉過頭來笑道：「王老師，你上次是怎麼說的？要倒立幫學生上課是吧？」

另一個老師也轉過來，一臉看熱鬧也不嫌事大：「還有這種事情？王老師，那你可不能食言啊，我們當老師的，要給學生做個表率。」

王二：「……」

他一扭頭，看見陶枝期待地看著他：「王老師，您真要倒立嗎？」

「我倒個屁！」王二臉都漲紅了，笑罵她，「夠了，這才到哪裡而已？只不過考個一百一十分就滿足了？我告訴妳，在我這裡只有進，沒有退的說法。妳這個分數對我來說，才剛拿到資格而已，別被眼前這一點小甜頭給沖昏了頭。」

陶枝應了一聲，抱著相框和一大堆試卷走出了辦公室。

她比誰都清楚，自己確實只是剛拿到資格而已。

整整一週，陶枝都沒有傳訊息給江起淮。

自從女孩表明了自己的心意以後，做事和說話都愈發地肆無忌憚起來，經常有事沒事就騷擾一下她追求的對象，一般都是些不痛不癢的廢話，偶爾會傳給他一些不會的題目。
雖然在有了家教以後，這種情況也減少了很多，但還是會找他說閒話。
結果整整一週，她像是消失了一樣，完全安靜下來。
江起淮猜測，她是因為期中考試沒考好。
在決賽的前一天傍晚，他傳了訊息給厲雙江。
『成績出來沒。』
實驗一中的晚自習臨近結束，厲雙江正在跟題海裡的最後一題奮鬥，收到江起淮的訊息時還反復確認了好幾遍。
厲雙江：『您還在意這種事情呢。』
厲雙江：『出來了，放心，您榜首的位置屹立不倒，甚至跟第二名的分數又拉大了一截。』
江起淮坐在寢室的桌邊，抿了抿唇。
此時只有他一個人在寢室裡，兩個室友在圖書館，另一個去洗澡還沒回來，空間安靜空曠，江起淮的指尖懸在螢幕上，片刻後，還是打字。
江起淮：『我們副班長呢？』
厲雙江：『成績進步得令小的感到驚恐。』
江起淮無聲地彎了彎唇角。
他還沒有看過成績單，也不知道陶枝考了多少，他等著女孩來找他表揚，結果乾等了一個多禮拜也沒等到。

還以為她是因為考不好的關係。

江起淮想看一下她的各科成績。

江起淮：『拍張照給我。』

厲雙江那邊安靜了一下，片刻後，痛快地傳來一張照片。

教室裡的光線明亮，少女捏著筆，趴在書桌上寫試卷，眉頭輕輕皺在一起，似乎是遇到了難題，表情看起來有些困擾。

江起淮：「……」

他有點不太理解厲雙江這個人的腦迴路，他這個說法，正常人應該都會明白，他要他拍的是成績單，而不是陶枝這個人。

江起淮眉眼低垂，將視線落在照片裡的女孩上面，定住。

寢室的門被人推開，室友一手抱著書，慢悠悠地走進來，將手裡的書本擱在旁邊的桌子上，隨意掃了江起淮的手機螢幕一眼。

陸嘉珩第一眼還以為，跟自己八竿子打不著半個屁的孤狼室友，正趁他們都不在的時候，一個人偷看美少女的圖片。

他微微傾身，人往前湊了湊才看清照片，發現這明顯是一張毫無水準的直男偷拍，而且還是在教室裡。

少年笑了，彷彿找到了新的樂子一般：「這是你女朋友？」

江起淮側頭滑掉了照片，少女的臉在手機螢幕上消失：「不是。」

陸嘉珩瞇了瞇眼，靠站在床邊的梯架上，饒有興致地看著他：「不是，你這個人怎麼沒完沒了地看著這張照片呢？腦袋都快鑽螢幕裡面了。」

江起淮沒說話。

陸嘉珩覺得這件事還真是稀奇。

他們認識了一年多，關係不近但也不算遠，後來江起淮就轉學了。

雖然只能做短短一週的室友，但也足夠摸清江起淮這個人的個性了。

對人對事都漠不關心，沒朋友、沒感情、沒人性，不吃軟也不吃硬，非常難搞。

陸嘉珩是個對女孩子非常紳士的人，但江起淮不是。

他十分地一視同仁，在他眼裡，可能無論男女，除了他自己以外的其他人都是垃圾。

陸嘉珩拉開旁邊的椅子坐下，繼續問：「這個女孩挺好看的呢，實驗一中的？」

江起淮看了他一眼：「你很閒嗎？」

「了解一下江老闆來之不易的感情生活，」陸嘉珩滑著椅子湊過來，難得有興致，「兄弟幫你想想辦法？」

「離我遠點。」

在陸嘉珩想繼續說話的同時，寢室的門再次被打開，大冬天的，少年只穿著一條四角褲，上身肌理線條流暢，他把抓著的毛巾扣在濕漉漉的頭髮上。

「賀老闆，」陸嘉珩朝他招了招手，「你有沒有女朋友？」

「沒有，」賀知峋把腦袋上的毛巾扯下來，漫不經心，「我要那東西幹什麼。」

陸嘉珩指著江起淮說：「他有。」

賀知峋定住，轉過身來，真心誠意地感到迷惑：「還有人能看上他？」

「還是個漂亮妹妹。」陸嘉珩吊兒郎當地說。

賀知峋：「深藏不露。」

陸嘉珩：「人不可貌相。」

「……」

江起淮把手機螢幕鎖上後丟在桌面，面無表情：「都說了不是。」

賀知峋：「沒追到？」

江起淮沉默了片刻：「還差一點。」

陸嘉珩：「差一點是差多少？」

江起淮將桌上的書抽過來，拿起筆，淡道：「三百五十分吧。」

陸嘉珩：「……」

賀知峋：「……」

陶枝一整個禮拜都沒什麼精神，在學校的時候還看不出來，在家裡就尤其明顯。

一放學就鑽回房間，不到吃飯的時間就見不到人，吃完晚飯後，又一聲不吭地又重新跑上去，連半句話都不說。

季繁有些看不下去了。

晚飯吃完，陶枝才剛要上樓就被他一把拽住。

「妳是怎麼回事？」季繁皺著眉。

陶枝吃得有點飽，打了一個嗝：「什麼怎麼回事？」

季繁：「妳跟江起淮吵架了？」

陶枝眨眨眼：「沒有啊。」

「他欺負妳了？」

「沒有啊。」

「那妳這幾天幹嘛這樣半死不活的？」季繁有些煩躁地說，「就因為他這一個禮拜沒來學校，妳就思念成這樣了？想見他的話，直接去找他不就得了？」

陶枝撇撇嘴：「我幹嘛要去找他？我的分數又沒有考夠。」

季繁難以置信地看著她：「不是吧，妳喜歡一個人喜歡到連自己是什麼樣子都忘記了？妳不是那種想做什麼就去做的個性嗎？天天在這裡想這麼多要幹嘛？」

陶枝沒說話。

季繁繼續說：「再說了，江起淮這小子要是真的看分數的話，他直接跟李思佳在一起不就好了？幹嘛還要拒絕她？妳當他是大學招生班的主任，七百分才能報名？」

陶枝愣了愣。

季繁抬手，在她眼前揮了揮：「妳聽見沒？」

好像是這樣。

她為什麼就突然鑽了牛角尖，覺得自己一定要達到這樣的高度，才有資格和他在一起呢？

她明明可以同時進行這兩件事。

喜歡一個人本來就是一件非常純粹又簡單的事情，因為是他，所以就喜歡了，就算哪天江起淮的成績一落千丈，次次都只考三百分，她還是喜歡他。

只因為他是江起淮，有這一點就足夠了。

可以的話，她希望他也和她一樣，不考慮任何原因和條件，只因為她是她。

如果可以的話。

陶枝忽然抬起頭，走到玄關門口抓起外套，穿上鞋往外走：「我出去一下，你跟爸爸說一聲！」

話音未落，門「砰」地一聲已經被她關上了。

「……」

季繁翻了個白眼。

今年冬令營的集訓地點在附中，是江起淮以前的學校，和實驗一中幾乎隔著一個城市的距離，一個在東邊、一個在西邊，離陶枝家也很遠。

現在是晚間的高峰時段，路上有點塞車，耽擱了一個小時，陶枝到附中的時候，已經八點多了。

因為明天就是決賽，集訓隊取消了晚自習，所有參賽學生都各自回去做準備，陶枝問了門口的警衛，往集訓隊的宿舍大樓方向走去。

一路上安安靜靜的，高三的教學大樓燈火通明，寒風捲起，陶枝頂著風，縮著脖子往前走。

她站在宿舍大樓下後摸了摸口袋，本來想傳訊息給江起淮，才發現自己出門的時候走得太急，沒帶手機。

她猶豫了一下後直接走進宿舍大樓。

集訓的臨時宿舍大樓單獨隔出了兩層，是混和寢室，二樓是男生寢室，三樓是女生寢室。

她進去的時候，阿姨也只是掃了她一眼，大概以為她也是集訓隊的學生，所以沒有多說什麼。

陶枝上了二樓，在樓梯間就聽見有男生說話的聲音傳過來，她猶豫再三後推開了樓梯間的門，走進走廊。

兩個男生抱著水盆和毛巾，正往走廊盡頭的浴室方向走去，看見女孩突然出現在樓道口後愣了一下。

陶枝一臉平靜，十分淡定地問：「打擾一下，想請問你們認識江起淮嗎？」

其中一個男生看向另一個：「你們宿舍的吧？」

男生「啊」了一聲，轉過頭來：「妳找他嗎？」

陶枝點點頭。

男生把手裡的毛巾遞給另一個人：「我去叫他，妳在這裡等一下啊。」

陶枝靠在牆邊垂頭站著，安安靜靜地等。

另一個男生已經抱著東西先進了浴室，走廊裡空蕩蕩的，銀灰色的葉片式暖氣就在手邊，陶枝往旁邊挪了挪，將冰冷的手指貼在上面。

她舒服地長吐一口氣。

走廊裡傳來聲響，其中一扇宿舍門被打開，陶枝聽見聲音後抬起頭來，在明亮的燈光下，那扇門邊突然冒出了一顆腦袋。

緊接著又冒出了一顆。

然後，剛剛去幫她叫江起淮的那個少年也伸出了腦袋。

三顆男生的頭，就這麼隔著半個走廊，扒著門邊探究地看著她。

「是她？」

「嗯，她就是照片上的那個妹妹。」

「靠，還真的有啊。」

陶枝：「……」

她靠著暖氣直起身子，看見江起淮從那三顆腦袋後頭走出來，一巴掌拍在其中一顆頭上。腦袋們縮回去了。

江起淮轉身關上門，朝她走過來。

他踩著影子一步一步地靠近，陶枝看著兩人之間的距離慢慢縮短，不受控制地緊張起來。

直到他站到陶枝前面，在她眼前打下一片陰影，揚眉：「夜探男生宿舍？」

陶枝緊張得已經感覺不到暖氣的熱度了，她清了清嗓子：「我想了一下——」

「……」

她又想了一下。

江起淮「嗯」了一聲，耐著性子：「妳說。」

「我這次期中也沒有考到七百分，打折也不夠，但是你自己答應的，我可以考好幾次。」

一回生二回熟，在開了頭以後，陶枝覺得呼吸變得順暢起來，「所以你就讓我考兩次，如何？」

江起淮奇異地看著她問：「兩次就夠了嗎？」

「夠啊，」陶枝伸出兩根手指，「我上次考了三百五十分，這次考了五百八十分，加起來有九百三十分了呢。」

江起淮：「……」

陶枝抬了抬眼，小心地觀察他的表情：「還比你高了兩百多分。」

「……」

「所以？」江起淮繼續問。

「所以，」陶枝慢吞吞地說，「我考夠分數了，你什麼時候答應做我男朋友？」

片刻安靜。

江起淮垂眸看著她，唇角一彎，忽然笑了。

他往前走了半步俯下身，撐著她身後的暖氣靠過來。

高度降低，距離倏地拉近，暖氣的溫度燙著掌心往上竄，他整個人都開始燃燒。

江起淮低身將她圈在身前，與她視線平直：「妳提醒了我。」

少年溫熱的吐息近在咫尺，氣息極具存在感與壓迫感，鋪天蓋地包圍過來，陶枝腦袋有些恍惚，結結巴巴地小聲問：「……什麼？」

江起淮直直地看著她，淺淡的雙眼暗了幾分，他低聲說：「我到底是什麼時候說過，要妳考夠了分數才做妳男朋友？」

暖氣的溫度升騰，溫暖又繾綣的氣氛讓人忍不住發懶。

反應好像也比平時慢了半拍。

陶枝腦袋裡像是在燉著一鍋粥，把它放在火爐上，細火慢燉，直到鍋裡的水沸騰燒開，潔白的米粒在翻湧著軟糯後鼓起，咕嚕咕嚕地冒著泡泡。

熱氣蒸騰，清甜的香氣四溢。

她試圖翻譯江起淮這句話的意思，但是兩個人距離太近，陶枝根本就靜不下心去思考他說的任何一句話。

視線裡只有他的眼角眉梢，鼻尖縈繞著的全是他的氣息。

陶枝覺得再這麼下去，自己要對上視線了。

她吞了吞口水：「所以？」

江起淮緩聲：「所以。」

「你這是什麼意思？」陶枝有些手足無措地說。

「字面上的意思。」江起淮說。

陶枝努力地消化了一下他所說的話，覺得自己在前幾個月的認知受到了衝擊。

她努力地想要捋清思路：「但是你之前跟李淑妃就是這麼說的，如果成績不夠的話你不會考慮，所以你不是拒絕她了嗎？」

陶枝覺得他的要求合理且理所當然。

兩個人在一起總要有一些共同點，一些可以相匹配的成就。

喜歡這種感覺是非常縹緲空泛的，兩個人思想上的共鳴，旗鼓相當的能力，這些可以作為穩定的感情基礎。

而且江起淮值得這些，他大概是瞧不上那種毫無內涵的喜歡，他想要選擇和他在同一個世界、站在同樣高度的人。

這沒什麼不對。

但他現在卻全數推翻了自己說過的話。

陶枝有些不明白。

「我拒絕她，跟她考幾分沒有關係，只是因為我不喜歡，妳在意她幹什麼？」

江起淮看著女孩現在有些混亂的樣子，耐著性子說：「沒有人規定妳一定得考到什麼成績，三百分也行、五百分也好，七百或九百都可以，喜歡讀書就讀，不喜歡就去玩，我來努力就行了。」

「妳走好自己想走的路，我會跟著妳。」

他笑了一下，聲音很淡，眼神卻極認真地看著她，視線平直，帶著理所當然的傲氣，「我會把擁有的一切全都給妳。」

陶枝愣愣地看著他，終於理解了他的意思。

她腦子裡亂糟糟的資訊，被一點一點地整理出來：「所以。」

江起淮懷疑她現在是不是只會說這兩個字。

他嘆了口氣：「妳又所以什麼？」

陶枝眨了眨眼，慢吞吞地說：「你想叫我當妳的皇后？」

江起淮：「……」

陶枝的心情重新變得明朗起來，對於江起淮來說她是不一樣的，這個認知讓她抿起嘴，忍不住地想要偷笑。

好像兩個人的位置顛倒了過來，她莫名其妙地忽然從被動的一方變成了主動方。

陶枝清了清嗓子，矜持地看了他一眼，一本正經地說：「那我可得好好考慮考慮。」

江起淮覺得有些好笑，他直起身子，點點頭，順著她說：「那妳考慮一下。」

陶枝感覺自己的嘴角都要跑到太陽穴上了，她忍不住晃悠著腦袋，墊起腳尖、抬起手臂，整個人湊上來輕輕地抱住他的脖子。

江起淮僵著身子。

陶枝把下巴擱在他的肩膀上，用鼻尖在他的頸側蹭了蹭，聲音又輕又快：「我考慮好啦。」

她一秒鐘都忍不了。

擔心只要再晚一點，江起淮就要反悔了。

陶枝實在是不知道自己有哪裡值得他喜歡，對於自己喜歡的人也願意喜歡她的這件事，她覺得是自己占了天大的便宜。

她的心臟撲通撲通地跳，抑制不住的開心幾乎滿到要溢出來了。

從現在起，他真的可以是她的了。

她的少年。

此時，從盡頭的浴室中傳來了腳步聲與說話聲，兩個人站在樓梯通道口極其顯眼，幾個少年的說話聲戛然而止，安靜如雞地從他們身邊走過去，爾後又忍不住地回頭看了一眼。

「剛剛那是江起淮？」

「他有女朋友了啊？」另一個人嘖嘖道，「你們附中的失戀少女又要增加了。」

走廊安靜，雖說他們的聲音不大，但還是清晰地傳進了陶枝的耳朵裡。

陶枝後知後覺地開始覺得有些羞恥，老老實實地後退了一些，重新靠回牆邊。

她臉頰有點燙，連帶著耳朵也燙，身後的暖氣也燙著她的尾骨，明明是大冬天，卻都覺得哪裡都熱到不行。

陶枝別開眼，小聲說：「那你現在就是我男朋友了。」

江起淮咬了一下男朋友這三個字，緩慢地「嗯」了一聲。

「那，」陶枝把地位轉正，重新抬眼，不滿地看著他，「你為什麼不跟我說你來冬令營？」

江起淮：「……我忘了。」

他獨來獨往的，確實沒有什麼事情都要跟別人報備一聲的習慣。

「你就是看不上我，」陶枝撇了撇嘴，「反正我成績也不行，都不知道這個冬令營是幹什麼的，你就是對我很不屑。」

「……」

陶枝說得起勁，更哀怨道：「沒有關係的，我可以自己調整情緒，你以後有什麼事情都不用告訴我。」

江起淮有點頭疼：「妳在演哪齣？」

「我在悲傷！」陶枝憤憤道，「你以後有什麼事情都得告訴我！」

江起淮沒說話。

陶枝瞅他：「我在跟你說話呢，你聽見了嗎？」

女孩一副翻身做主人的模樣，趾高氣揚地命令他，小臉上全是不滿。

江起淮笑了：「聽見了，公主。」

陶枝板著臉：「那，我要回去了。」

江起淮抽出手機看了時間一眼，點點頭：「我送妳？」

他轉身就要回寢室拿外套。

陶枝趕緊攔住了：「我自己叫車回去就好了，現在又不晚，你好好準備明天的考試，」她嚴肅地說，「正事不能耽誤，江起淮，你不要被愛情沖昏了頭腦。」

江起淮又笑了一下，聲音低低沉沉的：「嗯。」

陶枝保持著一本正經的樣子，面無表情地轉身後拉開走廊通道的門。

江起淮看著被關上的那道門，站在原地動也不動。

不停蹦跳的沉悶聲響混著少女的尖叫，即便隔著門板也能聽見。

叫了一陣子後，她開始哼歌，聲音越來越輕，最後消失殆盡。

江起淮輕笑了一聲，低下頭，舔了一下唇角。

陶枝快樂地走出了宿舍大樓。

在江起淮面前，她得顧及自己的偶像包袱，不敢表現得太明顯，她得矜持一點。

陶枝屏住呼吸，直到樓梯間的門關上，算準江起淮差不多回房的時間後，她忍不住在原地蹦跳，然後開始轉圈跑。

狹小的樓梯平臺讓她不太能施展開手腳，陶枝轉了幾圈，然後哼著歌蹦蹦跳跳地下樓。

室外的溫度和宿舍大樓的溫差很大，冷風捲著枯葉滾過來，陶枝卻一點也不覺得冷，甚至連背後都出了一層薄汗，她站在門口深吸一口氣，從來都不覺得市區的空氣有這麼好。

陶枝本來想克制住情緒，以指尖抵著唇角用力地往下拉了拉，才發現只是徒勞。

她繼續哼歌，伴隨著手舞足蹈。

一樓的宿舍阿姨看著她直搖頭。

現在的小孩也是很辛苦，讀書讀瘋了。

正當陶枝準備走出校門口時，身後的宿舍門再次被人拉開。

她保持著高舉手臂跳森巴舞的動作轉過去，卻看見江起淮穿了一件外套，站在門口盯著她看。

陶枝的動作靜止，大大的笑容也僵在嘴角，整個人凝固了。一瞬間，她倏地背過手去：「你怎麼下來了？」

江起淮裝作沒看見她剛剛像個小傻子似地在門口跳舞：「送妳上車？」

陶枝轉過頭，老老實實地：「喔。」

兩個人並排往前走，一路上都都沒再說話，陶枝蠢蠢欲動地偷看著他垂在旁邊的手一眼。但最後還是忍住了。

他們走到校門口，江起淮跟警衛說了一聲。

高三晚自習差不多也要結束了，校門口停著長長的一排計程車。似乎是因為剛剛被他發現在跳舞的事情，讓陶枝覺得有點丟臉，她飛快地竄上車，立刻把門給關上。

直到車子開出去好一陣子。

她扭過頭，往後看了一眼。

少年的身影修長挺拔，遠遠地融進夜色中，他在原地站了片刻後轉身往回走。

陶枝美滋滋地靠回座位裡。

到家的時候一樓沒人，陶枝像是做賊似地躡手躡腳跑上樓，回到自己的臥室裡，第一件事就是去書桌上撈手機。

她拿著手機，縮進了小沙發裡，傳了一則訊息給江起淮。

枝枝葡萄：『到家了！』

一個祕密：『嗯，早點休息。』

「……」

這就結束了？

陶枝有些難以置信，他們才剛在一起，為什麼這個人的反應如此冷漠？至少稍微聊個兩、三句，然後再說點甜甜蜜蜜的話吧？

陶枝鼓著雙頰，直接打了一通視訊電話給他。

等了一下之後，江起淮接起。

視訊一通，陶枝也不等他說話就直接道：「你這個人太冷漠了！你為什麼不跟我聊聊天！」

江起淮沉默了一下，還來不及說話。

陶枝鼓著臉頰趴在沙發上繼續說：「而且早點休息也太官腔了，你怎麼這麼沒有情調啊，」陶枝批評他，「你不應該這麼說。」

江起淮看著螢幕，想戳戳女孩鼓起的臉頰：『那我應該怎麼說？』

陶枝認真地想了想，又覺得有點害羞，她小聲說：「你應該說『寶寶晚安』。」

江起淮頓了頓：『現在嗎？』

陶枝立刻就有精神了，她直接從沙發上坐起來，抿著唇角笑咪咪地看著他，眼睛閃閃發亮：「可以嗎？」

『也不是不行。』江起淮微微側了頭，把手機偏了偏。

此時，寢室裡的三顆腦袋，正整整齊齊地湊在他後面，瞬間就出現在螢幕上。

陶枝：「……」

眼看著鏡頭直接朝向他們轉過來，三個人也不躲了，大大方方地湊上。

其中一個少年笑得眼角彎起，非常正式地跟她打招呼：『妹妹妳好，我叫陸嘉珩，是妳男朋友的室友。』

視訊中突然出現了這麼多顆腦袋，螢幕裡的女孩還沒反應過來，表情有些當機，一聲不吭。

陸嘉珩替她打抱不平：『妹妹，江起淮這個傢伙太冷漠了，妳為什麼要跟他談戀愛啊？』

賀知晌在旁邊看熱鬧不嫌把事情鬧大：『談不下去，趕緊分了吧。』

『我可以把我的兄弟介紹給妳，』陸嘉珩看著手機螢幕，不緊不慢地說，『風趣、幽默、有情調，還很活潑開朗，下家的最佳人選。妳考慮一下，只要在今天分了，我明天就幫妳把人打包好，直接送去實驗一中。』

陶枝回過神來，安靜兩秒，「啪」一下把視訊掛了。

她沒想到，只不過是跟剛剛確認關係的男朋友打通電話而已，也會被抓包。

她從沒住過學校宿舍，但宋江倒是有過住宿經驗，國中的時候因為打架、曠課的關係，讓人十分操心，宋爺爺一聲令下，把他送到看管非常嚴格的寄宿學校待了兩個學期。毫無成果，沒轍，又把人接回來了。

按照宋江的說法，他們寢室之間的相處非常冷漠，各做各的事情，在房間裡也是各玩各的，除了必要的交流和偶爾聊天，其他人也不會去管室友在幹什麼。

江起淮不過才待了一個星期，怎麼好像就跟室友混熟了？

就他那個爛性格。

她跟他認識一個禮拜的時候，兩人還保持著，連多餘的話都不會講上半句的生死之仇。

而且哪有人在宿舍裡接視訊電話的時候，會不戴耳機！

那她剛剛說的話，豈不是都被室友聽見了嗎！

陶枝頹喪地仰躺在沙發上，有些哀愁地嘆了口氣。

算了，總不會比運動會上的醜秋褲還要丟人，反正以後應該也沒有機會接觸到他的室友。

她男朋友現在可是實驗一中的人！

她的男朋友。

想到這三個字，陶枝又重新開心了起來，被她壓在屁股下的手機震了一下，陶枝拿出手機看了一眼。

一個祕密：『怎麼掛了？』

陶枝只要一想到，他的室友們可能正在另一端調侃她，就覺得耳朵開始發燙，她憤憤打字。

枝枝葡萄：『晚安！』

她這邊大發慈悲地退了一步，沒想到江起淮反倒來勁了。

一個祕密：『冷漠。』

一個祕密：『不再聊聊天了？』

陶枝：「……」

陶枝點開貼圖，精挑細選了老半天，最後選了從付惜靈那裡偷過來的貓貓表情。

枝枝葡萄：『（貓貓跌倒 .jpg）。』

枝枝葡萄：『不打擾你讀書，好好考試！』

她在傳完訊息後將手臂高高舉起，盯著螢幕上與江起淮的對話框看了好一陣子，抿住嘴，忍不住笑出來。

她慢吞吞地再次點進了他的頭貼，幫他改了一個備註，猶豫片刻後還是把對話方塊重新置頂了。

高就高吧。

這麼好的人，理當在她的通訊軟體以及人生中，都霸占頂端。

第二十章　為了我們的枝枝

江起淮結束競賽考試後，第二天照常來學校上課。

厲雙江在前一天就聽到了風聲，特地用零用錢去學校旁邊的影印店裡，緊急訂做了一個橫幅。

一大早，陶枝才剛踏入班級，就看見幾個人站在黑板前開始忙忙叨叨，她走過去看了一眼：「你們又在幹什麼呢？」

厲雙江一臉神秘地回過頭來傻笑道：「給我們枯燥的讀書生活找點樂子。」

趙明啟沉重道：「無論我們的生存條件是多麼的嚴苛，人活著，就不能忘記『及時行樂』這四個字。」

一直忙碌到了早自習開始。

橫幅被他們掛在黑板正上方，用一根繩子綁著，捲在一起，長長的一卷和黑白朱紅色的邊框幾乎融為一體，也看不見是什麼字。

第一節課是王二的數學。

陶枝現在勉強能跟上上課的節奏了，一旦講課的內容可以聽懂，那上課這件事情就會變得有趣很多。

她像一塊在日光下曝曬許久且被風乾的海綿一樣，迫切地汲取水分，然後迅速地膨脹起來。

講臺上，王二講完了昨天的作業試卷，開始準備進行新的課程。

他站在檯面上翻開書，一邊拖著聲：「來，都給我把書翻開，五十六頁，這節課帶你們玩一點好玩的。」

下面的同學拖拖拉拉地翻開書本，而王二則回過身來找三角尺。

教學用的巨大木製三角尺今天沒放在桌上，被掛在了黑板旁邊，上頭還用一根繩子吊著，繫了一個很容易解開的結。

王二一邊想解開那個活結，一邊說：「誰把我的三角尺繫在這裡了？啊？你們每天都閒到沒有事情可做嗎？連個三角尺都能玩——」

他話說到一半。

繩結被解開，沒了三角尺的重量墜在底下，細細的繩子飛速往上竄，墜著的橫幅上綁著一圈一圈的繩子，在瞬間像條小蛇似的迅速鬆開，然後「唰」地一聲，整個橫幅墜了下來，展開在全班的面前。

王二剛好站在那條橫幅的正下方，被劈頭蓋臉地直接蒙住腦袋。

鮮紅的橫幅，上面是亮黃色的字，中間一個被蒙住的王二，半身的人形鼓起一塊，但是並不影響視覺，仍然能看清楚上面的字。

——熱烈慶祝我實驗一中菁英江同學榮歸故里。

——激動之情溢於言表唯有藉此壯烈發聲。

最右邊還有一句話。

——江起淮太屌了。

安靜了兩秒後，教室裡整齊地爆發出一陣大笑。

趙明啟眼見著計畫成功進行，他猛地拍了拍桌子後激動地站起來：「好耶！」

陶枝看得嘆為觀止，她自覺作為叱吒多年的不良少女，已經夠令人頭痛了，但沒想到還有這種不要命的玩法。

「……」

王二緩慢地拽起橫幅的邊緣，從裡面鑽出來。

他出來的時候，趙明啟和厲雙江兩人正隔著幾排的座位，高舉雙手隔空擊掌。

王二先是回頭看了上面的字一眼，也不知道是不是氣過頭，反倒還笑了，爾後他面無表情地指著趙明啟：「趙明啟、厲雙江，你們兩個先給我滾出去，等我下課再慢慢的收拾你們。」

「……」

確實是很壯烈的發聲。

陶枝也不知道，他們這樣做的目的到底是什麼。

厲雙江跟趙明啟被王二叫出去一整節課，感覺隔著一層樓都能聽到王二暴躁的怒吼，直到快下課的時候，兩個人才回來。

這件事不算太嚴重，性質也沒有多惡劣，王二在找到王褶子跟他告狀的時候，王褶子也是板著臉，憋了半天才忍住笑意。

最後懲罰兩人各別寫五百字悔過書，並且罰抄數學公式。

厲雙江對於寫悔過書這件事不太在行，自習課的時候，他虛心地轉過來請教專業人士陶枝。

「這還不簡單啊，」陶枝靠著牆邊坐，懶洋洋地轉著筆，「先陳述一遍你幹了什麼，然後說『自己下次不會再犯』就行了，才五百字，還沒比國文考試的作文長。」

厲雙江皺著眉，仍然有些不得要領：「您再說得詳細一點。」

陶枝耐心地說：「我在數學課上綁了一個橫幅，由於王老師自己粗心大意，沒有注意到——」

「等等，」厲雙江掏出一本本子，拿著筆紀錄，「您說慢一點。」

「由於王老師粗心大意，沒有注意到，所以把綁橫幅的繩子解開來了，導致橫幅當著全班的面扣在他腦袋上，變成全班的樂子，鑄下了大錯，」陶枝手把手教他，「接下來懺悔一下就行了，希望王老師以後細心一點，不要再讓這種事情發生。」

厲雙江看了一遍按照陶枝的話寫下的草稿，懂了，他差別地說：「老大，您就是盼我早點死。」

陶枝無辜地眨了眨眼睛。

厲雙江想起之前陶枝打人，並當著全校的面發表的那次懺悔感言，也覺得問她該怎麼寫懺悔書的自己實在是愚蠢過頭，他扭過頭來，看了旁邊的江起淮一眼：「雖然但是，淮哥怎麼坐來前面了？」

在這節自習課之前，陶枝就讓付惜靈和江起淮換了座位，而她也坐到了付惜靈的位子上，江起淮則坐在她的位子。

被厲雙江這麼一問，陶枝有些心虛，她揚揚手裡的試卷：「班長講解題目。」

厲雙江明白後點了點頭，轉過身去繼續研究他的懺悔書。

陶枝鬆了口氣，一扭頭就看見江起淮正看著她。

她佯裝淡定：「看我幹嘛？看題目。」

江起淮就老老實實地繼續看題。

雖然陶枝將視線放在試卷上，卻仍用餘光小心地瞥了他一眼。

坐在前後與坐在身旁的感覺完全不一樣，而且江起淮還坐在她後頭。

江起淮坐在後面的話，陶枝就看不到他；可是頻繁地轉頭的話，又有點奇怪。

只要他坐在她旁邊的話，她都不用轉頭，稍微把眼睛往旁邊轉轉，就能看到他的輪廓。

可是這樣，眼睛也還是挺累的。

陶枝看著看著，腦袋也不自覺地跟著轉過來一些，盯著他的側臉。

從側面來看他的睫毛，又長又濃密，鼻梁挺直，下顎的線條稜角分明，喉結鋒利，冒出一個小尖。

陶枝下意識摸了摸自己的脖頸，是她沒有的東西。

她想去觸摸，好奇是什麼樣的觸感。

她盯著他的喉結看得恍神，直到它輕輕滾動了一下，江起淮驀然開口：「看我幹什麼？看題目。」

陶枝瞬間回過神來，她感覺自己像一個女流氓，趕緊收回視線後繼續看題目。

她有些心不在焉地盯著題目，過了好一陣子也沒落筆，腦子裡全是他的喉結，正當她發著呆的時候，視線裡突然多出一隻手。

江起淮將她的試卷抽過去掃了一眼，開始寫下過程。

陶枝看著他不緊不慢地寫，突然想起來，「殿下，你還有在我們社區那邊上家教課嗎？」

江起淮沒停筆：「嗯。」

「這週六嗎？」

「嗯。」

陶枝想了想，問他：「那你幾點下課？」

「十一點半。」

陶枝算了一下，蔣何生的課上到十二點左右，時間上好像也差不多。

她看了前面的厲雙江和他旁邊的同學一眼，兩個人都在奮筆疾書，應該也不會注意到後面的聲音。

她趴在桌子上小聲說：「那你下課以後，要不要來我家？」

江起淮筆一頓，轉過頭來看著她。

陶枝生怕他誤以為自己有什麼非分之想，趕緊說：「來幫我補習，我覺得自己提升成績的速度還是不行。」

江起淮毫不留情地揭穿她：「妳這樣還不行的話，那就沒有行的了。」

陶枝板著臉，義正辭嚴地說：「我這個人對自己的要求挺高的。」

江起淮看著她，沒說話。

陶枝被他盯得有些心虛，趕緊移開視線後催道：「行不行啊？」

江起淮彎起唇：「行。」

跟江起淮定下過來的時間後，陶枝在週六當天沒睡懶覺，才七點多就自然醒了。

蔣何生是十點過來上課，她爬起來洗了澡，然後開始收拾房間。

跟江起淮比起來，她的房間實在有點亂。

東西多到塞都塞不下，書桌旁的書架裡擺滿漫畫，邊上的公仔還放得亂七八糟，牆角的一臺電視旁邊放著遊戲機的架子，再旁邊的另一個木架上全是音樂和電影光碟。沙發上堆著衣服，被子沒疊，床上橫七豎八地倒著一大堆絨毛玩具，差不多占了整張床一半的空間，地毯上也堆著零食。

陶枝有些無從下手，想了想後乾脆將床上和地上的娃娃撿起，連同零食以及衣服一起胡亂塞進書桌旁邊的衣櫃裡。

櫃門一關，世界都清淨了。

她滿意地拍了拍手，又把床上的被子鋪好，丟掉垃圾，等著江起淮過來，見識到公主大人乾淨的房間。

蔣何生十點準時過來，下課的時候還不到十二點。

陶枝送蔣何生離開後並沒有馬上回到屋內，而是直接在家門口等著江起淮。

天氣陰沉沉的，直到正中午才看見一點陽光冒出，陶枝在院門口一邊轉圈一邊等，沒過多久就看見他走過來。

陶枝朝他招了招手。

等江起淮走過來之後，她推開院門幫他帶路：「你下課的時間怎麼比我還晚？」

江起淮：「我有傳訊息給妳。」

陶枝有些驚奇地轉過頭：「咦？」

「不是妳說的，」江起淮垂頭，「以後什麼都要跟妳報備嗎？」

確實是她說的。

只是沒想到他會聽進去。

陶枝沒說話，美滋滋地推開門。

張阿姨正在廚房準備午餐，沒有注意到這邊的動靜，陶枝抽了一雙拖鞋給江起淮，然後站在樓梯口朝他擺了擺手，示意他跟著她走。

她躡手躡腳地帶他上樓進臥室。

江起淮看著她，覺得有些好笑：「妳怎麼跟做賊似的？」

「被張阿姨知道了，她會告訴我爸爸，」陶枝輕聲說，「我爸話很多，他肯定會拉著你問東問西。」

她一邊說一邊把門關上，說完，突然意識到自己為什麼這麼小心。

他們現在這樣是在早戀啊！

江起淮現在是以「男朋友」的身分踏進她的臥室。

還是偷渡進來的。

她靠站在門上，神情複雜，江起淮把外套脫下後放在沙發扶手上，轉過頭：「想什麼呢？」

「我在想，」陶枝慢吞吞地說，「殿下，我們現在是在早戀啊。」

「是早戀，」江起淮說，「那又如何？」

陶枝嚴肅地重複道：「我們這可是早戀。」

「妳又不是沒早戀過，」江起淮瞥她一眼，「不是有挺多前男友的嗎？」

陶枝被噎了一下：「哪有很多，也就只有一個。」

江起淮點點頭：「還對妳念念不忘。」

陶枝的聲音微弱，心虛地說：「……那關我什麼事？」

江起淮：「沒良心。」

「……」

陶枝無法反駁，眼神鬱悶地默默看著他。

再逗下去可能會炸毛，江起淮沒再說話，掃了她的房間一眼，意料之外的整潔。

她不像是個喜歡整理房間的人，江起淮本來已經做好要來幫她撿破爛的打算。

她的書桌上有一堆攤開的試卷和練習題，他走過去看了一眼，上面有做完的，也有一部分是紅筆批改的，看樣子應該是剛結束補習。

至於那個紅筆的字跡，不用想都知道是誰的，她的那個學長家教。

江起淮雙手撐著桌子，默不作聲地移開視線，一言不發。

一轉頭，陶枝不知道在什麼時候已經湊過來了。

柔軟的地毯吸收掉腳步聲，她無聲無息地靠近，站在他的側後方伸著腦袋，差點跟他撞在一起。

他略低著身，女孩子的唇角蹭著他的臉頰，不著痕跡地刮過去，觸感柔軟微涼。

江起淮頓住。

陶枝也靜止了，她過了好幾秒才意識到剛剛發生的事情，然後直接僵在原地。

江起淮沒什麼表情地看著她，眼底帶著沉沉的光。

陶枝屏住呼吸，抿起了唇。

牆壁上的掛鐘秒針緩慢地向前走，隱約發出了滴答滴答聲，臥室裡一片安靜，她的身體貼在江起淮的手臂上，呼吸輕緩，某種尷尬又曖昧的氣氛一點一點地蔓延。

正當陶枝絞盡腦汁地想著是不是要說點什麼的時候，門口突然傳來敲門的聲音。

「枝枝，」陶修平的聲音從門口傳來，「下課了嗎？」

陶枝眼皮猛地一跳，腦子頓時一片空白，她瞬間慌神，整個人下意識拉開了一步的距離。

江起淮沒動，看著她挑了挑眉。

陶枝清了清嗓子，趕緊提高一點聲音：「下，下了！」

陶修平：「那爸爸能進來嗎？」

「不能！」陶枝立刻大聲喊道。

陶修平沉默了一下，似乎察覺到不對勁：「怎麼了嗎？發生什麼事了？」

陶枝忽然有一種在臥室裡偷情被家長抓包的感覺，她看著還站在桌前，一臉悠閒的始作俑者一眼，害怕得嚇出一身冷汗。

陶修平還在門口耐心地跟她商量：「有什麼事情跟爸爸說說？誰惹妳了？又有什麼不開心的事了？考試沒考好？」

陶枝不知道該怎麼說，無聲地對江起淮做出嘴型：怎麼辦？

江起淮好整以暇看著她：什麼怎麼辦？

「……」

陶枝急得直上火，這個人還能不能有點早戀的自覺！

等了老半天也沒聽見房間裡傳來聲音，陶修平皺了皺眉，有些擔心：「枝枝，爸爸要進來了。」

他話音未落，沒鎖的門把被輕輕轉動了一下。

陶枝手忙腳亂地伸出手，一邊抓著江起淮，一邊拉開身邊的衣櫃門，用力地把他塞進去。

江起淮一時之間還沒反應過來，他保持著滿臉錯愕的表情，被她重重地推進衣櫃。

他悶哼一聲，後退了一步，雙腳絆到衣櫃底下的邊緣，整個人重心不穩，直挺挺往後栽進去，腦袋也砸進了一排排掛著的衣服裡。

陶枝「砰」地一聲拍上了衣櫃門。

臥室門幾乎是同時被推開，陶修平走進來往裡面看了一眼。

陶枝站在衣櫃前，兩隻手撐著櫃門，整個腦袋都在出汗。

陶修平愣了愣：「妳在房間裡幹嘛？怎麼出這麼多汗？」

陶枝長吐一口氣，緊張地舔了舔嘴唇：「我在做運動。」

陶修平納悶地看著她：「那妳幹嘛撐著衣櫃？」

她的掌心死死抵著櫃門，伸直的手臂忽然屈起後彎下，連帶著整個身子都靠上去。

她一臉凝重地將臉貼著櫃門，聲音有些悶：「我……做個伏地挺身。」

陶枝覺得自己這一招極其完美。

怕陶修平不信，她還打鐵趁熱，撐著櫃門又做了兩下，一本正經地說：「在地板上躺著做太累了，我撐不起來，網路上說這樣也可以鍛煉上臂肌肉，還有影片教學呢。」

陶修平依然是愣著，他不理解現在小孩的那些奇怪的行為藝術，半信半疑地點了點頭：「好，沒遇到什麼不開心的事情吧？」

陶枝腦袋搖得像波浪鼓：「沒有，我怎麼會不開心呢？」

陶修平繼續點頭，他視線一掃，指著剛剛江起淮搭在沙發上的那件外套。

陶枝順著他的視線看過去，心臟猛地一跳。

千算萬算，卻忘記把江起淮的外套也藏進去。

在江起淮脫外套的時候，她也沒想到會有突發狀況，本來也不覺得有什麼，是在意識到自己早戀的時候，心虛感才油然而生。

她嚴絲合縫地撐住櫃門，想去拿外套，但又怕手一鬆開，江起淮會直接從裡面掉出來。

「外套掛起來，」陶修平的視線沒有在上面做太多停留，「妳今天倒是把房間收拾得挺乾淨的，衣服怎麼還是到處亂扔？」

陶枝一頓猛點頭，一動也不動。

陶修平有些好笑地看著她：「好了，別撐著那個櫃門了，當妳爸是在檢查宿舍嗎？等等下來吃飯，啊？」

「……」

陶枝趕緊應了一聲。

陶修平在走出臥室後順手關上門。

陶枝豎著耳朵安安靜靜聽了片刻，直到微弱的腳步聲消失，她長長地鬆了口氣，手臂滑下去，拉開衣櫃的櫃門。

衣櫃裡帶著洗衣精和茉莉芳香劑的味道，橫桿上掛著滿滿的長裙和外套，江起淮坐在疊著的褲子上，整個人被絨毛玩具包圍，陷入了毛衣堆裡。

他背靠進一隻棕色泰迪熊的懷裡，左手壓著她今天早上剛丟進去的毛衣，腿上纏著一條運動長褲，懷裡抱著一隻彼得兔，手邊還有一堆零食。

聽見櫃門被人拉開，江起淮抬起頭，浸在黑暗中的眼睛迎上外面的光線，微微瞇起，適應了一下後才開口：「這是妳的祕密基地嗎？」

陶枝：「……」

江起淮捏著懷裡的兔子耳朵丟到一邊，又撿起手邊的一包洋芋片，黃色的包裝袋被他捏的沙沙作響，江起淮晃了晃那包洋芋片，盯了片刻後才不緊不慢地說：「妳喜歡在衣櫃裡吃東西？」

陶枝面無表情地垂頭看著他，手臂一揚，重新把衣櫃門甩上了。

她走到床邊坐下，近乎自暴自棄地撲進床裡。

出來混總是要還的。

陶枝也不知道，自己今天起了個大早來特地收拾房間，還有什麼意義？

衣櫃那邊傳來輕微的聲響，江起淮從櫃子裡鑽出來，順手摘掉腦袋上的毛衣後重新掛回，然後蹲在櫃子前，把裡面的絨毛玩具和零食全都撿出來。

數量不少，光是娃娃就有十幾隻，零食一大堆，衣櫃的角落裡還有一些公仔之類的破爛。

江起淮回頭，看向埋在床上的少女：「有袋子嗎？」

陶枝把腦袋埋在枕頭裡，雙腿懸在床邊左右，不情不願地胡亂晃了晃。

意思是沒有。

他最後還是當起了拾荒者。

江起淮長臂一伸，把她櫃子底下鋪著的那層破爛全掃出來，看了一圈，走到床邊的五斗櫥櫃旁，將東西一個個整齊地擺上櫃面，又從角落拉出一個被壓扁的布收納框，把零食丟進去放在牆角。

接著，他抱著滿懷的絨毛玩具走到床邊，垂眼看著躺在床上挺屍的少女。

江起淮把手裡的娃娃，一個一個擺在她身上。

腦袋上頂著兔子，背上放隻熊，腿上放體積小一點的，十幾個玩偶整齊地擺滿她全身。

即使絨毛玩具的重量都很輕，跟鋪桌巾似地擺下來，還是讓陶枝覺得被壓得有點悶。

她翻了身，身上的玩偶一股腦掉下來，躺在她旁邊圍成一圈。

陶枝躺在娃娃堆裡，覺得自從認識了江起淮，她的人設恐怕已經澈底崩壞了。

她安詳地閉著眼睛：「你就當我死了吧。」

江起淮站在床邊，悠悠道：「早戀一週，我女朋友就讓我守寡。」

「你也別等著我，」陶枝擺了擺手，疲憊地說，「如果遇到好女孩就嫁了吧，大好的青春不要浪費在我一個將死之人身上。」

江起淮似乎在很認真思考著她的提議，頓了頓說：「那也行。」

「行個屁！」陶枝「唰」地睜開眼睛，整個人從娃娃堆裡彈起來，隨手拿起一隻小袋鼠丟過去，怒瞪著他：「我就知道，你這個人沒有心。」

江起淮一把抓住直衝到面前的小玩偶，重新丟回床上：「詐屍了就起來吧，下去吃飯，回來看看妳那拿腳都寫不出來的數學試卷。」

陶枝不情不願地站起身，像是想起什麼，又扭頭：「你吃午餐了沒？」

「沒有。」

陶枝點點頭，走到書桌前坐下：「那我也先不吃了。」

她拍拍旁邊的椅子：「坐？」

江起淮走過去坐在她旁邊，這個椅子大概是之前蔣何生幫她補習的時候坐的，眼前就是他剛批改完的試卷。

江起淮垂眼，視線落在上面後皺了皺眉，有點煩躁。

他將那些試卷全都掃到一邊，重新抽了一張新的推給她：「做吧。」

陶枝眨了眨眼：「不講解剛剛那些嗎？」

「妳的家教會教妳，我湊什麼熱鬧？」江起淮毫無情緒地說。

陶枝點了點頭，乖乖地「喔」了一聲。

兩個人的方法和風格確實不一樣，如果讓蔣何生知道，有人講解了他幫她出的作業也不太好，怕他覺得自己好像不信任他的水準。

陶枝拿起筆，老老實實地做題目。

她寫試卷的時候，江起淮沒什麼事情可做，隨手拿了桌面上的一本英文作文書來看。

抽出來的時候，他才覺得有些眼熟。

那本書大概經常被人翻，邊角已經有點舊了，被摩擦著泛起一點毛毛邊，江起淮翻開封面後看了扉頁一眼。

黑色的中性筆在空白的地方，龍飛鳳舞地寫著一個字。

——江。

江起淮動作頓住。

陶枝做完一題，抬起眼，看見他正對著一本書發愣。

她順著他的視線看過去，眼皮子一跳，瞬間丟下筆將手伸過去，一下子就把那個字蓋住。

江起淮挑了挑眉。

偷偷藏別人的書被當事人發現，陶枝不自在地別開視線，嘟囔：「我還給你一本一模一樣的了。」

江起淮沒說話。

當時，她是偷偷藏的。

但是現在不一樣了，她可以光明正大地擁有。

陶枝抿了抿唇，慢吞吞地拽著書邊，把那本作文書從江起淮手裡抽出來，在她自己眼前攤開。

她拿起筆，想了想，開始在扉頁上寫字。

他們的筆跡有很大的落差，陶枝在寫完後，舉起書欣賞了一下，然後獻寶似地推到他面前。

江起淮垂眼。

扉頁上面本來只有一個「江」字，她剛剛又在前面加了三個字。

——枝枝的，江。

江起淮的喉結滾了滾，抬眼，眸色深深地沉下去。

陶枝撐著腦袋看著他，將眼睛彎起：「這本書我也看完了，」她學著他之前說過的話，「你想要的話，我可以送給你。」

她指著扉頁最前面的「枝枝」兩個字，聲音倏地低下來，輕輕落下小聲道：「這個，也是你的了。」

***

江起淮一直待到了下午。

基本上一整個下午的時間，兩個人就是在寫各科的試卷，陶枝寫完一張，江起淮就講解一張給她聽，倒也沒有分心去想別的事。

幾個小時後，持續運轉的腦子也緩了下來，陶枝終於開始覺得餓了，她放下筆揉了揉眼睛，靠在椅子上伸了個大大的懶腰。

樓下一片安靜，陶枝偷偷地推開臥室門，扒著扶手欄杆往下看了一眼，客廳沒人。

陶枝朝江起淮擺了擺手，小聲說：「沒人在了。」

江起淮拎起外套，剛要往外走，就被陶枝一把攔住了。

陶枝疑惑地看著他：「你要幹嘛？」

江起淮也疑惑了：「我回家。」

「你不吃飯就回去？」陶枝把他手裡的外套搶過來，站在門口遠遠地往沙發上一丟，「我每次去你家，江爺爺都煮給我那麼多好吃的，我也總不能讓你餓著肚子回家吧？等我。」

陶枝一邊警惕地觀察著走廊兩側，一邊躡手躡腳地往外挪。

江起淮忍不住開口：「妳在幹什麼？」

「你小聲一點，被發現的話該怎麼辦？」陶枝不滿地瞪了他一下，小聲說，「我下樓去偷一點吃的給你。」

江起淮：「……」

她確實是用了「偷」這個字。

江起淮也不知道她為什麼在自己家裡，還要表現出一副入室搶劫的樣子，也不知道自己今天過來到底是為了什麼。

他幹了什麼嗎？

一整個下午除了講解題目給她聽以外，不是在做試卷，就是在看作文書。

非常純潔，以及正能量的早戀交流。

他就站在門口看著陶枝敏捷的身手，幾乎無聲無息地溜進廚房，過了一陣子，端了兩碗泡麵上來。

陶枝飛快地重新回到臥室後把關上門，一手拿著一碗泡麵，尊重地詢問他的喜好：「你想吃海鮮？還是紅燒牛肉？」

江起淮嘆了口氣：「有沒有排骨的？」

「有，但是得現偷，」陶枝嚴肅地說，「風險非常高，你就二選一將就一下吧。」

江起淮勉為其難地湊合一下，選了紅燒牛肉麵。

陶枝把書桌上的試卷收起來，放上麵。吃完後，陶枝還特地把剩下的麵湯都倒進馬桶裡，毀屍滅跡。

江起淮覺得這她有點演上癮了，已經深深沉浸在「被家長阻撓的早戀」環節中，無法自拔。

他耐著性子配合她。

冬日光照漸短，在吃完泡麵後，天也差不多開始暗下來，江起淮琢磨著再這麼待下去，他還得繼續陪陶枝玩過一個晚餐時間。

他起身重新拿起外套，準備離開。

他將外套搭在手臂上，頓了頓：「叔叔以為這是妳的外套？」

陶枝滿不在乎地擺擺手：「他連我今年要升上幾年級都不確定，怎麼會知道我有什麼外套？」

他們走到玄關門口，江起淮準備穿鞋。

陶枝看著他就這麼光明正大地擺在鞋櫃旁邊的鞋子，忽然頓住了。

季繁的鞋子跟他的性格一樣，全是花裡胡哨的亮色，上面還帶著各種誇張的配件，江起淮乾乾淨淨的白色球鞋擺在其中，顯得非常格格不入。

只要腦子正常且沒瞎的人，都不會覺得這雙鞋是季繁的。

江起淮大概是跟她想到了同一件事，停了停後低聲說：「那鞋子呢？」

「……」

陶枝抬起頭，面色蒼白地看著他。

一樓是暗的，只有玄關亮著一盞光線昏暗的燈，江起淮側頭看她，唇角略略勾著，翹起眼尾。

「往好處想，」他毫無同情心地安慰她，「叔叔可能會覺得，妳的腳有二十七號半那麼大。」

陶枝：「……」

把江起淮送走以後，陶枝心如死灰。

陶修平大概是回來的時候看到了那雙白色球鞋，所以才突擊檢查她的房間，她自覺自己當時表現得天衣無縫，沒出什麼差錯。

而陶修平的反應也非常自然，沒有露出一絲一毫的破綻，讓陶枝無從判斷，他到底知不知道這件事。

如果他真的發現了，那他應該直接去她房間裡找人才對，但陶修平沒有，他問了幾句話後就不動聲色地走了。

之後的一段時間裡，陶枝一直在暗中觀察著陶修平的反應。

老陶依舊該幹什麼就幹什麼，回到家以後吃晚飯，工作，跟她和季繁閒聊幾句，而對於週六那二十七號半的白球鞋事件，他隻字未提。

甚至在跟陶枝說話的時候，都沒有旁敲側擊地去問，她最近和她暗戀的那個小畜生有沒有任何發進展。

那邊敵不動，陶枝反倒先忍不住動了，晚餐的時候，她夾了一隻蝦到碗裡，她不想弄髒手，就拿筷子戳著蝦頭慢吞吞地剝起，好似不經意地開口：「我們班的江起淮，前段時間參加了那個全國奧林匹克的數學競賽。」

聞言，季繁和陶修平都抬起頭來。

季繁默默地翻了個白眼，覺得這個人用了「我們班的」江起淮，而不是「我們家的」也算是挺克制的。

「昨天我們老師說，好像是拿到一個挺厲害的成績，」陶枝繼續說，「禮拜一升旗的時候，學校還要公開表揚他。」

她說完後瞅著陶修平，不放過他臉上的任何蛛絲馬跡。

陶修平點了點頭，露出一個讚許的表情：「這個孩子很優秀啊。」

「……」

陶修平嘆了口氣，目光突然變得深遠，他開始憶起當年：「我上學的那時候，大家都是死讀書，哪會去參加什麼競賽，要是我當年參加了，應該也能拿個第一名回來玩玩。」

滴水不漏。

薑還是老的辣。

陶修平才是真正的特務。

不愧是白手起家，從一無所有而走到現在的男人。

陶枝甘拜下風。

進入了十二月以後，天氣也變得越來越冷，月初的時候下了一場小雪，只是隔了幾天，就覺得體感溫度又下降了兩、三度。

到了十二月中旬，陶枝的秋褲已經沒什麼作用了，她翻箱倒櫃地從衣櫃的最裡面把冬天穿的棉褲翻出來。

這個年紀的女孩都不太喜歡穿厚重的褲子，厚度一上來，腿就顯得很臃腫，不好看。

幸好制服褲子的褲管寬大，什麼都看不出來。

因為聖誕節的臨近，原本有些沉悶，每天都圍繞著試卷、考試和讀書的班級又重新活躍起來。

厲雙江和趙明啟之前被王二罰得不輕，連續一個禮拜，天天都去他辦公室裡默寫數學公式，結果消停不到半個月，又開始閒不住地蠢蠢欲動起來，準備搞些新花招。

聖誕節的那天是週四，因為要上課也沒辦法出去玩，所以只能在學校過節。

前一天晚上的平安夜，厲雙江跟陶枝商量著要不要來辦一些娛樂活動。

厲雙江：『聖誕節可是一年只有一次！』

陶枝有些不理解他這個腦袋，打字：『厲老闆，這個世界上的所有節日呢，每年都只有一次。』

厲雙江：『那可不一樣，聖誕節就是第二個兒童節啊，我們老大還小，一定要過。』

陶枝想想，也是有道理。

她其實不怎麼喜歡過這些亂七八糟的節日，小的時候可能還挺喜歡湊熱鬧的，長大以後，連熱鬧都不想湊。

雖然一些很重要的傳統節日，陶修平都會盡量空出時間回來陪她過，但也有很多時候，他是回不來的。

陶枝就一個人吃月餅、一個人吃元宵、一個人設一大早的鬧鐘，天濛濛亮就爬起來，然後出門去早餐店，買兩個茶葉蛋和包著蜜棗的白粽，跑去江邊踏青看龍舟。

去年，她連這種形式主義都懶得走了，乾脆睡到大中午，該幹什麼就幹什麼。

但厲雙江和趙明啟都很積極，就連付惜靈這幾天都活躍了起來，第一天還送給他們一人一個用漂亮包裝紙包著的蘋果。

除了她以外，唯一一個不被節日氣氛影響分毫的人，大概只有江起淮。

如此靜若止水，陶枝覺得真不愧是她看上的男人。

聖誕節當天，陶枝除了書包以外，還提了一個大大的袋子來學校。

王褶子也明顯感覺到這群小孩躁動的情緒，上課回答問題都沒有那麼積極了，在厲雙江轉過來找陶枝和付惜靈說話，被叫到黑板上寫了兩題以後，王褶子終於板起臉來：「你們這群小孩就喜歡過些什麼洋節，聖誕節有什麼好過的？是別人過年又不是我們過年。厲雙江，你寫的這兩題沒有一題是對的，還有你今天交的那個作業，半角公式留給我幫你寫？就你這樣數學還能考一百四？」

厲雙江站在講臺上唯唯諾諾，轉身下來的時候背對著王褶子做了個鬼臉。

按照慣例，最後一節課是自習，下課鐘聲一響後的班級裡，瞬間空了一半以上的人，走廊裡陸陸續續地有別班的學生跟著往外走。

厲雙江他們坐著沒動，一回頭，發現陶枝也不見了。

厲雙江：「老大呢？說好的一起過聖誕節啊。」

「她出去買點東西，」季繁說，「叫你們自己玩一下。」

「好吧。」厲雙江等著教室裡的人走光。

十幾分鐘後，負責監視教師辦公室動向的趙明啟從外頭進來，站在門口敬禮：「報告！老王撤了！」

厲雙江摩拳擦掌地站起來叫上趙明啟，從抽屜裡掏出一大堆東西：「老趙，開工了。」

基本上全是裝飾用的破爛，彩色的聖誕球、塑膠上面黏著泡沫碎做出來的小雪花，小彩燈珠串全被他抽出來，沿著黑板掛了一圈。

他們今年不打算出去玩，要在教室裡過聖誕節，說這樣比較有氣氛。

付惜靈剛好是今天的值日生，負責跟風紀股長拿班級鑰匙，她平時挺乖巧的，跟那些每天闖禍的搗蛋鬼不一樣，風紀股長也很痛快地直接給她。

付惜靈和蔣正勳在黑板上拿彩色的粉筆，畫了一個大大的Q版聖誕老人，厲雙江一邊往冷氣上掛彩球，一邊轉過頭去，看見季繁癱在椅子上，像個大爺似地玩手機，也叫上他：「繁哥，你把雪花貼在窗戶上啊。」

季繁收起手機，看了坐在旁邊的人一眼，指著他不滿道：「你怎麼不叫他幹這些事？」

厲雙江沒回頭，只是擺擺手，非常有領袖風範：「淮哥，來都來了，做點事吧。」

季繁拎著一袋雪花走到窗邊，朝他挑了挑眉：「同學，幫個忙？」

江起淮：「……」

等陶枝回來的時候，教室裡已經佈置得差不多了。

滿眼的紅白，講臺上還擺著一顆小小的聖誕樹，上面掛滿松果和彩色的燈串。

陶枝拎著兩個袋子，重量看起來不輕，她「砰」地把袋子放到桌上，開始把東西拿出來。

一盒冷凍的魚丸、一盒蝦餃、兩大盒羊肉卷和肥牛卷，午餐肉、蟹肉棒、一袋紅蝦、香菇、肥牛粉絲煲、速凍蝦滑、豆皮以及一顆大白菜。

火鍋湯底、沾醬、辣椒油以及一次性的碗筷和杯子。

一群人就這麼看著她像變魔術似的一樣一樣往外掏，最後，陶枝走到自己的桌前，把放在桌角的袋子拿出來，從裡面拿出了快煮鍋和一條延長線。

眾人：「……」

厲雙江目瞪口呆：「老大，妳昨天說吃的交給妳準備，原來是指這個啊？」

陶枝抬眼，理所當然地瞥他：「大冬天的，不吃火鍋吃什麼？」

江起淮也沒想到，陶枝會直接把火鍋搬進教室裡，他以為她頂多叫個外送什麼的。

唯一知道的季繁已經把幾張書桌拼在一起，鋪上一層免洗桌巾，將延長線拉過來，插上電。

陶枝把大瓶的礦泉水倒進去，又拆開火鍋湯底，指著桌上的那顆大白菜，看向江起淮：「你也別閒著，去洗白菜。」

「……」

江起淮沉默了一下，居然就聽話地抱起那顆大白菜。

淮哥洗白菜！

淮哥洗大白菜！

厲雙江興致盎然，立刻高舉雙手積極道：「我跟他一起去！」

這時候的教學大樓裡已經沒什麼人了，茶水間也安安靜靜的，厲雙江就看著江起淮把白菜葉撕下來洗乾淨，然後放進旁邊的袋子裡，動作熟練又迅速，彷彿他經常都在幹這種事。

厲雙江看得嘆為觀止。

等他們回來後，火鍋已經煮開了，麻辣的鮮香味直撲鼻尖，在整個教室裡四溢。

陶枝拖了一張椅子坐在桌邊，在聽見聲音後回過頭來，看見江起淮拎著一袋白菜，她笑咪咪地拍了拍自己旁邊的位子：「快來搶肉吃。」

江起淮走過去，把手裡的白菜放下後坐在她旁邊。

因為第二天還要上課，而且終究是在學校裡，還是得收斂一些，趙明啟去買了可樂和柳橙汁，一杯一杯地倒上。

付惜靈把陶枝買來的魚丸、蝦餃全都丟進鍋裡，吃到一半，夜幕降臨。

關上一盞燈，教室內的燈串在夜色中，就像墜著一顆顆繁星，雪花一片片貼在窗上，聖誕老人的白色鬍子下還藏著大大的笑臉。

蔣正勳和趙明啟正在搶鍋裡的肥牛，兩個人的免洗筷懸在鍋子上方進行對弈，纏鬥得不可開交。

厲雙江掏出手機，放了一首聖誕歌，然後舉起裝著可樂的免洗紙杯，站起來道：「兄弟們，為了我們正在流逝的青春。」

他臉頰發紅，眼睛明亮。

前面是黑板、旁邊是課桌椅，從窗戶望出去是生活一年多、那熟悉的校園。而面前的麻辣火鍋在拼起的書桌上，咕嚕咕嚕地冒著泡泡。

這種奇異的感覺讓所有人情緒高漲，趙明啟也跟著站起來，高高舉起杯子：「為了籃球！」

「你就不能想一些除了籃球以外的東西嗎？」蔣正勳嚴肅道，「我們要為了大家以後的夢想。」

付惜靈喝了一小口果汁，然後才慢吞吞地一本正經道：「為了升學考。」

季繁在旁邊「噗哧」一聲笑出聲來：「妳這個書呆子，這種時候還為了什麼升學考？」

付惜靈鮮少外露情緒，她看著他點點頭，有些嫌棄地說：「你不懂，反正你也只會為了蒂瑪西亞[2]。」

「他還會為他二十分的數學。」趙明啟說。

「還有五十分的英文。」厲雙江點了點頭。

季繁不悅道：「你們夠了啊，怎麼還攻擊別人的成績呢？做人最基本的道德，不要人身攻擊，懂不懂？」

厲雙江哈哈大笑，而蔣正勳直拍桌子，笑倒在一旁。

季繁更惱怒了，把筷子朝著他們一伸：「火鍋面前人人平等，有本事我們鍋裡見真章，誰能搶到肉誰才能稱王。」

幾個人立刻回應，投入到新的一輪戰局。

厲雙江挽起袖子：「來！今天老子沒搶到最後一片肉，就是你孫子！」

男生們在那裡你一言我一語地鬥嘴，幾雙筷子對著鍋裡的魚丸和肥牛進行爭奪，殺得刀光劍影。

幼稚的要死。

陶枝翻了個白眼，放下杯子，繼續吃著塑膠碗裡的白菜，用餘光瞥見了一隻冷白修長的手從旁邊伸過來，江起淮用手裡的紙杯，在她的杯子上面輕輕碰了一下。

嘴唇會觸碰到的地方相撞，陶枝愣了愣，咬著白菜轉過頭去。

2 蒂瑪西亞：遊戲《英雄聯盟》中的虛擬王國名稱。

江起淮也側著頭，眼睫微抬。

在這樣的氣氛影響下，他像是卸掉了一些冰冷的軀殼，整個人看起來多了幾分少年的鮮活肆意，淺淡的眼瞳裡，還藏著彩色燈串映出來的璀璨流光。

他看著她，聲音低慢，帶著些許錯覺般的溫柔：「為了我們枝枝。」

第二十一章　他的祕密

有時，在非常偶爾的時候，陶枝會覺得江起淮展露出和他本人的性格截然不同，甚至可以說是十分矛盾的溫和。

季繁那群人對著一鍋肥牛殺紅了眼，付惜靈早就吃飽了，在旁邊玩手機，沒人注意到他們這邊的動作，聽到他們說話。

陶枝連呼吸都停了一拍，愣愣地看著他，杯口相撞，近乎無聲地碰在一起。她沒膽子做的事情，紙杯倒是替她完成了。

還是江起淮操控的。

她沒想過江起淮會主動做點什麼或者說些什麼，這個人本來就是她追來的，他又是這種性格的人，陶枝早就做好了心理準備，他不會積極主動，而是要由她來占據主導地位。

陶枝早就想好了。

期末考試結束之後，她就主動跟他牽個手。

江起淮拿著杯子的手已經抽走了，但陶枝的視線卻始終跟著，她直勾勾地盯著杯口，眼睛眨也不眨。

江起淮察覺到她的視線，拿著杯子頓了頓：「在看什麼？」

陶枝的目光還落在上面，指了指後小聲道：「你不喝嗎？」

少年的眼皮子隨著她的話跳了一下。

陶枝別開眼，耳朵發燙，低聲嘟囔：「不喝就算了，也沒什麼。」

江起淮盯著她通紅的耳尖看了片刻，笑了笑。

他用食指抵著她的腦門，輕輕戳了一下：「我要是喝了，妳是不是得紅到這裡？」

桌子圍著一整圈的人，他這個動作有種毫不掩飾的親暱感。

雖然在彼此尚未確定關係的時候，他也會敲敲她的腦袋之類的，但是換了關係，陶枝反而開始心虛起來。

她非常心虛地把他的指尖扯下去。

女孩溫溫軟軟的掌心握著他的指尖，小力將他拉到桌底下，撒嬌似地捏了捏，過了幾秒後就放開，然後拿起筷子，佯裝若無其事地繼續啃她的白菜。

江起淮的手還懸在桌下，停了好幾秒，然後以拇指蹭了蹭剛剛被握住的地方。

她明明力氣不大，他卻覺得指尖有點麻。

旁邊的付惜靈把頭別開，季繁翻了個白眼，蔣正勳默默地把視線移回鍋裡的肥牛上，三個人十分默契地齊齊裝瞎。

什麼也沒看見。

根本沒注意到，他們剛剛這旁若無人的互動。

只有趙明啟和厲雙江這兩個傻子在激烈地揮舞筷子，心無旁騖地搶肥牛。

蔣正勳嘆了口氣，覺得有時候能活成傻子真好，不用吃個飯還得裝做沒看見人家秀恩愛。

一頓火鍋吃完後也快要八點了，快煮鍋裡除了還有一點剩湯以外，其餘都被掃光了，眾人開始打掃戰場，各司其職地毀屍滅跡。

付惜靈擦黑板，厲雙江摘燈串，趙明啟則把剩下的火鍋湯倒進了廁所。

桌椅擺整齊，又把雪花摘下來，教室裡重新恢復成原本的樣子，彷彿剛才的景象都只是他們幻想出來的。

厲雙江拍了拍吃得鼓鼓的肚子，還有點遺憾：「剛剛應該拍幾張照片的。」

「我拍了呀。」付惜靈說。

厲雙江眼睛一亮：「那妳等等傳到群組裡。」

付惜靈點點頭：「回家傳，我調個色調。」

忙碌到現在，大家都有點累了，坐在桌上閒來沒事地聊了一下。

此時的教學大樓裡空無一人，突然有一陣腳步聲從走廊上傳過來，趙明啟的耳朵尖，最先聽見，他抬了抬手，厲雙江馬上閉嘴了。

警衛哼著歌，從樓梯口緩慢地往前走，檢查各個教室還有沒有學生留在學校。

陶枝最先反應過來，像是沒骨頭一樣，整個人往下一滑，飛快地鑽到桌子底下，趙明啟瞬間跑到門口，一巴掌把燈拍滅。

教室裡倏地暗下來。

一片漆黑裡，江起淮感覺到自己的外套被人猛地扯了一下，重力向下，他整個人都滑了下去。

他垂下眼。

月光下，少女黑眸明亮，看不清臉上的表情，只是看著他。

江起淮明白過來，順從地跟著鑽下去。

厲雙江平躺在椅子上，付惜靈還慢吞吞地慌張著，被季繁扯著脖子，一把勾下去彎著腰，趙明啟閃進門口牆角的陰影裡。

警衛大叔哼著走音的老歌，腳步聲越來越近，直到到了一班門口。

腳步聲突然停下。

所有人都屏住呼吸。

「怎麼有股火鍋味呢……」教室外，警衛大叔站在門口納悶地念叨一句，他探頭往裡面看了一眼，在發現沒什麼異常後就繼續往前走了。

幾個人屏著呼吸縮在桌椅下面，陶枝扯著江起淮的制服，兩個人之間隔著桌杠，眼睛也漸漸適應了黑暗，月光下，少女白淨的臉變得越來越清晰。

警衛大叔的腳步聲越來越遠，到最後也聽不見了。

陶枝看著他，長眼彎起，意義不明地朝他眨了一下眼睛。

江起淮愣了愣。

下一秒，她忽然鬆開拽著他制服的手指，順著袖管滑下去，直接抓起他的手，推開椅子站起身來。

桌椅被撞開後發出聲響，陶枝理都沒理，握著他的手轉身衝出教室。

走廊也關著燈，月光像銀沙透過玻璃窗灑進來，她腳步又輕又快，像一隻靈活敏捷的貓咪，飛快地穿過走廊，跑下樓梯，然後走出教學大樓的大門。

她靠在門口的柱子上，一邊笑，一邊小口小口地喘著氣：「不趕在警衛之前出來，他等等就要把大門鎖起來了。」

江起淮站在她旁邊沒說話，只是靜靜地看著兩人相握的手。

她的手小小的，只堪堪包住他半個手掌，掌心相貼的地方濕濕熱熱，不知道是誰的手汗。

陶枝跟著他的視線垂下頭，緊張和害羞的情緒來得後知後覺。

她舔了舔嘴唇，故作鎮定地說：「本來是打算等期末考業績達標了再……牽手的，就提前當作是獎勵我吧？你就讓我賒個帳？」

江起淮沒動，始終沒什麼表情。

大概是，不喜歡的。

陶枝默默地垂下眼，她努力克制住心裡的難過和失落的情緒，慢吞吞地把手鬆開，準備收回來。

微涼的溫度撤離掌心，她才剛要收回手，下一秒，江起淮就重新把她抓回去了。

少年的手比她大了一圈，修長的手指上扣，輕而易舉地將她的手整個包裹進去。

陶枝驚訝地抬眼。

江起淮抓著她的手，指尖微動，用指腹輕輕蹭了蹭她的手背，動作帶著幾分親暱的曖昧。

「已經是妳的了，還賒什麼帳？」他淡道。

陶枝壓抑住想要上揚的嘴角：「喔。」

「喔什麼？」

「就是想喔一聲，」陶枝抿著唇角，「你這個人怎麼這樣，我答應一下也不行嗎？」

江起淮掀起眼：「也不知道剛剛是誰，牽都牽了，跑什麼？」

十二月底，地上鋪了一層薄雪，剛出來的時候還沒感覺，在外面待久了，陶枝才感覺到寒冷。她忍不住縮了縮脖子，嘟囔道：「我以為你不喜歡這樣。」

江起淮看了她一眼，牽著她往回走。

陶枝亦步亦趨跟著他：「你要幹嘛？」

「去裡面，」江起淮說，「等著季繁把妳的外套拿下來。」

教學大樓一樓的大廳空蕩昏暗，兩邊的玻璃展牆上，掛著前段時間奧林匹克競賽的獲獎名單，以及各種表揚獎狀，陶枝一抬頭就看見他的名字。

江起淮，二年一班，全國數學奧林匹克競賽一等獎。

實驗一中在帝都硬擠才能勉強擠進前三，早年還有過競賽班，後來也沒有設立了，在全國數學競賽強校的對比下毫無威脅。每年的一等獎，基本上全都被隔壁附中和懷城一中包下。

江起淮是第一個。

王褶子為此特地開了班會，王副校長恨不得把他寫進每週升旗儀式的發言稿裡，想要藉此激勵大眾。

陶枝長久地看著那個名字，有些恍神。

樓梯口漸漸傳來季繁的聲音，看樣子警衛已經去樓上了，幾個人拎著東西，一邊說話一邊往下走，陶枝回神後抽了抽手，欲蓋彌彰地背到身後去。

少女柔軟溫熱的手脫出，江起淮掌心一空。

他疑惑地揚眉：「地下戀情？」

陶枝嚴肅地看著他，沒說話。

她總是會有一些奇奇怪怪的在意和堅持。

江起淮嘆了口氣，有些無奈：「好吧。」

兩個人就這麼保持著幾公分的距離，沒人再說話。

樓梯那邊的聲音漸漸清晰起來，在混雜著腳步聲和少年們的說笑聲中，江起淮很突然地開口：「沒有不喜歡。」

陶枝側過頭去：「什麼？」

他沒看她，緩緩地將目光對著前方空蕩的大廳，停在某處。

「我沒有不喜歡妳這樣，」他聲音很淡，「我說過了，妳想做什麼就去做。」

她這樣就很好了，直接又乾脆。

想得到就抓住，想達成就努力，想追逐就不會停下腳步。

江起淮忽然意識到，也許就是因為這樣。

也許就是因為這樣，所以他明知道自己無法給予她汲取充足養分的土壤，卻依然捨不得放開她，拚命地往前探向她的指尖。

她總能時時刻刻地蹦出驚人又耀眼的光亮，帶著足以奪走他全部理智的吸引力，讓踟躕行走在黑夜中的人，會忍不住想要貪婪地，不知饜足地靠近。

像太陽一樣。

沒有人發現前一晚的教室裡發生過什麼荒唐事，一夜的時間過去，火鍋味道散盡，第二天照常上課。

隔幾天就要迎接跨年，陶枝前一天晚上玩得很盡興，也不再作怪了，老老實實地讀書。認真到連王二都有些不適應，上課的時候還特地調侃她兩句：「副班長？馬上就跨年了，你們不再計畫計畫？」

陶枝的眼睛眨也不眨，莊重地說：「學生最重要的事情就是讀書，讀書大過天，跨年哪有數學題目重要。」

王二並不吃她這一套，悶笑了一聲。他想見識一下這群搗蛋鬼還能再玩出什麼新花樣。

結果陶枝就真的沒再胡搞瞎搞。

雖然江起淮說過叫她不要糾結成績之類的話，他們現在也已經是不純潔的同學關係了，但這件事情對於陶枝來說，並沒有想像中的輕鬆。

追到他，和追上他的腳步這兩點，在陶枝看來並不矛盾，完全可以同步進行。

果然還是想騎在他的腦袋上。

跨年夜當天，江起淮早早就放學回家。

江爺爺已經準備好晚飯，餐桌上擺著幾盤菜，小小的電子鍋放在桌邊，還沒盛飯。

老人家獨自一人坐在客廳裡，對著眼前的棋盤動也不動，目光空空地落在某顆棋子上恍神，沒有注意到他回來。

江起淮回身，關上了門。

大門的聲響打斷了老人的思緒，他抬起頭看過來。

幾秒鐘後，他才回過神，神色緩和下來：「阿淮回來了。」

江起淮「嗯」了一聲，也沒有多問，就直接進了客廳。

他摘下書包、掛好外套，在洗了手之後走進廚房，拿了碗筷出來盛飯。

江爺爺閉了閉眼後才起身，走到餐桌前坐下：「沒想到你今天這麼早回來，我燉了一隻雞，也不知道好了沒。」

江起淮把米飯放在他面前，轉身進了廚房：「我去看看。」

砂鍋放在瓦斯爐上以小火燉煮，雞湯的鮮香味濃郁，江起淮掀開蓋子用筷子戳了戳，確定熟了，把它盛到一個大瓷碗裡。

他轉身離開廚房，江爺爺坐在桌前，筷子未動，笑吟吟看著他：「今天上學好不好玩？」

江起淮坐在他對面：「沒什麼差別。」

江爺爺繼續笑：「有小陶在也沒什麼差別？」

江起淮不出聲了。

江爺爺瞅著他：「我看這女孩挺喜歡你的，性格也好，你對人家到底有沒有意思？」

問是這麼問，他看著江起淮長大，所以比任何人都還要更清楚他的個性。

記得人家愛吃雞翅，喜歡草莓，女孩有點冒冒失失的，常常會突然跑來，江起淮雖然從沒說過什麼，但從上次之後，家裡的冰箱裡就一直凍著一大袋雞翅。

江爺爺嘆了一聲：「這個女孩的家境也挺好的吧。」

雖然陶枝看起來沒什麼架子，哄得他樂呵呵的，但嬌生慣養的小孩，身上的那股矜貴勁是藏不住的。

少年手裡的筷子頓了頓。

江爺爺看著他，欲言又止。

有些話，不必說出來。

他這個孫子心裡面比誰都清楚。

他生來就該是天之驕子的，有天賦也有傲氣，不該出生在這樣的家庭。

一頓飯沉默地吃著，江爺爺有幾次想要開口，又把到嘴邊的話咽回去，直到吃完。

江起淮放下筷子，安靜地等他開口。

老人用有些渾濁的雙眼看著他：「你……」

他頓了頓，還是沒能把那兩個字說出口。

對於江起淮來說，那個人大概算不上是他的父親。

「他出來了。」江爺爺緩聲說。

江起淮瞬間繃緊唇角，倏地抬眼：「他來找你了？」

「沒有，」江爺爺趕緊說，「他也不知道我們現在住在哪裡，說是回了老家，到處在打聽。」

少年的唇線繃得平直，眸底暗色沉沉翻湧，帶著毫不掩飾的冰冷戾氣：「他敢再來騷擾你一次，我就讓他一輩子都沒辦法再出現。」

江起淮記得很久以前的事情，別的小孩對於幼稚園時期的事情，都只能朦朦朧朧地記個大概，但他覺得自己的記憶好像從兩、三歲的時候就已經開始了。

記憶的最初是黑白的，有擠滿了十幾張床鋪的大房間，牆漆斑駁的昏暗走廊，高大老舊的鐵門，統一穿著白色衣服的小孩成群結隊地跑，還有板著一張臉，從沒笑過的院長阿姨。

色彩的出現，是遇見江清和的那一天。

那是午餐後難得的活動時間，小孩子們在草地上圍成一圈玩遊戲，江起淮一個人在遠遠的樹下看螞蟻。

小小的昆蟲排成整整齊齊的一條線，用細細的爪子舉著比他們身體還要大的白色東西，一隻隻消失在樹底。

看起來只有三、四歲大的小朋友老老實實地蹲在樹下，抱著膝蓋低垂著頭，就那麼默不作聲地看了好久。

直到有陰影在眼前投下。

小江起淮抬起頭。

老人蹲在他旁邊，笑咪咪地看著他：「你在看什麼？」

小江起淮沒說話，默默地指了指樹底。

江清和的視線看過去，說：「這是螞蟻，他們在搬運食物。」

小朋友肉肉的臉上沒什麼表情，漂亮的眼睛直直地看著他，眨也不眨。

老人笑著解釋道：「你看到那些白色的東西了嗎？那是食物，他們把這些帶回家吃，不讓自己餓肚子。」

小江起淮垂下頭，認真盯了好一陣子，然後奶聲奶氣地開口：「他們的食物比身體還要大。」

老人點了點頭：「是很厲害，他們可以搬起比自己重很多的東西。」

小江起淮不再出聲，小小一隻在樹下抱成一小團，默默地看。

江清和也沒開口。

一老一小就這麼靜靜地看著螞蟻群一排排往洞裡鑽，直到太陽落下，最後一隻也消失不見了。

小江起淮盯著藏在土壤裡那小小的洞口，過了好半天才小聲說：「螞蟻回家了。」

「嗯，」老人應了一聲，「螞蟻回家了。」

小孩又不出聲了，直勾勾地看著那個小洞，眼裡有藏不住的渴望。

老人看著他，眼角彎彎：「你想回家嗎？」

「我沒有，」小江起淮搖了搖頭說，「院長阿姨說，有人喜歡的小朋友才可以有家。」

他沒表現出任何一點難過或者委屈之類的情緒，江清和的眼睛卻紅了。

他伸手摸了摸他軟軟的頭髮：「阿淮也是有人喜歡的小朋友。」

小江起淮還是搖頭，固執且慢吞吞地說：「我沒有的。」

「那從今天開始，爺爺喜歡你，好不好？」江清和用濕潤的眼睛看著他，聲音和緩，「爺爺帶你回家，阿淮以後永遠跟爺爺在一起。」

江起淮記得那一天太陽很大，晃得讓人睜不開眼，綠樹遮天蔽日，草地上有著一大片毛絨絨的嫩綠新芽。

老人的手掌溫暖寬厚，身上有好聞又讓人安心的味道。

那是他生命中的第一抹色彩。

江起淮睜開了眼睛。

月光輕薄，在地板上鋪下一層淡白色的紗，臥室裡悄無聲息，他的視線長久地停在天花板上。

床邊的書桌上攤著兩本書和一張試卷，牆上的掛鐘靜悄悄地走著，「喀噠」一聲輕響，時針和分針重疊在一起。

桌邊的手機螢幕亮起，然後開始震動，嗡嗡的聲音在安靜的環境裡顯得格外清晰，鍥而不捨地刷著存在感。

江起淮撐著床面坐起來，他靠在床頭定了一下後，才接起電話。

『殿下！』少女的聲音一刻不停，迫不及待地響起，『你在幹嘛呀？我打了好久。』

「嗯？怎麼了。」他聲音沙啞。

『你剛醒嗎？』陶枝難以置信地說，『今天是跨年夜，你居然不到十二點就睡覺了？』

江起淮抬頭，腦袋抵著床頭：「妳不是不過節嗎？」

『那不一樣，』陶枝說，『你快起來，到窗邊來。』

江起淮一頓，然後掀開被子快速翻身下床：「妳在樓下？」

他毫無情趣地直接戳破了她的小心思，陶枝有些不滿地說：『你這個人怎麼一點情調都沒有，這個時候你應該問我為什麼，然後你也猜不到我在哪裡。』

她說話的工夫，江起淮已經走到了窗邊。

夜色深濃，看不清人影，他卻一眼就看到了她。

女孩穿了一件白色的羽絨衣，紅色的圍巾幾乎裹住了半張臉，她站在國宅前老舊的路燈下，冷得在原地不停蹦跳。

她仰著腦袋往上看，直到看見了窗邊出現的人影，抬手把圍巾往下拉了拉，露出鼻尖和小巧的下巴。

她影影綽綽地看著他，長長的眼睛彎起，隔著窗戶朝著他揚起大大的笑臉，聲音透過手機歡快地傳到耳畔：『新年快樂，男朋友。』

江起淮沒說話。

陶枝站在路燈下蹦了蹦，呵出白色的氣來：『你怎麼不理我？我特地偷偷從家裡跑出來的，在這麼冷的天氣！』

她誇張地說：『結果就遭到了你這樣冷酷的對待。』

江起淮緩慢開口：「為什麼要偷偷從家裡跑出來？」

『跟你說新年快樂啊。』

「電話裡也能說啊。」

『那不一樣，』陶枝理所當然地說，『我希望在新的一年裡，第一眼看到的人就是你。』

江起淮拿著手機的手指蜷了蜷，呼吸停了一拍。

陶枝霸道地繼續說：『你第一眼看到的人，也得是我才行。』

老舊國宅給的暖氣並不充足，夜晚離開被子的那一瞬間還是有些寒氣，他走到窗邊的時候沒穿拖鞋，赤腳站在冰涼的地板上，卻感受不到冷。

江起淮笑了一聲：「只是這麼看一眼就行了嗎？」

陶枝站在樓下，歪了歪腦袋，似乎有些不解。

江起淮嗓子有點乾，他盯著路燈下那個小小的身影，聲音發啞：「上來。」

陶枝覺得，江起淮跟她混在一起的時間變久以後，好像有些學壞了。

連這麼踰矩的事情都幹得出來。

凌晨邀請女朋友去他家裡！

她本來還有些顧慮，考慮到時間太晚，江起淮都睡著了，江爺爺又在家裡，好像有點不適合。

不過來都來了。

面前的大門被人從裡面打開，江起淮穿著薄薄的棉質長衣長褲站在裡面，側身讓了讓。

陶枝悄悄地進門，然後握住門把，動作非常緩慢，小心翼翼地關上房門。

即使她已經慢到幾乎一秒挪一寸的程度，但在房門磕上的那個瞬間，還是發出了「喀噠」一聲脆響。

陶枝立刻不動了，她緊張地舔了舔嘴唇，整個人靜止在原地，豎著耳朵聽了一下外面的動靜。

江起淮靠著鞋櫃，垂頭看著她：「妳怎麼——」

她飛快地抬手，比了個「噓」的手勢。

江起淮閉嘴了，從鞋櫃裡抽出一雙拖鞋放在她腳下。

陶枝穿上拖鞋，幾乎是墊著腳尖跟著他走進臥室。

臥室門關上，她才終於鬆了口氣，整個人放鬆下來。

江起淮走到書桌邊打開檯燈。

臥室跟著亮起來，陶枝抬起眼。

少年就站在她面前，應該是剛睡醒，黑髮凌亂，眼皮有些無精打采地下垂，比起平時多了幾分柔軟單薄。

看起來不太高興。

陶枝忍不住多看了他一眼。

江起淮察覺到她的視線，抬眼：「怎麼了？」

「沒什麼。」她慢吞吞地把圍巾一圈一圈摘掉，折了兩折搭在桌前的椅背上，然後繼續脫外套。

江起淮看著她解開一顆又一顆的外套扣子，忽然問：「要不要吃草莓？」

「……」

陶枝晚餐吃得早，晚上也沒有吃零食，肚子確實有點餓了，但都已經十二點了。

她擺了擺手：「都這個時間了，你要去哪裡買草莓？」

江起淮走出臥室。

陶枝怕被發現，但還是飛速地把脫下的外套放在圍巾旁邊，然後輕聲地跟著他一起走出去。

他走進廚房拉開冰箱門，從保鮮層拿出一盒草莓。

塑膠盒上嚴嚴實實地包了一層保鮮膜，江起淮將它拆開後走到流理臺前。

陶枝在他身後關上廚房門，這盒草莓大概已經放了幾天，深綠色的葉子有點皺，但還沒有壞，果實飽滿鮮紅。

陶枝把腦袋湊過去：「你們家有草莓啊？」

「嗯，」江起淮擰開水龍頭，「前幾天買的，忘記吃了。」

陶枝拍了拍他的手臂：「你把水關小一點，聲音太大了。」

江起淮側頭：「妳怎麼在我家也像做賊一樣。」

「把江爺爺吵醒了怎麼辦，」陶枝小聲嘟囔說，「大半夜還跑到男生家裡，江爺爺對我的印象會不好的。」

江起淮看著她憂心忡忡的樣子，嘆了口氣：「不會不好的。」

他重新轉頭，將盒子裡的草莓葉摘掉：「他喜歡妳。」

「我當然討人喜歡了，」陶枝立刻開心起來，美滋滋地說，「怎麼會有人不喜歡我？」

江起淮沒說話，眼睫壓下去，把摘掉葉子的草莓放在水下沖洗。

確實是，不會有。

陶枝已經習慣在半夜吃東西了，但江起淮沒有這個習慣，所以一大盒全都歸她。

草莓再放下去都要壞了，所以陶枝也沒客氣，坐在床邊捧著盒子，直接吃掉了半盒，一邊吃一邊看著江起淮坐在桌前寫作業。

他的作業沒做完，寫了一半的試卷也攤開來放在桌上，生命中只有「讀書」兩個字，連雷都打不動的勞動楷模居然沒做完作業，陶枝覺得這件事很稀奇。

她吃得有點撐，將盒子放在桌子上，百無聊賴地晃蕩著雙腿，掃了他牆上的照片一眼。

好像也沒有多的，還是之前那幾張。

文藝少年最近沒拍到滿意的祕密嗎？

他們兩個現在都已經是這種關係了，她總該在他的照片牆上留下一塊位置了吧。

陶枝撇撇嘴，她想著回家之後就要用拍立得來自拍，等下次過來的時候，偷偷把自己的絕世美貌貼到他牆上，還要貼在正中間。

或許是狀態不太對，江起淮寫題目寫得有點久，等他把兩張試卷寫完後看了時間一眼，已經一點半左右了。

陶枝趴在桌子上睡著了。

少女側著腦袋，半張臉埋進臂彎裡，臉頰貼著手臂壓進陰影，長長的睫毛密密覆蓋著下眼瞼，睡得非常香甜。

江起淮將試卷闔上，輕放下筆，坐在椅子裡側頭看著她。

不知道是不是夢見了什麼開心的事情，她唇角微微翹著。平時活蹦亂跳，嘴巴講個不停的女孩，在睡著以後終於消停下來，恬靜的睡臉被檯燈的光籠著，柔軟的髮絲在光線下泛起一圈細軟的小絨毛。

額前的碎髮滑落，髮梢掃在挺翹的鼻尖上，似乎覺得有點癢，她閉著眼皺了皺鼻子。

江起淮抬手，動作輕緩地將那幾縷髮絲勾起，別在她耳後。

他這麼一動，陶枝醒了。

她迷迷糊糊地睜開眼睛，腦子大概還沒醒過來，就這麼趴了好一陣子。

江起淮收回手：「醒了？」

陶枝慢吞吞地直起身子，用手背揉了揉眼睛，聲音黏糊糊地問他：「幾點了？」

「一點多。」

「我該回去了，」她小小地嘟囔，「你怎麼兩張試卷做這麼久？」

江起淮把椅子往後一滑：「太晚了，我送妳回去。」

陶枝這次沒有拒絕，她坐在床上伸了個懶腰，又打了大大的哈欠，人清醒過來，站起身拿起剛剛掛在椅背上的外套。

這也太虧了。

跨年夜夜探男朋友家，想來個深夜約會，結果只是陪著他做完了兩張試卷？說出來誰會相信啊！

她穿上外套，又將圍巾一圈一圈地纏好，越想越覺得自己虧大了。

陶枝將圍巾圍好後轉過頭來，江起淮還是動也不動地坐在椅子上，陶枝猶豫了一下後說道：「你要是睏的話，我自己回去也可以，反正叫個計程車就到家門口了。」

「不睏，」江起淮站起身來，走到衣櫃前把衣服拿出來，「剛剛睡了一下。」

「殿下。」陶枝忽然叫了他一聲。

江起淮回過頭來。

從剛進門就一直憋到現在的話，最後還是沒辦法忍住，陶枝眨了眨眼後仰頭看著他：「你今天不高興嗎？」

「怎麼不高興？」

「就是看起來……」陶枝皺了皺眉，也不知道該怎麼形容那種感覺，稱不上是不安，說是焦躁好像也不太準確。

她絞盡腦汁地想了一下，也沒想到適合的詞彙來形容，最後乾脆地說：「感覺有點黏人。」

江起淮：「……」

他本來沒有意識到，但是現在看來，無論是江清和今晚的話，還是那個人，都對他造成了一點影響。

少年沉默地站在衣櫃前，喜怒不辨地看著她，陶枝忽然有點後悔問他這個問題了。

「也沒什麼，可能是我睡迷糊了，」她晃了晃腦袋，把下巴藏進圍巾裡，然後朝他伸出手，「牽個手嗎？男朋友。」

女孩的掌心在他面前攤開，紅色的圍巾裹著半張臉，露出了白嫩嫩的耳尖，漆黑的眼睛也閃閃發亮。

江起淮抿著唇看著她，目光定了幾秒後才說：「牽個手就行了嗎？」

陶枝盯著他，點了點頭：「我這個人很容易滿足的。」

「我不太容易。」他壓低聲音，意味不明地說。

陶枝眨了眨眼，還沒反應過來這句話的意思。

江起淮往前走了一步，忽然拽著她圍巾的兩邊朝自己的方向輕輕一拉，陶枝也猝不及防地被他帶著前傾，撞進他懷裡。

然後，他抱住了她。

少年的體溫隔著薄薄的衣料傳遞給她，上面環繞著乾淨的氣息，陶枝睜大眼睛，動也不動地任由他抱著。

江起淮的手臂緊緊環著她，俯身低下頭，把頭深深地埋在她頸間，聲音也悶在圍巾裡：

「妳別那麼簡單就想打發我。」

少年細碎的黑髮蹭著她的耳廓，聲音被圍巾給包覆，聽起來有點悶悶的。

鼻尖蹭著她的頸間，吐息的熱氣赤裸，毫無阻礙地貼著她的皮膚，感到一陣酥麻的癢。

他整個人，連帶著氣息將她覆蓋包圍。

陶枝頓了頓，爾後將掌心扣在他後腦，輕輕揉了揉。

他的髮絲意外的柔軟。

「發生了什麼不開心的事嗎？」陶枝輕聲說。

江起淮沒說話，手臂緊緊收著。

她的身上有好聞的味道。

像是由灼熱的陽光所烘烤的大地，綠樹成蔭灑下陰影，翠綠且柔軟的嫩芽，生機勃勃，大片大片地生長。

江起淮長長地吐了口氣，將手臂鬆開後抬起頭來。

他的表情沒什麼變化，就好像陶枝敏感地察覺到的那些異常，全部都只是她的錯覺。

「沒有，」江起淮抬手，將她有些凌亂的圍巾拉上去，低聲說，「走吧，送妳回家。」

陶枝到家的時候已經凌晨兩點。

她躡手躡腳地溜上樓，洗了個澡。

明明睏得眼睛酸澀，有種睜都睜不開的感覺，卻非常莫名的沒有半點睡意。

陶枝躺在床上，眼睛直勾勾地盯著天花板，想著今天晚上的江起淮。

確實是很不一樣。

和平時的他太不一樣了。

他是那種鮮少將情緒外露的人，就算再怎麼不爽，也幾乎不會明顯地表現出來，就像戴著一個厚厚的面具，沒人知道面具下的他在什麼時候，是什麼樣的狀態。

面具戴久了，是會摘不下來的。

可能在有些時候，連江起淮自己都察覺不到情緒上的異常。

但陶枝卻看得一清二楚。

她仰起頭，看著他臉上的面具裂開，朝她露出了一絲縫隙。

但她卻沒有辦法再問下去了。

陶枝有些煩躁地揉了揉臉，從枕頭底下摸出手機，螢幕的亮光讓她忍不住瞇起眼睛，適應了一下後才點開通訊軟體。

她看著頂端的那個拼圖頭像，良久。

陶枝嘆了口氣，把手機螢幕重新鎖起，塞回枕頭下方。

* * *

時間跨進新的一年，教室黑板前的日曆也換了新的一本，上面一個個阿拉伯數字被用紅筆畫掉，生活好像也一如既往，沒有任何變化。

江起淮也沒有。

陶枝不動聲色地小心觀察幾天，這個人依然該聽課就聽課，該寫題目就寫題目，該毒舌她的時候，就毫不留情地開嘲諷，偶爾也會在下課時間和午休時，被厲雙江他們拉出去打球，在各種隨堂大小考中就像一個機器人一樣，虐待著一班全體人員的心靈和眼球。

彷彿跨年夜那天的熱烈以及克制的主動，都只是她的錯覺。

慢慢地，陶枝也就忘了這件事情。

她把精力都放在即將到來的月考上。

陶枝這半年的時間基本上都在趕進度、補基礎，雖然現在做起試卷的時候，已經沒有之前那麼吃力了，至少在一張考卷上，她會寫的題目占有百分之七十，但又陷入了新的困境當中。

她卡在這個階段，遇到瓶頸。

有些題目，她總覺得自己是寫對過程，得到答案，但結果卻都是錯誤的。

剛開始的她還很有耐心，把做錯的題目全都複印剪下來，貼在每一科的錯題本上，但是這種情況一直持續下去，感覺沒有什麼太大的好轉，做模擬試卷的分數也沒什麼提高。

眼看著月考臨近，她開始覺得有些焦躁。

蔣何生發現她的狀態不對勁，在某次課後留下來跟陶修平聊了一下，又幫陶枝請了各科的家教，全都是有教學經驗的老師。

老師對於題目的解讀和教法，跟學生之間存在著明顯的差別，但蔣何生的課她還是繼續上，只是這樣的話，她週末兩天的時間就全被家教課占滿了。

週日晚上，她送走了物理老師，運轉一天的大腦瀕臨死機，陶枝揉了揉有些痠痛的眼睛，整個人栽進床裡。

她臉朝著床面，腦袋埋進被子裡，閉著眼睛歇了一下，疲憊的睏意也一點一點地襲來。

讀書是很累的事情。

陶枝不喜歡累，放假的時候能躺在床上就不想坐起來，連體育課跑個八百公尺都是能逃就逃，一個月能請三次生理假，一點苦頭都不想吃。

但在追逐且觸碰到的那一瞬間，也能夠切實地獲得成就感。

但她也沒有時間去找江起淮了。

算起來，她已經好久沒有吃到江爺爺做的飯菜了。

這個時候的江起淮在幹什麼呢？

週日的話，他好像是要打工的。

她癱在床上轉了轉脖子，看向窗外。

還沒到晚飯的時間，天已經黑下來了，帝都前幾天又下了一場雪，未化的積雪掛在枝頭樹梢上，壓下了一層明晃晃的白。

陶枝看了幾秒，忽然一躍而起。

她飛快地換了衣服，從角落裡拎出背包，把書桌上沒做完的試卷折起來塞進去，走出臥室下樓。

晚飯已經快做好了，陶修平和季繁都在客廳，看見她穿戴整齊出來，陶修平斜眼看著她，明知故問道：「要去哪裡？都要吃飯了。」

「你們吃，我不在家吃了。」陶枝擺了擺手。

「還能去哪？去找她的心上人吧，」季繁正在看漫畫，紆尊降貴地抽空看了她一眼，開始刻薄，「妳就穿這樣去？不盛裝打扮一下啊？塗個紅嘴唇再畫個藍色眼影。」

陶枝面無表情地轉過頭來，抄起玄關上放著的手套往前走兩步，晃悠著手臂，做了一個投球的姿勢，然後朝他丟過去。

季繁手裡還拿著漫畫，反應不及，手套直衝著他面門，「啪嘰」一下砸過來。

陶枝：「home run！全壘打！」

季繁捂著鼻子誇張地哀號：「我鼻子斷了！老陶，她對我使用暴力！」

陶修平看著兩人在那雞飛狗跳地鬧騰，嘆了口氣。

兒子不好管，女兒長大了也開始天天往外飛了。

養孩子真難。

他指著陶枝，板著臉說：「九點之前回來。」

陶枝朝他敬禮：「遵命！」

季繁見狀，放下捂著鼻子的手，他捏著軟軟的手套湊過去，一臉渴望地說：「爸，我也想出去玩，我明早九點之前絕對會回來。」

陶修平：「你，給我好好待在家。」

季繁：「……」

除了家教以外，江起淮也把便利商店的工作辭掉了，因為咖啡廳的時薪比較高，所以應該還沒有辭職，陶枝叫了計程車前往市中心的那家咖啡廳。

她在手機上定位那家店的具體位置，週日是人流高峰，那附近的商圈很多，塞車塞到動彈不得。

陶枝乾脆在一條街外下車，然後自己走過去。

她沒有跟江起淮說自己會過來。

她都想好了，等等她就假裝去消費點餐，在江起淮抬起頭的時候，她就突然出現，殺他一個措手不及，然後裝作不認識他。

陶枝自顧自地在內心打起如意算盤，她想像一下江起淮到時候會是什麼表情，忍不住有些想笑。

她抿著笑，按照記憶找到那家咖啡廳的路，靠著街邊往前走，一邊抬起頭。

她沒記錯，那家店就在前面不遠處，只是一切都沒有按照她的預想進行，店門口站著兩個人。

冰天雪地裡，江起淮只穿著一件工作制服，薄薄的襯衫布料，光是看著就覺得冷。

他垂著頭，唇角緊繃，不同於以往那沒什麼情緒的淡漠，他警惕又暴躁地盯著面前的男人，眼神鋒利得像屋簷下那些來不及清理掉的冰錐。

那個男人穿著厚重的黑色棉外套，個子應該是很高的，但身形有些佝僂，看起來比江起淮矮了一截。

他的聲音被掩藏在燈紅酒綠裡，嘶啞古怪，帶著一種毫不掩飾，讓人渾身難受的惡意：「你成年了嗎？還沒成年就出來打工？怎麼，那個老頭沒錢養你？」

江起淮的嘴唇動了動，只說了一個字：「滾。」

男人慢悠悠地說：「也不至於吧？退休金和養老金，加起來應該也不少，他是不是故意藏著錢不給你花啊？」

江起淮還是說：「滾。」

男人對他的態度完全視若無睹，他發出一聲陰冷的笑聲：「那個老不死的以為把自己藏的挺好的，還不是被我逮到了？你覺得我能找到你，會找不著他？至於你——」

他話音未落。

江起淮忽然動了。

他瞬間向前一步，一把揪住那個人的衣領，猛地往上一提，雖然男人的骨架看起來很壯碩，但力氣不大，像一隻小雞似地被抓了起來。

厚實的衣領緊緊勒住脖頸氣管，他的臉漲得通紅，伸出兩隻髒兮兮的手，死死抓住那隻揪著他的手，猛烈地掙扎了兩下。

江起淮面無表情，只是看著他在自己的手裡做無謂的掙扎，下顎的線條緊緊繃住，聲音冰冷：「我怎麼？你以為我還像小時候？」

那個人掙扎的力道越來越弱。

陶枝心裡一緊，拔腿往前跑。

她一邊跑，一邊驚懼地大聲喊他：「江起淮！」

聲音穿透嘈雜熱鬧的人流，打破了包圍在少年周遭那與世隔絕的屏障，他動作僵住，轉過頭來。

陶枝直直撲到他面前，死死地抱住他的手臂，語速很快：「你放手！先冷靜下來！」

男人腳尖懸空，眼睛已經開始往上翻，露出眼白。

江起淮像觸電般地鬆開手。

那個人直接跌坐在地上，用顫抖的手捂住脖子猛烈咳嗽，大口大口地急促喘氣。

見男人沒事，陶枝長長地鬆了一口氣，緩緩鬆開抓著他的手指。

江起淮垂眼，居高臨下地看著地上的人，眼神像是看著一坨垃圾：「我說過了，你要是敢再出現在他眼前，我不會放過你。」

江起淮蹲下身，嗓音低啞，帶著難以掩藏的暴戾：「你可以試試。」

男人癱在地上，貪婪地吸取冰冷的空氣，一句話都說不出來。

陶枝拽著他的手臂將他拉開，轉身往前走。

直到走到了很遠的路口，陶枝才停下腳步，少年亦步亦趨地跟在她後面。

陶枝回頭朝遠處看了一眼。

那個男人在地上匍匐，已經有人在圍觀了，有路人靠近跟他說話，那個人也沒吭聲，坐起身來靠在牆邊。

陶枝拉著江起淮走過街角，直到男人從視線裡消失。

她轉過身看著他。

少年壓著眼睫，一聲不吭地站在她面前，本該是淺淡漂亮的眼眸卻沉沉地壓抑著暗色。

他不說話，嘴唇緊緊地抿在一起，手指垂在身體兩側，一點一點地蜷在一起。

比起其他的，他更在意被她撞見的這件事，冰冷的寒意和不安也隨之傳遍整個身體。

陶枝眼睛紅了。

平靜下來以後，她才感覺到後怕。

她想說些什麼、想罵他一頓，卻始終無法開口。

她不知道那個男人是誰，也不知道江起淮為什麼在看見他的時候，會有那樣的反應，甚至不知道，如果當時沒有人阻止，他能不能及時收手。

冷風掃過繁華的街道，刮起樹梢上壓著的雪花，洋洋灑灑地落下。

沒人說話。

陶枝深吸了一口氣，然後將脖頸上的圍巾摘下來，踮起腳尖掛在他脖子上。

瞬間被溫暖包圍，江起淮愣愣地抬起眼。

陶枝沒看他，視線專注地落在圍巾上，她捏著紅色圍巾的兩端，慢吞吞地，一圈一圈纏在他身上：「冷不冷？」

她跟他說了第一句話。

江起淮屏住呼吸。

陶枝嘆了口氣，有些發愁地批評他：「這都已經幾月了？這麼冷的天氣，你就穿著一件襯衫出來，當自己體質有這麼好？」

女孩的雙眼還有一點紅，在明亮的光線下有濕潤的光，她幫他戴好圍巾以後，解開外套扣子，一刻不停地嘟嘟囔囔批評他：「前幾天才在下雪，要是沒有我，你就會變成雪人了，知道嗎？我可不想過幾天在學校裡聽到『年級第一在街上變成冰雕』的新聞。」

她將自己的外套脫下，拉著寬大的外套兩側，將他包裹進去。

外套還是有點小，陶枝沒辦法把他整個人全部裹上，只能勉強蓋住半個身子，但還是足夠溫暖。

她吃力地環著他，下巴抵著他的胸口抬起頭來，笑咪咪地看著他：「我暖和吧？」

少女的身體貼合，體溫隔著柔軟的毛衣，源源不斷地傳遞過來，樹梢上的落雪飄到她漆黑的髮絲間，在璀璨的街燈下晶瑩一閃，片刻後緩慢融化，然後消失不見。

她眼睫彎彎，用漆黑中帶點明亮的雙眼看著他。

確實是，足夠溫暖了。

江起淮的喉結滑了滑，深深地看著她，然後脖頸一低。

冰冷的嘴唇也小心翼翼，近乎虔誠地貼上她溫暖的眼睛。

陶枝領著江起淮回去的時候，男人已經不在那裡了。

咖啡廳門前依然張燈結綵，行人說說笑笑，還來不及清理的雪也堆在牆角。地面上只留下了那一小塊，因為體溫滾過薄雪而融化掉的痕跡。

陶枝側頭看了江起淮一眼，扯著他往前走。

推開門的一剎那，瞬間被店裡的暖氣包圍，空氣裡瀰漫著咖啡的香味，陶枝已經好幾月沒來了，這家店沒什麼變化，黑膠唱片的鋼琴曲一樣舒緩。

剛好是晚飯時間，店裡的客人不多，店員一共三個人，也不太忙。

陶枝把江起淮拉到角落裡的小沙發前，牽起他的手。

少年的手已經凍得有些發紅，手指冰涼。

她用雙手將他的手嚴嚴實實地包進掌心裡，捂了一下才問：「幾點下班？」

「十點。」

他的聲音還有一點啞。

陶枝還想再跟他聊聊，但他在打工，也不能耽誤太多時間，只能點點頭：「那我在這裡等你？」

江起淮看著她，「嗯」了一聲。

關於今天晚上的事情，她完全沒有過問。

江起淮也沒有說。

陶枝也不知道她該不該主動問起。

如果剔除那個不小心處成好兄弟的前男友的話，她其實是沒有什麼戀愛經驗的。什麼話該問，什麼話不該問，會不會有些逾越，會不會多管閒事。

她不太會掌握男女朋友之間的距離。

她慢吞吞地把書包裡的試卷翻出來，寫了幾題後又畫掉答案，腦子裡一片空白，怎麼樣都寫不進去。

晚飯時間過去，店裡熱鬧了起來，女孩子和朋友說笑閒聊，互相展示今天在街上買來的戰利品，江起淮站在咖啡機後面點餐，語速不急不緩，身材高挑挺拔，氣質清淡冷冽。

明明是年紀相差無幾的同齡人，卻被分割成兩個世界。

有些人天真爛漫、衣食無憂、父母疼愛，人生中最大的煩惱也不過是考試成績和作業。有些人一地雞毛，要操心生活開銷、照顧老人，他在本應該受到照顧的年紀裡，早早地長大了，然後成為整個單薄家庭裡唯一的脊梁。

陶枝本來是打算等到江起淮下班的，結果不到九點，就準時接到陶修平的電話：「回來了嗎？」

陶枝：「還沒。」

「我就知道，我不催妳的話，妳也不會主動，」陶修平一副理所當然的語氣，「枝枝，說到做到啊，妳答應我幾點回來？」

「時間還沒到不是嗎？」陶枝猶豫了一下，「爸爸，我能不能多待一下，我朋友今天不太開心。」

陶修平：「是妳朋友還是妳男朋友？」

陶枝：「……」

她不出聲，跟默認似的，陶修平更不想鬆口了：「趕快，不要在這裡跟我打感情牌，沒有在九點之前回來的話，以後門禁就改到八點了啊，可別怪我沒提醒妳。」

陶枝鼓了鼓臉頰，有些洩氣地悶聲答應了。

她掛掉電話以後抬頭看了一眼，江起淮還在忙，沒注意到這邊。

她收拾好東西，傳了一則訊息給他，然後離開了咖啡廳。

直到江起淮下班的時候，才看見陶枝傳給他的訊息。

九點多的時候，女孩先是連續傳了好幾個貓貓貼圖給他，最後才說了一句話。

枝枝葡萄：『我先回家交差，晚上再偷渡出來找你！』

『偷渡違法。』

江起淮看著角落裡已經被收拾得乾乾淨淨，空無一人的桌子，勾了勾唇後打了幾個字。

和江起淮一起打工的男生也從休息室走出來，站在門口催他：「阿淮，走了！」

江起淮收起手機，出了店門。

男生把門鎖好，回身勾著他的肩膀，八卦道：「剛剛跟你一起進來的那個女孩，是你女朋友？」

江起淮「嗯」了一聲。

「你他媽的，動作倒是挺快的啊，上次你們來的時候我就問過了，那時候你是怎麼說的？」男生板起臉，學著他的語氣說，「不熟，同學。」

「你那麼說的時候，我還想著等下次有機會的話，跟她要個聯絡方式來交流交流，」男生摸著下巴，「要是你沒動作，就我這張臉，不說能讓她一見誤終生，再怎麼樣也能稍微心動一下吧？」

江起淮不鹹不淡地笑了一聲，瞥他一眼：「我不曉得她會不會心動，只知道你的臉皮倒是挺厚的。」

男生勾著他的脖子，使勁往下壓了壓，笑道：「怎麼跟你學長說話呢？」

江起淮的身子往下低了低，沒什麼反應。

兩人一路往公車站走去，男生安靜了一會兒，突然想起：「對了，今天那個男的，叫你出去沒幹什麼吧？他是誰啊？」

江起淮皺了皺眉，臉色變得難看，只是說了一句：「沒事。」

男生看出他不想多說，點點頭：「嗯。」

不知不覺，兩人也走到了公車站，他們沒有坐同一班車，男生的車來了，在跟他打了聲招呼後離開。

江起淮站在空蕩蕩的站牌下，把手揣進外套口袋裡，盯著站牌上面的廣告發呆了一下。

第二十二章　我會保護你的

江起淮在四歲的時候第一次見到江治，是被江清和帶回家的那一天。

院門口，院長阿姨第一次對他笑，他牽著江清和的手，背著一個小包包走出了大大的院門。

江清和想幫他拿：「重不重？」

小江起淮搖了搖頭。

是真的不重，整理起來才發現他根本沒有東西，裡面只放了一條毛巾和一支牙刷，整個背包空蕩蕩的。

他隻身來，也隻身走。

但是從今以後，他就有了一個願意喜歡他的人，也可以擁有家。

就像螞蟻一樣。

小江起淮站在朱紅色的房門前，看著那扇將會屬於他的小小洞口，眼睛發亮地想。

江清和打開了門，往旁邊讓了讓，笑咪咪地看著他：「進來吧。」

江起淮緊緊抓著小書包的帶子，忍不住緊張地抿著唇，小心翼翼且無聲地往裡邁了一步。

這間屋子比他以前住的地方還要小，也沒有大大的院子，卻是有溫度的。

這溫度隨著一道聲音撲面而來：「太慢了吧？去哪裡了？」

江清和的表情瞬間變了，他皺著眉：「誰讓你回來了？」

「我回我自己家怎麼了？」男人拖著聲音說。

小江起淮偷偷抬眼，往裡面看進去。

客廳的沙發上躺著一個男人，他手裡拎著一瓶啤酒，斜斜地埋進沙發裡，直起身子看過來，將目光落在江起淮身上。

江治定定地看著他，然後將手裡的酒瓶放在茶几上，用嘶啞的聲音散漫道：「這是誰家的小孩？誰讓你把他帶回來了？」

江清和忍著火氣：「這是你兒子！」

「老子沒有兒子。」江治說。

小江起淮低垂著頭站在旁邊，一聲不吭。

江清和看著他又小又柔軟的髮頂，忽然嘆了口氣，有些疲憊地說：「阿治，孩子我帶回來了，以後你就跟那些人斷了吧，也別做那些荒唐事了，你找個工作，好好生活，我們一起把孩子養大，好不好？」

江治沒說話，只是看著小小的孩子。

江起淮不安地咬著嘴唇，小小的身子不動聲色地往後縮了縮，努力地把自己融進背景裡。

屋子裡沉默片刻，江治移開視線，嗤笑一聲：「都不知道是從誰的肚子裡出來的，養什麼養？我都快養不活自己了，不知道你這個死老頭都在做什麼白日夢，愛養你自己養吧。」

他煩躁地一把撈起茶几上的包包，轉身往外走。

他的腿擦過江起淮小小的身子，看都不看他一眼。

大門「砰」地一聲被甩上。

一片安靜裡，小江起淮轉過身，仰起頭來看著江清和。

老人一動也不動地站在原地，肩膀塌下來，似乎是在用全部的力氣支撐著什麼。

「爺爺。」小江起淮輕輕叫了他一聲。

江清和深吸了一口氣後抹了把臉，蹲下來道：「嗳，爺爺在呢。」

「那個人是我爸爸嗎？」小朋友用純真的語氣問。

江清和笑著摸了摸他的頭髮。

小孩抬起頭，眼睛清亮地看著他：「他不要我，所以爺爺要把我送回去了嗎？」

明明只是四歲大的小孩，卻在說出這些話的時候，連一絲難過的情緒都看不出來。

江清和哭了。

他攬著江起淮，把他抱在懷裡，細細地捋著他的背：「爺爺不會送你回去的，爺爺說了，要陪著我們阿淮長大的。」

「讓我們的阿淮讀書、工作，長大以後娶老婆，變成頂天立地的男子漢。」

「爺爺會教你做人的道理，會看著你成為一個好人，」老人聲音哽咽，「爺爺不會再重蹈覆轍了。」

那個時候的江起淮年紀還小，他不太明白「重蹈覆轍」是什麼意思。

他只是縮在老人懷裡，然後輕輕地點點頭，用稚嫩的聲音說：「阿淮也陪著爺爺長大。」

江治沒有出現的時候，一切都在往好的方向發展。

江清和會教江起淮讀書、認字，小朋友無論學什麼都很快，基本上看過一遍的故事書，他都能完整且一字不漏地背下來。

江清和還會教他下象棋。

老人把他抱在懷裡，跟他解釋一個又一個的棋子，只是偶爾，他會對著某顆棋子發呆，眉眼間都是深深的哀傷：「爺爺以前也教過你爸爸下象棋，他和你一樣聰明，學得很快。」

小小的一團窩在他懷裡，手裡拿著木製的棋子好奇地問他這是什麼。

江清和幫他取名為江治，希望他長大以後能夠成為一名醫生，治病救人。

但他沒有管住他。

在他忙著工作賺錢，忙著各種事情的時候，那顆未經修剪的小樹苗一點一點地歪了根，從此以後，就再也無法扳正了。

小江起淮安安靜靜地被老人抱著，聽他說那些往事。

他其實沒有多喜歡江治這個人，因為每次提起他，江清和都會不高興。

他覺得，只要他不出現就好了。

但他還是會回來。

有時候是隔幾週，有時候是幾個月，他回來跟江清和要錢，江清和不給他，兩個人就會發生爭吵。

他回來的時候，江起淮通常已經睡了。

縣城裡的老房子隔音不好，江起淮有時候會被吵醒。

他聽見從江清和的房間裡傳來爭吵聲以及撞擊聲，他跑出房間，看見酩酊大醉的江治，一把將江清和推倒在一邊，然後不顧摔在地上的老人，發瘋般地翻箱倒櫃。

他把衣櫃裡所有的衣服丟出來，檢查櫃底、拉出抽屜、打碎花瓶。

江起淮衝上去抱住他的腿，像一隻發狂的幼年小野獸一樣不停咬他，使勁地打，而高大的男人只是伸出一隻手，拽著他的衣領把他拎起來，醉醺醺的酒氣撲面而來：「你這個小野種還想造反？」

他像一隻小雞一樣毫無還手之力，抓著他的手奮力想要掙脫，指甲摳進皮肉裡。

男人在大叫一聲後放手，狠狠地把他丟在一邊。

他只覺得自己撞到某種堅硬的東西，眼前變成一片暗色的模糊，有溫熱的液體順著額頭流下來，從下巴滴落，啪嗒啪嗒地在地板上凝成猩紅色的一灘。

江清和撲到他面前，抱著他，呼喊他的名字。

眼睛閉上的瞬間，江起淮聽見江治在笑，看見他終於從櫃子底下翻出一個棕色的錢包，然後帶著滿身酒氣，晃晃悠悠地離開了。

江起淮在老家的房子裡住了兩年。

隔年，江清和似乎是下定了決心，帶著他搬走了。

房子被賣掉，裡面的東西全部做二手處理，房子也不怎麼值錢，到手的錢也不夠他們重新買一套新房。

江清和的卡和存摺早就被江治掏完了，他們換了一個城市，在房租便宜的地方租了一間小套房。

搬家以後，隔壁再也不會有爭吵和砸東西的聲音在半夜響起。

他們都逃離了地獄般的生活。

搬到新家以後，沒過幾個月，江清和接到一通電話，江治夥同幾個縣城裡有案底的小混混入室搶劫，兩人受了重傷被捕，而受害者還沒脫離險境。

電話那頭的人說了很多，老人始終沒什麼反應。

他拿著電話，表情木然地聽著，手卻在抖，然後掛掉。

江起淮仰頭，看著老人通紅且渾濁的雙眼，絕望又悲傷地看著他。

江起淮用指尖抹掉他蒼老面貌上所掛著的淚，六歲的小朋友用稚嫩的聲音，一字一字清晰地說：「爺爺，我會照顧你的。」

江清和哽咽地嘆了一聲：「命啊，都是命。如果他有機會出來的話，希望以後能痛改前非。」

江起淮握著老人的手，抿起唇，眼神暗沉沉地垂下。

江治是江清和的兒子，他捨不得，但江起淮從來都不覺得他是自己的父親。

他希望江治永遠都不會出來，他最好就這樣無聲無息地死在監獄裡，用他的餘生來贖罪。

陶枝踩著九點整的分針竄進家門。

父子倆一個捧著茶杯，一個捧著可樂罐：「回來了啊。」

季繁喝了一口可樂：「回來了啊？」

陶枝下了計程車後一路從社區門口狂奔回來，她撐著膝蓋站在玄關門口大聲喘氣，沒說話，只是朝他們擺了擺手。

陶修平看了時鐘一眼，從容地放下茶杯：「九點，妳還挺準時的。」

「還挺準時。」季繁剛把他手裡的那瓶可樂喝完，做了一個籃球投拋的誇張動作，丟進他腳邊不到一個手臂距離的垃圾桶裡。

陶枝也終於把呼吸喘勻，她脫掉鞋子走到沙發前，一屁股栽進沙發裡，不想說話。

終於歇下來以後，她才覺得有些累，明明這一個晚上什麼都沒幹。

她抱著沙發靠墊坐了一陣子，肚子也看準時機地叫了兩聲。

陶修平看了她一眼：「沒吃飽？」

「沒吃飯。」陶枝老老實實地說，她起身走去廚房，「家裡有什麼吃的嗎？」

「晚餐的菜都冷了，」陶修平放下手裡的筆電後跟著走過去，「爸爸煮個雞蛋麵給妳？」

陶枝應了一聲。

她靠站在廚房的中島旁邊，看著陶修平從冰箱裡拿出雞蛋和番茄：「妳去找妳那個小男朋友，怎麼還沒吃晚飯？」

陶枝沒說話。

陶修平注意到她的情緒不高，故意開玩笑道：「他不給妳飯吃啊？」

男人眼底一圈青黑，自從上次回來以後，他就沒有再出差了，但好像也並未因此就清閒下來，甚至每天都有更多的事情要忙。

陶枝沒接話，忽然叫了他一聲：「爸爸。」

陶修平把雞蛋敲進碗裡，打散：「嗯？」

「你要破產了嗎？」陶枝忽然沒頭沒尾地問。

「……」

陶修平有些詫異地看著她，忍不住笑道：「別人家的小孩都希望爸爸多賺一點，妳怎麼天天盼望我破產呢？」

陶枝皺了皺眉：「感覺你最近都很累。」

陶修平的笑容斂了斂，深深看了她一眼，他張了張嘴後又立刻頓住。

半晌，他重新笑起來，將打好的雞蛋放在檯面上，打開水龍頭洗番茄：「成年人總是這樣的，妳現在不是也有自己的煩惱嗎？爸爸怎麼就不能有了？」

陶枝點點頭，若有所思道：「所以你是有喜歡的女人了嗎？你要結婚了嗎？」

陶修平被她的語出驚人嗆了一下。

陶枝非常體貼地說：「如果你真的有了喜歡到想要娶回來的阿姨，我也不是不能接受。」

她對這方面看得很開，她想做什麼事情，陶修平都會全都讓著她，那到了陶修平這裡，如果他真的有了喜歡的對象，陶枝也沒有理由阻止。

那樣的話，她就太自私了。

她有喜歡的人，有想做的事情，也有屬於自己的人生，陶修平也應該有。

即使心裡可能多多少少會有一點不舒服，但她可以努力讓自己去接受和克服。多麼無私又善良的一顆桃。

陶枝被自己的善解人意打動了。

陶修平就看著他女兒在那裡擠眉弄眼，從糾結到堅定，最後居然還釋然了，覺得有些好笑。

雖然孩子在小的時候很可愛，但長大的青春期，又多了許多稀奇古怪的想法，也挺好玩的。

他拿沾著水漬的手對著她彈了彈：「在想什麼亂七八糟的事情呢？除了枝枝和阿繁，爸爸沒有喜歡的人。」

陶枝擺了擺手，一臉「你別裝了」的表情：「知道了、知道了。」

陶修平：「……」

陶修平做的飯很好吃，雖然沒什麼機會吃到，番茄剝了皮後切丁，甜酸的味道混進帶有雞蛋碎的濃稠麵湯裡，手擀麵勁道十足，即便只是一碗沒有肉的素麵，陶枝也吃得津津有味。

吃到一半，季繁也顛顛跑過來，伸著脖子往廚房瞅：「老陶，還有麵嗎？」

男生食量大，剛吃完晚飯後的幾個小時又餓了，陶修平煮了一鍋，又盛了一大碗給他。

季繁就坐在陶枝旁邊吸著麵條。

陶修平坐在對面，看著他們吃麵的樣子。

有種無法言喻的滿足感。

雖然難管，有時候也不知道該怎麼教育他們，會反覆去思考自己這樣講的話，會不會產生反效果，又很難平衡家庭和工作兩者之間的重心天平。

但在靜謐的瞬間，會有一種難以形容的幸福。

季槿大概也是這樣的。

只要看著他們吃飯睡覺，看著他們讀書成長，就會覺得非常幸福。

在他將身心都投入到工作和賺錢的那些年，她一個人在這棟房子裡，身邊所擁有的，也就只有這兩個孩子了。

某一刻，陶枝和季繁忽然同時抬起頭來看向他。

陶修平回過神來：「怎麼了？」

「你剛剛嘆氣了。」季繁的嘴巴裡含著麵條，口齒不清道。

陶枝點點頭說：「果然是快破產了。」

「……」

陶修平瞇了瞇眼睛：「小屁孩哪有那麼多亂七八糟的想法？沒有！老子沒破產！」

季繁看熱鬧也不嫌事大：「可能只是因為妳男朋友不給妳飯吃。」

陶枝：「……」

「對了，那個小……男生，叫江起淮是吧？」陶修平問。

陶枝埋頭吃麵，裝聾作啞。

陶修平：「為什麼要從附中那麼好的學校轉到實驗一中啊？聽說他從小是跟他爺爺一起

生活的？」

陶枝拿著筷子的手指頓了頓，倏地抬起頭來。

陶修平佯裝不經意地問：「他父母是做什麼的？」

「你怎麼知道他是跟爺爺一起生活的？」陶枝說。

陶修平「啊」了一聲，看向季繁，還沒說話。

「別說是聽季繁講的，」陶枝打斷他，「我從來沒有跟季繁說過他家裡的情況吧？」

她在一瞬間變了臉，連季繁都沒反應過來。

陶修平深吸了口氣：「枝枝……」

「你去查了嗎？」陶枝的怒火不由分說地往上竄，「就因為你女兒跟他談戀愛，所以你還對他做了身家調查是吧？陶總。」

陶修平也提高了聲音：「就是因為我女兒要跟他談戀愛，所以我才得清楚他是什麼樣的人！」

餐廳裡忽然安靜了下來，季繁看了陶枝一眼，又看看陶修平，默默地把麵碗往後挪了挪。

陶修平嘆了口氣：「我今天問妳，就是想知道妳清不清楚這些事，妳知道他家裡目前的情況嗎？」

「我不管他家裡是什麼情況，」陶枝直截了當地說，「我喜歡的是他這個人，他有沒有錢都跟我沒關係。」

「妳以為爸爸會在乎他的家庭條件好不好，有沒有錢？」陶修平深吸了一口氣，站起身，「不是這麼簡單的事情。」

陶枝一聲不吭地看著他。

她想起今晚的那個男人，還有江起淮當時的反應，忽然說不出反駁的話。

陶修平拉開椅子走上樓，進了書房。

沒過多久，他拿著一個檔案袋下來，放在陶枝面前：「看看吧。」

陶枝猶豫了一下後放下筷子，捏著檔案袋上的繩子，一圈一圈拆開來。

她拿出那幾張薄薄的紙，一行一行地看，每讀一個字，攥著她心臟的那隻手就緩緩地收了幾分。

「四歲之前在孤兒院，後來被他爺爺帶回家了，不知道媽媽是誰，他爸是個混混，沒工作，因為入室搶劫傷人入獄，所幸受害者後來沒死，判了十幾年，又因為在裡面表現良好，所以減了幾年的刑罰，在最近被放出來了。」陶修平捏著眼角，緩慢地說，「他有沒有跟妳說過這些？沒有吧。」

她臉上的最後一點的血色也澈底退去了。

怪不得。

一直以來都不怎麼會管她晚上幾點回家的陶修平，突然就設了那麼早的門禁。

怪不得他明知道她早戀，也始終沒說過什麼。

陶枝緩緩收緊了捏著紙張邊緣的手指，她低垂著頭，眼睛也逐漸紅了起來。

她倏地把手收回來，紙張鋒利的邊緣瞬間劃破脆弱的皮膚，血絲在手指上滲出。

她捏著流血的指尖說：「你給我看這個是什麼意思？」

「我想知道妳了解到什麼程度，」陶修平沒有再掩藏，「而且妳容易因為一時衝動就做決定，爸爸希望妳也能理智一點看待問題，妳得明白，妳的個性太簡單了，有些人不適合妳。」

陶枝沉默了一下，然後緩慢地點了點頭：「你確實，一直都是特別理智的。」

陶修平皺了皺眉：「枝枝……」

「我跟別人打架，我被老師找家長，你最關注的從來都不是我的感覺，而是告訴我怎麼樣解決問題會更好。我已經習慣了，你一直都是這樣的。」

她低聲說：「但他不應該才是最辛苦的那個人嗎？」

陶修平定定地看著她。

陶枝的聲音帶著一點哽咽：「以為自己終於也能擁有一個家，結果卻不得不面對那樣的爸爸，小時候明明最開心了，小時候明明最肆無忌憚了，他為什麼就得一直、一直這麼辛苦的長大？」

陶枝忍不住想起她五、六歲的時候在做什麼。

纏著媽媽撒嬌要聽睡前故事，跟爸爸要好多全新的絨毛娃娃，和季繁調皮搗蛋到處惹事打架。

闖了禍就縮在媽媽懷裡，不必擔心任何事情，反正無論發生什麼事，總是會有爸爸和媽媽幫她處理好。

她的頭頂，始終會頂著一片無堅不摧的天。

但江起淮從一開始就不曾擁有過天空。

他一無所有。

所以他得到的每一樣東西，每一份愛，甚至每一顆糖，在他看來都是一種慷慨的施捨，是命運的眷顧，是他偷來的，對他而言是很奢侈的幸運。

陶枝眼眶通紅，眼淚不受控制地大顆大顆掉下來：「他真的很好，無論什麼事情，他都可以做得很好，是我見過最厲害的人，他已經那麼努力想要讓自己變好了，他那麼拚命想要從那片泥沼裡逃出去……」

「但你卻要這樣輕易地把他拖回去嗎？你要用這種方式告訴他，他根本不需要努力，因為就算做再多的掙扎，做得再好，他這輩子都擺脫不掉嗎？」

陶修平愣愣地看著她，一句話都說不出來。

陶枝的視線一片模糊，她用力擦了一下眼睛，然後站起身抽噎著說：「爸爸，你這樣不公平，你對他太殘忍了。」

她沒有去看陶修平是什麼表情，推開椅子轉身衝出家門。

* * *

夜晚的街道燈影綽綽，陶枝下了計程車，橫穿過馬路，在尖銳又刺耳的車笛聲中，用盡全力朝著江起淮家的那條巷子跑去。

在前方不遠處的公車站，遠遠地，她看見了他的影子。

江起淮下了公車，路燈下的人影撲朔，他的五官隱匿在夜色中，看不清他的表情，唯一能感受到的，只有他一成不變的挺拔傲骨。

他站在公車站牌前，忽然抬起頭來遠遠地看著她，然後停住腳步。

陶枝拚盡全力朝他跑過去。

冷風像是混雜著碎冰，帶著淚水刮在臉上，但陶枝感受不到那種刺痛。

她直直地撲到少年的懷裡。

強大的衝擊力連帶著江起淮也跟著往後退了退，他一臉錯愕，下意識張開手臂接住她，後退將近半步後才勉強穩住身體：「怎麼了？」

陶枝緊緊地抱著他的腰，把腦袋埋進他懷裡，近乎貪婪地汲取他的溫暖和味道。

她搖了搖頭，用鼻尖蹭他，聲音還帶著哭過的沙啞：「冷。」

江起淮皺了皺眉：「妳怎麼不穿外套就出來了？」

「我來不及，」她又蹭了蹭腦袋，「我急著想見你。」

「放手。」江起淮說。

陶枝搖了搖頭，死死地抱著他不肯鬆手。

江起淮嘆了口氣：「妳先鬆開，我又不會跑了。」

陶枝不情不願地緩緩鬆開手。

「別動。」江起淮脫掉下身上的外套，然後劈頭蓋臉地把她整個人包起來。

溫暖在瞬間隔絕寒意。

他的外套對於她來說很長，一直垂到小腿，陶枝乖乖地站著一動也不動，任由他俯著身將她套進去，立起領子後拉好拉鍊。

把人包好，江起淮才直起身看著她。

女孩的眼角紅紅的，帶著未乾的淚痕。

江起淮伸手，用帶著涼意的指尖，輕輕刮蹭一下她通紅的眼皮，低聲說：「偷渡出來的？」

陶枝想了想，覺得更像是因為鬧翻才衝出來的。

她點了點頭：「嗯。」

「挨罵了？」江起淮又問

她又搖頭：「沒有。」

「怎麼突然急著想見我？」他最後問。

陶枝又不吭聲了，只是盯著他看了幾秒，然後再次湊上來緊緊抱住他的腰，黏糊糊地貼著他，不肯放手。

江起淮笑了，任由她抱著，似乎有些無奈：「幹什麼？」

「我想變成一塊年糕。」陶枝小聲地說。

江起淮垂下眼，摸了摸她的頭髮，順從問道：「嗯？為什麼想變成年糕？」

「這樣就可以一直黏在你身上，讓你扯不下來。」陶枝悶悶地說。

「我為什麼要把妳扯下來？」

「我怎麼會知道？畢竟你一直都很嫌棄我，都是我纏著你的。」陶枝不滿地抱怨，「你有什麼事情都不會跟我講。」

江起淮手指頓住，沉默下來。

陶枝沒有注意到他的反應。

她就是很簡單、少根筋，沒有辦法做到像陶修平一樣的理性，也不想去思考那麼多。

陶枝只想靠著自己的想法和衝動做事。

因為喜歡所以就靠近，因為喜歡所以就去努力，因為喜歡所以不想讓他一個人。

他沒有的，她都給他；他失去的，她會幫她補回來。

他如果必須要一個人承受所有的東西，那麼她就會變成他的天空。

她把手放開了一點，仰起頭來看著他認真地說：「殿下，如果有討厭的人再來對你找碴，你要跟我說，我會保護你的。」

江起淮的眼睫顫了顫，然後垂下去：「嗯？妳要怎麼保護我？」

陶枝沒有向他隱瞞自己的計畫，她的眼角還有未乾的淚痕，卻十分乾脆地放出狠話：「我找季繁，叫他把那個人揍一頓，打到他爬不起來住院半年。他可是很陰險的，最擅長幹這樣的事，保證讓人察覺不到是誰動手的。」

江起淮：「……」

陶枝跟江起淮待在一起的時間不長。

她在了解到那些事情以後，只是想見見他，想看著他，想告訴他自己始終都會在這裡。

人見到了，陶枝猶豫了一下，覺得沒有必要跟他說這些事情，她不想再給江起淮帶來任何多餘且毫無益處的壓力。

她就假裝自己什麼都不知道就好了。

陶修平的反應也在她可以理解的範圍內。

陶枝對於說服陶修平這件事有著很大的自信，畢竟從小到大，無論是什麼事情，陶修平幾乎都會順從她的想法，默認她做出的任何決定。

她穿著江起淮的外套回家，剛下車，就看見季繁在社區門口來來回回地反復橫跳。

她關上車門，季繁剛好抬起頭。

少年皺著眉，一臉不耐煩的樣子：「等妳好久了，怎麼這麼慢？」

陶枝瞥他一眼：「你怎麼出來了。」

「老爸叫我出來找妳，他本來要自己出來的，但不想再為了今天的事情跟妳吵架，」季繁來來回回地掃了那件明顯不是屬於她的外套一眼，挑眉，「偷偷去告密了？」

陶枝也揚起眉：「既然這麼擔心我告密的話，怎麼不跟來？」

季繁擺擺手後往社區裡走：「沒興趣做電燈泡，雖然我大概知道他住在哪裡，就在上次運動會妳突然下車的那附近吧？」

陶枝腳步頓了頓：「爸爸也知道嗎？」

「……老陶又不是個傻子，」季繁嘆了口氣，「他都能把江起淮的背景掏光，詳細得就跟求職簡歷與生平似的，還能不知道這點小事嗎？而且那間房子好像也是租的，他家也沒錢在帝都買房子。」

他說完，看了陶枝一眼。

少女一臉毫不在乎的樣子，季繁繼續說：「反正妳是覺得，只要我們家有錢買就行了。」

「那得跟陶老頭打持久戰了，」陶枝說完，突然勾住季繁的脖子，用力地往下拽了拽，不放心地問：「季小繁，以防萬一我還是問一下，你是站在我這邊的吧？」

季繁被她拽得往下弓了弓身子，實在地說：「說實話，我打算站在老爸這邊。」

陶枝呲牙咧嘴地勒住他的脖子：「你再！說一遍！」

季繁咳了兩聲，奮力往下鑽：「我實話實說啊！雖然我因為某些原因確實跟江起淮不太對盤，但公平客觀來說吧，他的確不差，如果他家只是窮了一點，那我覺得妳跟他談戀愛也沒差，而且這傢伙拚成這樣，以後條件也不會多差。」

「可是在把那些東西看完之後，我其實也不太支持了，」季繁從她的魔爪掙脫出去，難得嚴肅地看著陶枝說，「老陶的想法雖然有點殘忍又自私，但是也有他的道理，說白了，我們家的本事能有多大？也就只是條件相對稍微好一點的普通人家而已。妳說，江起淮那個挨千刀的人渣爸爸，老陶是能重新把他弄進監獄裡，還是讓他無聲無息、人間蒸發？都做不到吧，又不是演連續劇，花大錢讓他從這個世界上消失？不可能。」

陶枝垂著眼不吭聲，季繁繼續說：「所以老陶他現在唯一能做的，就是盡量保護好妳，讓妳遠離這種不確定的因素。江起淮是無辜，也是受害者，但每個人最先考慮的，不會是別人家的小孩，只會是自己的親人，這是人之常情啊。」

「自己疼大的小孩，長大以後喜歡上一個啃老殺人犯的兒子，妳想想，這件事如果換作是妳，妳能支持嗎？他就算是再無私、再尊重妳的想法，換作任何一個父母，都不可能接受這種事吧？」

「而且老陶這個人本來就是理性派，都過了這麼多年，妳還不了解他嗎？」

季繁的聲音忽然低下：「他那麼喜歡老媽，結果到最後還不是選擇了事業。可能對他來說，愛情本來就不是生活的必需品，妳以為把這件事的主角換成妳，他就能突然轉變想法嗎？」

不可能的。

陶枝想不到任何一句反駁的話。

季繁說的就是事實，陶枝是個死腦筋，只要是認定的事，就會不管不顧地往前衝，完全遺傳陶修平的性格。季槿以前就經常開玩笑地說，兒子的性格不像爸爸，但女兒倒是挺像的。說是堅定也好，固執也罷，既然做出了決定，就算前面橫著一座山，陶枝也非得要在山裡鑿出一條路。

陶枝原本決定好要跟陶修平據理力爭，心裡的草稿已經打了三千回了，但陶修平卻沒有再來找她說這件事。

他像是什麼都沒發生一樣，該幹什麼就幹什麼，陶枝反倒有點不安了。

絞盡腦汁也想不到，這個老特務又在醞釀什麼詭計。

她乾脆暫時放下這件事，把全部的精力放在考試上。

一月初，考試成績出爐。

總體來說，這次的考題比上次還要難，陶枝的總分還是在五百八十分左右，沒什麼變化，但學年名次倒是有小幅度地前進十幾名。

考試之前，明明焦躁得不行，就好像每一次的考試都是戰場，而她急著要在每一戰裡面證明一些事，但現在，陶枝忽然平靜了。

和有些事情相比，成績真的是最簡單，也是最真實坦蕩的東西。

你給出多少，它就會還給你多少，公平又冷靜，和所有的事情都不一樣。

原來在這個世界上，有著許多即便你已經那麼努力、卻依然看不見任何回報和光亮的東西。

而江起淮一直在這樣的事實中，不相信命運，日復一日地掙扎。

陶枝的鼻子忽然有些發酸，她轉過頭去看向坐在後桌的少年。

注意到她轉過來，江起淮也抬起頭。

陶枝撐著腦袋，安安靜靜地看著他，不知道在想什麼事情，有些走神。

江起淮闔上了試卷。

一點輕微的響動讓陶枝回過神來，短暫的發愣之後，她露出了一個微笑，懶洋洋地趴在他的桌子上看著他。

江起淮被她盯了好一陣子後才問：「看什麼？」

「看看我英俊帥氣的年級第一男朋友。」陶枝大大方方地說。

「……」

季繁受不了這種明目張膽的秀恩愛，他翻了個白眼，把手比成刀狀，懸在自己脖頸上，做了一個抹脖子的動作。

陶枝完全把他當作空氣，她的手從桌子底下伸過去，掩人耳目地用指尖輕輕點了一下他的膝蓋。

江起淮的手也跟著伸下去。

教室裡的人都在討論剛出爐的成績，厲雙江因為敷衍答題的關係，答案卡塗錯兩題，正在兩排桌子間的通道裡，悔恨地咆哮和狂奔，幾乎沒有人會注意桌子下的這一點小動作。

陶枝摸索著，慢吞吞地抓到他的手指。

她握著他的指尖，輕輕捏了捏，然後朝他眨眨眼。

江起淮抿了抿唇。

這一段時間以來，儘管陶枝已經盡力讓自己看起來跟平時沒什麼差別，但明顯比之前還要安靜。

沒了之前吵吵鬧鬧且折騰的樣子，更多時候，她只是一直看著他發呆。

江起淮心中的不安，也在一點一點地擴散。

他其實是個很自私的人，大概是天性或者本能，從小到大，他好像都沒有「善良」這種成分，無論什麼情況，只要不涉及到他自身以及江清和，他都能冷眼旁觀。

而陶枝，即使知道這樣不對，即使已經被她看到了那樣的場面，他依然什麼都不敢告訴她。

江清和是他的親人、是家人、是血脈相連的羈絆，但陶枝不是。

她既然可以靠近，同樣也能選擇離開。

一點罪孽又陰暗的心理正在作祟，江起淮沒有那個信心，在陶枝知道他的所有，知道他和他身後所帶著的那一片，連著血緣斬不斷的狼藉以後，還願不願意再像現在這樣對著他笑。

他有的東西太少了，所以哪怕只有一點點的可能，他都不想要去冒這個險。

他想要稍微自私最後一次，想拚命去抓緊從裂縫裡擠進來的那道光。

陶修平不僅是表面上的做做樣子，在那天晚上之後，他不但沒有繼續提及，甚至在行動上都不怎麼限制過陶枝，除了晚上的門禁。

陶枝有好幾次想要跟他談這件事，卻始終沒能開口。

談到的話，會有很大的機率被反對。

但是不聊這個，又好像一個定時炸彈一樣埋在那裡，不知道哪天引線一牽，還是會爆炸。

在週六晚上的家教課下課後，她提前傳了一則訊息給江起淮。

他週六也有家教，回去又很晚了，陶修平這天晚上不在家，季繁也跟以前附中的朋友一起出去玩了。沒人看著她，陶枝一個人閒不住了，她準備去江起淮家，陪江爺爺吃個晚餐。

老人白天的時候都獨自在家待著，而江起淮又是那種悶葫蘆的性格，沒人陪著聊天也很無聊。

她跟張阿姨打了聲招呼後，特地挑了一件顏色鮮艷的外套出門，叫了計程車過去。

下車的時候已經晚上五點多，這個時間的江爺爺應該還沒開始做飯，陶枝跑去旁邊的小超市買了一點牛肉和水果，拎著袋子轉進了小巷子裡。

江起淮家的這一片和陶枝家附近的風景，有著截然不同的差距，樓房都不高，五層左右的樣子，每隔幾間門市就有一條悠長又狹窄的小巷子。

牆頭掛著晶瑩的碎冰，廢舊的老自行車和高高疊起的紙箱，被厚厚的雪覆蓋著埋在下面。

陶枝穿過悠長的巷子走到社區樓下，聽見前面有一點稀疏的響動。

她繞過自行車棚探頭走過去，看見前面有兩個人影。

頭髮花白的老人蜷縮著躺在雪地上，還有一個人蹲在他面前。

陶枝看了第一眼以為是有人跌倒，而另一個人在幫忙，直到她認出那個老人是江爺爺。

而另一個蹲在他旁邊的，是之前穿著黑色羽絨衣的男人，男人一邊罵罵咧咧地說著髒話，一邊用凍僵的手在老人身上，裡裡外外地不停翻找。

陶枝幾乎是下意識往後退了半步。

鞋底踩在蓬鬆的雪地上發出了輕微聲響，男人瞬間轉過頭，在路燈下的眼神冰冷陰翳。

和平時在學校裡打架是不一樣的，跟那些惹是生非的小打小鬧也完全不同，陶枝在瞬間就意識到了這一點。

眼前是一個成年的犯罪者，在他眼裡，陶枝甚至感覺不到任何一絲名為「人性」的東西，只有瘋狂和偏執的欲望。

她整個人像是被凍在了原地，全身血液凝固，牙齒也不受控制地顫抖。

她不動聲色地將手放進口袋裡，手指抖到差點握不住口袋裡的手機。

江治饒有興致地看著陶枝，在過了幾秒後認出她：「妳是上次那個女孩？」

陶枝死死地咬了咬嘴唇，努力讓自己的聲音聽起來鎮定一點：「我已經報警了，警察就要過來了，你現在給我馬上離開。」

「哦，」江治嗤笑一聲，冷冰冰地說，「我害怕死了。」

「你想要什麼可以直說，」她盡可能想要拖延一點時間，「沒有必要傷人。」

「我處理家事，跟妳有什麼關係？別沒事找事，逞什麼英雄？」

雪地裡，江清和發出了一聲極其微弱且痛苦的呻吟，他撐著地面想要起身，虛弱地掙扎著。

江治再次回過頭，他用膝蓋抵住老人的手臂，限制住他的行動，手捂著他的嘴，聲音嘶啞：「你這老不死的，老老實實地痛快一點不就好了！」

江清和一口咬住他的手。

男人發出一聲痛苦的慘叫：「啊——」

昏暗的環境下，陶枝看不清他的動作，只能聽見羽絨服和肉體碰撞的悶響。

江清和費力地轉過頭來，在視線跟她對上的那一瞬間，陶枝看清了他的眼睛。

他在哭。

溫柔又和藹的江爺爺，會煮好吃的雞翅給她吃，會聽著她講話哈哈大笑，喜歡看書，也喜歡下棋。

是江起淮生命裡最珍貴的人。

陶枝死死地咬著牙，也顧不上拖延時間，幾乎是不經大腦思考就猛地跑過去。

手裡的兩個袋子被丟在地上，她直直衝過去，用盡最大的力氣把那個人踹開，然後跑到老人面前，吃力地攙扶他，想要趕緊離開。

江治毫無防備地被她一腳踹翻在地上，他跌進雪堆裡，嘴裡冒著一連串的髒話，掙扎地站起來。陶枝根本負擔不起兩個人的重量，她跌坐在地上，看著一步步走近的男人。

他居高臨下地看著她：「我只找這老頭一個人，不想惹事，妳也別找我麻煩，讓開。」

陶枝死死地把江清和抱住，整個人撲到他身上，將他護在身下，一動也不動地瞪著他。

江治「嘖」了一聲，忽然煩躁起來，整個人開始失控，抬起腳惡狠狠地說：「妳這個眼神怎麼跟那個死小孩——」

陶枝閉上了眼睛。

「一模一樣——」

尖銳又沉重的痛感隨著罵聲，一下一下地撞擊在脊背和後腦，手臂被人拉扯，她卻怎麼樣都不肯放手，像一堵堅固的牆，固執地擋在老人面前。

袋子裡的水果全灑了出來，色澤飽滿又大顆的草莓被踩碎，汁水滲進雪裡，雪地被染成一小塊、一小塊的淺紅色。

血液的腥甜味像是鐵鏽般，在口腔裡蔓延開來，陶枝死死咬著牙，一分一秒地算著時間。某一刻，她隱約聽見巷子裡有著凌亂的腳步聲，警笛聲也不遠不近的地方傳來，男人丟失的理智像是忽然回籠，他後退了兩步，然後倉皇逃跑。

叫罵聲、掙扎聲、警笛聲和腳步聲，亂七八糟的聲音全部都混成一團，陶枝吃力地抬起頭來，看見有個人影朝她跑過來。

那個人小心地將她抱起，熟悉的氣息籠罩，陶枝吸了吸鼻子，手指緊緊地攥著他的袖子，急道：「爺爺，爺爺……」

「爺爺沒事，」少年聲音沙啞，呼吸有些急促，他溫暖的手心貼著她的臉，指尖帶著無法抑制的顫抖，「枝枝也沒事了。」

陶枝放下心來，長長地吐出一口氣，她笑了笑，嘴角一扯，連帶耳根都痛得有些發麻：「說好的，我會保護你。」

她很小聲地，輕輕地說：「阿淮，還有對阿淮而言很重要的人，我都會保護好。」

陶修平匆匆趕到醫大二院的時候，走廊裡空蕩寂靜，已經沒什麼人了。

門口有幾個熱心的鄰居在跟員警敘述事情的經過，蔣何生靠在牆邊，正在跟醫生說些什麼。

走廊盡頭的手術室門口，少年坐在冰涼的長椅上，手肘撐著膝蓋，低垂著頭，像是聽不見這個周圍的任何聲音。

消毒水的味道充斥在空氣中，醫院裡蒼茫的冷白色燈光將他的影子拉得細長。

這是陶修平第一次見到江起淮。

在此之前，他對他的了解僅限於照片資料，學校的榮譽牆，以及陶枝的敘述中。

少年面容蒼白冷峻，脊背低弓，漆黑的瀏海遮住眉眼，掃蕩出暗沉沉的影。

是個挺拔又端正的少年。

陶修平遠遠地看著他，來的路上那滿腔的憤怒和焦急著想給誰定罪的衝動，全被理智強行壓下，他忽然想起了陶枝那一天晚上說過的話。

江起淮確實沒有做錯任何事情，命運本來就是這樣，人生來就是不平等的，他在承受一切的同時，也在努力擺脫這一切。

他比任何人都辛苦，陶枝說的沒錯，他的自私對於江起淮來說，是很殘酷的一件事。

但人本來就是自私的。

蔣何生第一個看見陶修平，他轉過頭來，喊了一聲「陶叔叔」。

陶修平回身，強迫自己冷靜下來問：「枝枝怎麼樣了？」

「大多數都是皮外傷，後耳有一塊傷口比較深，可能需要縫幾針，」蔣何生猶豫了一下，還是保守地說，「您別著急，我媽在裡面，她叫您放心，枝枝不會有事的。」

陶修平緩緩地點點頭，剛要說話，走廊的另一邊，季繁像是一陣風似地衝了過來。

他擦著陶修平的肩膀衝過去，猛撞了一下，卻像是沒感覺到一樣，直直地走向走廊盡頭的那個人。

江起淮毫無意識地抬起頭來，淺褐色的眼底沉著，迷茫地看著他，沒有任何情緒。

季繁衝到他面前，一把揪起他的衣領，另一隻手高高揚起，朝著他的臉猛地灌了一拳。

沉悶的聲響，讓江起淮的頭偏了偏，連帶著半個身體都跟著往旁邊傾斜，被撞到的長椅發出了一聲刺耳的聲響，他整個人跌坐在地上。

季繁居高臨下看著他，大口大口喘著氣。

他打不過江起淮。

從他們第一次在附中遇見的時候他就知道了，他找過幾次碴，從未如此順暢地對他揮過一拳。可是當這一下真的砸在江起淮的臉上，他卻感受不到原本想像中的痛快。

季繁蹲在他面前，把牙槽咬得死死地看著他：「我知道你慘，你也是受害者，」他低聲說，「但枝枝做錯了什麼？」

江起淮紋絲不動地垂著頭，半晌，他緩慢地用拇指抹了一下破裂滲血的唇角，聲音低啞：「對不起。」

季繁眼睛紅了。

「我知道你是好人，所以我從來沒阻止過你們，她跑出去找你，我還會幫她在老爸那邊打掩護。」

少年抓著頭髮，忽然把頭深深地埋在膝蓋上：「我以為你可以，我以為如果是你，無論是再怎麼糟糕的情況，你都會照顧好她，我那麼相信你，我把我們全家人都捧在手心裡的寶貝交給你了……」

江起淮的喉結動了動：「對不起。」

他知道這件事不能怪罪江起淮。

但心裡就是有一團火，愈演愈烈，讓他找不到可以發洩的出口。

明明是他沒有看好她，明明老陶都說過讓他這段時間稍微看著她。

「靠，」季繁低聲罵了句髒話，他深吸口氣，用力地搓了把臉，抬起頭來，「爺爺怎麼樣了？」

江起淮抬起頭來：「沒事。」

老人家的身子一直以來都很硬朗，只是上了年紀的人骨頭比較脆弱，往雪地裡那麼一跌，還是讓手臂骨折了。

江起淮在進入病房的時候，江清和剛醒過來，旁邊的護理師正在幫他蓋被子，溫聲說：「您的手都已經這樣了，還要往哪裡跑啊？就老實地躺著休息吧，要是您的孫子等等過來找不到人，不是會讓他乾著急嗎？」

江清和笑了笑：「我想去看看跟我一起的那個女孩怎麼樣了。」

「沒事，活蹦亂跳的，很有精神呢，」正當護理師準備轉身離去時，就看見了江起淮，

「您看，您孫子來了。」

江清和轉頭看過去。

老人滿頭花白的頭髮有些凌亂，平時看上去精氣神十足的小老頭，彷彿在一瞬間就老了幾歲，他嘴唇動了動，喊他：「阿淮……」

江起淮快步走過去站在床邊，低身幫他把被子往上拉了拉：「醒了？感覺怎麼樣？有沒有不舒服？」

「陶丫頭怎麼樣了？」江爺爺問。

江起淮掖著被角的手指頓了頓：「睡著了，她沒事。」

江爺爺好像終於鬆了口氣，整個人垮下來，喃喃道：「沒事就好，沒事就好……」

「我看見她了，她看著我，我想讓她別管我，趕快離開，」老人的聲音顫抖，「但我說不出話，我沒說出來。」

江起淮的手指捏著被單，一點一點地收緊。

江清和紅著眼，掉了眼淚：「我老命一條了，沒什麼好可惜的，她還那麼年輕，萬一出了什麼事該怎麼辦？爺爺……爺爺沒能保護好，對我們家阿淮而言很重要的人。」

江起淮閉上眼睛，一句話都說不出口。

待陶枝醒過來的時候，已經是深夜了。

麻藥的藥效還沒完全退去，只隱約感覺得到一點尖銳的刺痛，從手臂延展到指尖都有些發麻，不聽使喚。

病房裡一片寂靜，燈也關著，只有走廊裡的光，悠悠地透過四方的玻璃灑進來。

她躺在床上安靜了片刻，緩慢地整理了一下腦子裡混亂的資訊。

在意識和視線澈底陷入一片黑暗之前，陶枝感覺到有什麼東西砸在臉上。

溫熱，滾燙。

他哭了。

她迷茫地看著天花板，片刻，她掙扎著坐起身，吃力地轉過頭。

陶修平坐在床邊看著她，他握著她的手，聲音裡帶著難掩的疲憊和沙啞：「睡醒了？」

陶枝舔了舔發乾的嘴唇：「爸爸……」

季繁從床尾的小沙發上驚醒，瞬間跳起身走過來：「醒了？還有哪裡痛嗎？頭暈不暈？會不會覺得口渴？肚子餓嗎？」

陶枝：「……」

季繁伸出一根手指懸在她面前，緊張地看著她：「這是幾？」

陶枝翻了個白眼，啞著嗓子：「我又不是傻子，神經病。」

季繁長長地舒了口氣，一屁股坐在床邊，整個人都放鬆下來：「嚇死老子了。」

陶修平倒了一杯溫水遞給她。

陶枝接過後，大口大口地把它喝光。

乾痛到彷彿要冒火的嗓子舒服了不少，她拿著杯子看向陶修平，才剛要說話。

「那個爺爺已經沒事了，」陶修平知道她想問什麼，伸手理了理她散亂的頭髮，放輕了聲音，「枝枝好好地保護了他，枝枝很勇敢。」

陶枝眨了眨眼，非常遲鈍地感覺到一些委屈和害怕。

十六歲的女孩，就算平時再怎麼調皮，也是會怕的。

在衝上去的那瞬間，陶枝怕得渾身都在發抖。

她以為自己很會打架，她不怕痛，從小到大，她不知道跟別人打過幾次架，但是這次不一樣。

她根本無法抗衡那種成年人的力量和壓迫感。

陶枝強忍著想要哭的衝動，朝陶修平伸出手。

陶修平抱住了她。

她埋在他懷裡，靠在他溫暖寬厚的胸膛，她很少感受過來自父親的擁抱，小的時候還會鑽進爸爸的懷裡撒嬌，長大以後就再也沒有了。

陶修平撫著她的頭髮。

這個孩子在他懷裡縮成小小的一團，彷彿回到了小時候。

粉雕玉琢、漂漂亮亮的小寶貝，看見他的時候會一邊喊著「爸爸」一邊跑過來，然後要他抱抱自己。

是從什麼時候開始，兩個人的交流僅限於、她打電話跟他講最近發生的事情，告訴他最近闖了什麼禍，而他只是客觀地去評價她處理事情的方法與對錯。

那個時候，她應該是很難過的。

在長大的過程裡，道理和對錯她已經聽過太多了，她只想聽到一句可以撒嬌的安慰而已。

「以前啊，我總覺得要利用每件事教會妳做人的道理，要教妳怎麼處理問題，教妳不可以衝動，教妳長大。」

陶修平安撫地，動作輕緩地拍了拍她的背，嘆息了一聲：「結果爸爸的枝枝在一不留神的時候就長大了，像個小英雄一樣，已經可以保護別人了。」

在聽到這句話的時候，陶枝壓抑很久的疼痛、恐懼，以及多年以來的孤獨，在那一瞬間全數爆發出來。

她緊緊抓著陶修平的衣服，埋在他懷裡放聲大哭。

病房門外，少年搭著門把的手指一點一點地鬆開，他垂著唇角站了片刻，然後轉身離去。

第二十三章　歸零

陶枝養傷的速度很快。

麻藥的藥效澈底退去後，她才終於感覺到疼痛，不過還在可以忍受的範圍內，她沒表現出來，不想再讓大家繼續擔心。

季繁拉著她做了一個澈底的檢查，確認沒事以後才終於放下心來。

陶修平也已經幫她向學校請了假，週末假期的一大清早，厲雙江和付惜靈他們一幫人全湧了進來。

厲雙江還是咋呼地上竄下跳，也不管什麼老大和小弟之間的階級差異了，一衝進病房，就直接劈頭蓋臉地罵她一頓。

「知道妳打架厲害，妳在實驗一中所向披靡，但那不一樣啊！他可是社會人士，妳報警就好了，為什麼還要衝上去？就妳能夠逞英雄！」

陶枝用指尖輕輕地碰了碰耳後，那裡養了一週才剛拆線，已經沒什麼疼痛的感覺了。

「哪有可能在報警之後就在原地乾等啊，」她小聲嘟囔，「我不是沒事嗎？」

厲雙江氣得臉紅脖子粗：「妳真棒！妳可真是宇宙無敵霹靂好棒棒！」

付惜靈嘆了口氣，默默地掐了一下他的手臂，生怕他再多說什麼不該說的話。

厲雙江他們都不知道事情的原委，只有付惜靈在剛才跟季繁簡單地說了幾句，才知道當時出事的人是江起淮的爺爺。

幾個人吵吵嚷嚷地鬧騰了一下，又怕打擾到她休息，沒有多待，直接起身離開了。

病房裡再次安靜下來。

陶枝笑容斂了斂，看了床邊的手機一眼。

整整一個禮拜，她都沒有見到江起淮，甚至連傳給他的訊息都石沉大海。

每當她問起這件事，陶修平都只會告訴她沒什麼事，現在先不用操心這些。

陶枝只能從季繁那裡套套話。

江治涉嫌故意傷害，現在暫時被拘留，江爺爺沒什麼大礙也傷得不重，江起淮正在照顧他。

陶枝想問問他江爺爺的病房號碼是多少，可是季繁卻不肯告訴她。

病房門被人輕輕推開，陶枝瞬間抬起頭來，漆黑的眼睛直勾勾地盯著淺綠色的房門。

季繁在送完那一幫人之後回到病房內，順手關上了門。

陶枝看見是他，滿臉失望地：「啊……」

「啊什麼啊？啊什麼？」季繁沒好氣地說，「是我！讓妳失望了吧！」

「我哪有，」陶枝睜眼說瞎話，她討好地看著他，「阿繁，我想吃火龍果。」

「……妳也只有現在才能使喚我了，等明天出院回家，我就要好好虐待妳一下。」季繁翻了個白眼，顛顛地去幫她剝火龍果。

陶枝看著少年默默地從櫃子裡拿出刀子切水果，再次低下頭。

她悄悄地撇了撇嘴。

江起淮這個沒良心的！

明明就在同一間醫院！

就連過來看看她的時間都沒有嗎？

陶枝出院的那天，陰沉了好幾天的天氣也終於見光。

溫暖的日光融掉一層厚厚的積雪，本來是可以提前一天就出院的，但陶修平和季繁說什麼都不答應，陶枝就這麼被壓著多住兩天。

女孩重新活蹦亂跳起來，只是偶爾會有些低落，原因大家全都心知肚明，但沒人提起。

季繁跑去排隊辦出院手續的時候，陶修平看了她一眼：「走吧。」

陶枝回過神來：「不等阿繁嗎？」

「等一下再回來，」陶修平說，「爸爸帶妳去看個人。」

陶枝覺得，大概是要去看江爺爺的。

她一下子就打起了精神，乖乖地跟著陶修平繞過醫院的綠化廣場，走到另一棟住院部，上了三樓。

醫院裡的味道讓人說不上喜歡，到處都是忙碌雜亂以及與之矛盾的肅靜和清潔感，他們穿過長長的走廊，陶枝抬頭看了掛在上面的指示牌一眼。

放射科住院部。

她愣了愣。

兩人走到盡頭的一個病房門口，陶修平停下腳步，側過頭：「就是這間。」

陶枝往裡面看去。

病房的門沒關，裡面是很標準的單間，兩張床位，女人正躺在其中一張床上。

季槿半坐在床上，她穿著雪白的病服，臉色如同身上的衣服一樣蒼白，比之前陶枝見到她的時候還要瘦。

她一手打著點滴，另一手拿著一支彩色筆，正專注地在本子上作畫。

她旁邊有個五、六歲大，且同樣穿著白色病服的小男孩半趴在床邊，乖巧地撐著腦袋看她畫畫。

季槿的聲音很溫柔：「你看，這樣就把獅子畫出來了，耳朵應該是短的。」

小男孩眨了眨眼，開心地說：「我會畫了，謝謝季阿姨！」

季槿笑著摸了摸他的頭：「阿礫喜歡獅子嗎？」

「喜歡！」小男孩晃著手臂，「獅子看起來很強壯，不會生病，也不會像阿姨和阿礫一樣看醫生。」

他說著，表情變得不開心，皺著一張小臉：「阿礫明天又要去照那個光，那個好痛，而且照完之後，會痛好幾天。」

「但是那樣，阿礫的病才會好，才能變成獅子。」季槿說。

「好吧，」小男孩不情不願地說，他仰起頭，小心翼翼地問，「阿姨照那個光也會好嗎？阿姨痛不痛？」

季槿沉默了一下，臉上的笑容也淡了一些。

她看向窗外安靜了幾秒，才笑道：「嗯，阿姨也會好的。」

小男孩又重新開心了起來，他抱起畫畫的小本子站起身：「那我拿給媽媽看！等等再來找阿姨玩！」

他跌跌撞撞地往外跑，季槿的視線也跟著滑向門口。

陶枝猛地回過神來，下意識往後退了兩步，堪堪避開了她的視線。

她背靠著走廊冰冷的牆壁，陽光透過窗子籠罩在她身上。

「這是……什麼意思？」她的眼睛瞪得大大的，直勾勾地看著陶修平，「媽媽怎麼了？」

陶修平沉默地移開了視線，他紅著眼，半晌後才艱澀地低聲說：「晚期，已經擴散到淋巴了，現在只能靠放射化療，來抑制癌細胞進一步擴散。」

「我一直想跟妳和小繁說的，但妳媽媽無論如何也不讓我告訴你們。」

在陶枝還沒意識到的時候，眼淚已經先一步滑出眼眶。

季繁那麼突然地被送回來。

女人上次來的時候，削瘦的背影。

始終聯絡不上的人。

陶修平莫名其妙地開始長時間待在家裡，以及他越來越疲憊，越來越沉默的倦容。

明明有那麼多資訊。

明明有那麼多不對勁的地方。

她卻什麼都不知道，什麼都沒注意到，她和季繁就像兩個傻子，每天為自己一點小小的煩惱怨天尤人，覺得全世界都不公平。

隔壁病房的小男孩又抱著他的畫本跑出來了，他打開季槿的病房門。

病房裡的女人始終安靜地看著窗外，在瞬間的安靜中，陶枝似乎聽見她喃喃地說：「不知道阿繁和枝枝現在好不好。」

小男孩跑了過去：「季阿姨！妳再教我畫老虎！」

季槿被他打斷，回過神來，笑著應聲。

陶枝單手捂住眼睛，背靠著牆一點一點地滑下去。

她死死地咬住嘴唇，努力壓抑住幾乎要不受控制的哭聲。

陶枝和陶修平走出放射科住院部的時候，誰都沒有說話。

辦手續的人很多，季繁排了十幾分鐘，前面才走完了三分之二的人，少年等得有些不耐煩了，拿著住院本搧來搧去，一回頭，剛好看見陶枝正在門口等他。

少年笑得露出了一口白牙，朝她招了招手。

陶枝當時的第一反應就是，絕對不能讓季繁知道這件事情。

和她不同，季繁從小到大都沒有離開過季槿，她看著他從牙牙學語到蹣跚行走，從小小的男孩長成挺拔少年，每一天，他都在她的陪伴下成長。

在意識到這一點的時候，陶枝頓時有種非常淺薄，被留在原地的失落感，然而更多的事實是，季繁對於季槿的感情和依賴，恐怕比現在的她還要深。

陶枝用冰涼的手指使勁地按了按發燙的眼睛，然後輕聲說：「我的事情，你跟媽媽講了嗎？」

陶修平遠遠地看著人群中的少年：「沒有。」

陶枝點了點頭。

她明白陶修平是什麼意思，也知道陶修平為什麼突然選在今天告訴她，這個隱瞞已久的事情。

這件事情如果被季槿知道，她會是什麼反應，陶枝甚至連猜都不用猜。

陶修平可能不會再像之前那樣強硬的反對，他只是在用這種無聲的方式勸阻她，告訴她在這個節骨眼上，她不能不懂事。

明亮的大廳裡擠滿了人，每一個窗口前都蜿蜒成一條長長的蛇形，他們縱橫交錯，橫衝直撞，亂中有序地在自己的地盤上扭曲穿行。

像小時候玩的貪吃蛇小遊戲，將一顆顆的豆子咬下去，然後看著那條長蛇緩慢地擠滿了螢幕，心裡便能得到滿足。

只是這一次，即便咬到了最後，看著塞滿的螢幕，陶枝卻忽然覺得有些茫然。

她不知道自己該往哪裡走才是對的。

無論選擇哪一條路，似乎都會撞到那條冗長的尾巴，然後全軍覆沒，一切歸零。

陶枝一整個禮拜都待在家裡。

張阿姨每天都幫她準備各種花樣的滋補湯品，恨不得三餐都幫她送上樓，要她不要下床，還得盯著她全部喝完才行。

這個龐大的陣仗，讓陶枝差點以為自己是摔成全身粉碎性骨折。

她本來就已經沒什麼事了，除了耳朵後面最深的那道傷口，目前已經拆了線，正在緩慢地癒合。

週一，她迫不及待地衝去學校。

一週沒有來上學，好像也沒什麼變化。

除了即將備戰期末考，所以讀書的氣氛比平時還要格外緊張之外，其他一成不變。

教室第一組的最後兩排終於有人來了，不用獨自看著三個空座位的付惜靈快要喜極而泣，在看到陶枝的一瞬間，女孩直接衝上來抱住了她：「枝枝。」

陶枝第一次感受到如此直接的歡迎，頓時有些手足無措，她匆忙地拍了拍她的背：「在呢、在呢。」

付惜靈說什麼也不放手：「枝枝。」

陶枝耐心地應聲：「回來了、回來了。」

付惜靈腦袋蹭了蹭，小聲說：「妳的胸部好軟。」

陶枝：「……」

原本單打獨鬥的一人組，變成了一個幹部加一個半吊子，還有一個廢物的三人組，而江起淮的位子始終是空的。

如果是之前，在她出院後離開陶修平的視線時，肯定會第一時間威逼利誘季繁，叫他說出江爺爺的病房號碼，讓她去見江起淮，但是現在，她卻有些望而卻步。

她的貪吃蛇在牢籠裡漫無目的地轉，在堅硬的牆壁上撞得頭破血流，卻依然找不到前進的方向。

她頭一次在整整一週內都沒有傳訊息給江起淮。

週六的上午，陶修平去公司開會，陶枝這兩個禮拜的家教課也全都停課了，她穿戴整齊地跑到門口穿鞋，準備出門。

季繁才剛起床，一下樓就看見她站在門口戴手套。

少年停下了抓頭髮的動作：「妳要去醫院嗎？」

陶枝低著頭，沉默地把手伸進柔軟的毛線手套裡，將五指給撐起。

季繁沒再說什麼，他走下樓梯後進了廚房，在路過玄關的時候只丟下了一句話：「六〇三。」

陶枝愣了愣，抬起頭來看過去。

少年沒回頭，背對著她帥氣地擺了擺手：「自己注意安全。」

陶枝衝出了家門。

到醫院的時候接近正中午，陶枝先去了放射科的住院部。

她站在病房門口往裡看，季槿不在，病房裡空蕩蕩的，窗臺上擺著兩小盆不知名的植物，嫩嫩的綠葉緩慢地展開腰枝，沿著窗臺攀爬。

陶枝等了一陣子，就聽見走廊裡傳來了輕緩的腳步聲。

她回過頭去。

季槿獨自低著頭往前走，陶枝不知道放射治療是不是都會掉頭髮，但她的頭髮好像沒有掉，依然是長長一把的烏黑，整齊地綁在腦後，顯得她蒼白的臉變得更小。

她身形削瘦，幾乎撐不起寬大的白色病服，整個人看起來十分疲憊，正緩慢地向前走。

似乎是感覺到了她的視線，季槿忽然抬起頭來。

她看著她，先是愣了一下，然後緩慢地回過神來，有些不確定地喊了她一聲：「枝枝？」

陶枝張了張嘴，還來不及出聲，眼淚已經不爭氣地開始往下掉。

她強忍住哽咽，輕聲說：「媽媽。」

季槿閉上了眼睛，整個人跟著晃了晃。

陶枝趕緊抹掉眼水，驚慌地跑過去攙扶她，碰到她手臂的一瞬間，陶枝直觀又鮮明地感受到了她此時的脆弱。

她的指腹隔著衣料，像是能直接觸碰到她骨骼的輪廓。

陶枝低著頭，死死地咬住嘴唇，眼淚砸在女人蒼白的手背上。

季槿嘆息了一聲後抱住了她。

「哭什麼，」她的聲音虛弱，卻依舊輕緩溫柔，「能在這裡看到枝枝，媽媽其實很高興。」

「雖然一直瞞著你們，不告訴你們，不想讓你們擔心，讓你們不開心，但是現在看到妳出現在這裡，媽媽卻非常、非常的高興。」

味。

女人的懷抱依舊溫暖又輕柔，無論是藥味還是醫院的消毒水味，都掩蓋不住那熟悉的氣味。

好像什麼都變了，又好像什麼都沒變。

那一瞬間，過去的往事，無論是孤獨冰冷的夜晚還是彆扭的隔閡，陶枝一點也想不起來，只剩下她曾經陪伴著的溫暖點滴，全數湧進腦海裡。

溫柔笑著的媽媽，發愁地捏著她鼻子的媽媽，輕柔地唱歌給她聽，幫她蓋好被子的媽媽，摸著她的頭髮，說著「枝枝是最懂事的小孩」，那個愛著她的媽媽。

陶枝抱著她，幾乎泣不成聲，她抽噎著含糊道：「我什麼都不知道，我一直都讓妳一個人，對不起，對不起……」

季槿也跟著哭，她緊緊抱著她：「枝枝沒有對不起媽媽，是媽媽對不起妳，枝枝很乖巧，一個人照顧了爸爸。是媽媽沒有盡到責任，沒有好好照顧妳，沒有關心妳，沒有看著妳長大。」

隔壁病房的小男孩聽見聲音跑出來，他歪著腦袋看著她們，似乎有些害怕，也不敢過去，只站在原地小心地叫了一聲：「季阿姨？」

陶枝鬆開手臂，吸著鼻子慢吞吞地轉過身來。

小男孩抿著嘴唇，慢慢走過來，然後小聲地安慰她說：「阿姨去照了那個燈燈，那個燈燈痛痛的，不過沒事的，只要照了那個病就會好了！」

陶枝胡亂地抹掉眼淚，一邊點頭。

她扶著季槿回到了病房，小男孩抱著他的小畫本亦步亦趨地跟著，又被他媽媽叫回去。他有些依依不捨，不情不願地說：「那姐姐先陪阿姨玩，阿礫等等就回來。」

季槿笑著回應他。

陶枝跑去病房裡自帶的洗手間洗了把臉，冷水拍在臉頰上，整個人也冷靜下來，她看著鏡子裡的自己，又撩了一把冷水拍了拍眼睛。

不可以不開心，她是家裡的小開心果。

她深吸了一口氣後才走出來。

季槿已經躺在床上了，陶枝從桌子上挑了一顆大大的蘋果，坐在床邊笨拙地一片一片削給她。

她削蘋果跟削馬鈴薯一樣，果皮連著大塊的果肉跟著掉進垃圾桶裡，季槿什麼也沒說，只是看著她問：「聽妳爸爸說，妳最近有一個有好感的男孩子？」

陶枝手一抖，「嚓」的一聲，蘋果被她削掉了一大塊。

季槿笑了：「我們枝枝確實長大了，也會有喜歡的男孩了，是個什麼樣的孩子？」

陶枝垂著頭，她情緒還有些低落，小聲地說：「就，很好的人。」

「很厲害，每次考試都是我們學校的第一名，數學總是拿滿分，也很努力生活。」

「家裡條件一般嗎？」聽到她這麼說，季槿問。

陶枝悶悶地點了點頭：「他爸爸……不太好。」

季槿嘆了一聲：「我剛認識妳爸爸的時候，他家裡條件也不好，窮小子一個，但很努力，我當時就只是覺得他有一種衝勁，很吸引人。」

「後來我們兩個在一起，結了婚，有了妳和阿繁，雖然我們兩個步調不太一致，我想要的生活和他想要的生活差距太大，又無法調解，最後還是分開了，但現在想想，我還是不後悔當時選擇和他在一起。」

季槿轉過頭來看著她：「枝枝也是，就去做妳想做的事情就好了，去做那種就算過了十幾二十年，妳再回頭看，還是覺得當初的選擇是很值得的那種事情。」

大概是因為治療消耗了太多的體力，等她削完一顆蘋果後，季槿已經睡著了。

陶枝將自己這輩子削的第一顆蘋果放在小碗裡，起身洗了手後又幫她蓋好被子，關上病房門。

從放射科住院部出來的時候，太陽高掛，正好是午餐時間。住院部食堂的小推車停在主樓大廳的牆邊，食堂阿姨站在推車後面幫排隊的人盛著粥。

陶枝走到電梯間按了六樓。

她找到了六〇三，門虛掩著，她站在門口，輕輕地敲了敲門。

等了幾秒或者是幾分鐘那麼長，病房的門才緩緩地被人從裡面拉開。

江起淮站在門口，手裡拎著一個小巧的保溫水壺，在看見她後，目光停了停。

將近半個月不見的少年，看起來沒什麼變化，除了消瘦了一些，下顎線條的稜角感顯得更加分明。

他定定地看著她，一動也不動，陶枝只看了他一眼，就低垂下眼，手指緊緊地扣在一起。

這是頭一次，在她看見他的時候，像是忽然患上了失語症似地，說不出任何一句插科打諢的話。

片刻，江起淮側了側身，聲音低緩：「進來吧。」

陶枝走了進去。

季繁跟她說了江爺爺大概的情況，陶修平本來說要出住院和治療的所有費用，數目不小，可是江起淮不同意，最後還是他自己掏錢。

好在這時候的病房不緊缺，蔣何生的父親又是骨科主任，安排了一間兩人的病房，另一個患者上週出院，於是病房裡只剩下江爺爺一個人。

老人正在睡覺，除了手臂上綁著石膏，看起來沒有其它地方受傷，陶枝稍微鬆了口氣，小聲問：「江爺爺的精神還好嗎？」

「挺好的，」江起淮將燒好的熱水倒進保溫水壺裡，「上午還跟隔壁的老太太打了牌，可能累壞了。」

陶枝坐在空床上，晃悠著腿，又不知道該說些什麼了。

其實是知道的。

只是她不敢問罷了。

本來她在醫院裡一直等不到江起淮來看她的時候，陶枝是沒想到這些的，但是時間久了，她覺得自己有些明白了他的想法。

所以不敢再傳訊息給他。

所以不敢再找他。

但她不想讓自己後悔。

你是不是害怕了？

你是不是後悔了？

你是不是覺得對不起我，所以要離開我了？

你是不是，不要我了？

她有一堆話想要問他，她想得到明確的答案，想知道他的想法。

她想告訴他沒關係，她又沒有受什麼傷，她現在是個小英雄了，她很勇敢。

她願意陪著他，也可以跟他一起克服所有的困難。

長大本來就是這樣的。

長大就是要吃很多苦，要一直受傷，要在所有質疑的目光下，做到不可能的事情，要拚命擺脫掉各式各樣的枷鎖，以及脫離把人給纏到幾乎無法呼吸的繭，然後衝向天空。

陶枝揪著雪白的床單，艱難地問他：「你為什麼都不來看我？」

大概是考量到江爺爺在睡覺，女孩的聲音很輕，帶著難以掩飾的低落情緒。

江起淮將水壺放在兩張床之間的小桌子上，轉過身來看著她。

她手臂僵硬地緊緊繃著，指尖因為用力而抓得蒼白，眼睫低垂顫抖，唇角抿得很緊。

冬日裡的日光冷漠又溫柔，剛燒好的熱水還在水壺裡咕嚕咕嚕地冒著熱氣，病房裡只剩下靜謐而平緩的呼吸聲。

江起淮沒說話，他只是沉默而專注地看著她，良久。

最初的感覺到底是從什麼時候開始的，江起淮已經分不清了。

可能是女孩子彆扭地抱著嶄新的課本和試卷給他，然後從前面遞了一張薑餅人便條紙，按在桌子上，左扭右扭催他看的時候。

抑或是在操場上，看著她站在升旗臺前，於清晨日光的籠罩下，張揚跋扈地說出「正義使者無處不在」這種幼稚又囂張的話。

江起淮在那個時候就意識到，這是一個和她截然不同的人。

不同的成長軌跡、不同的命運、不同的性格、不同的世界。

她做著他這輩子都不會做的事、說著他不會說的話、想著他不敢想的念頭，然後一直往前。

那種存在於兩人之間的極致差異，讓他像昆蟲一般被火光吸引，想要一探究竟。

曾想過要遠離，卻又忍不住向她靠近。

直到吃力地飛到了燃燒的火光邊，他才真切地感受到，原來在這個世界上，他還一直奢望著可以擁有這樣的溫度。

江起淮緩慢地抬起原本垂下的手指，然後覆上她的脖頸。

他用拇指輕輕地碰了一下她的耳後，那裡有一道緩慢癒合的傷口。

只是輕輕地觸碰一下，他就移開了手。

他溫熱的手掌覆在她的後頸，然後叫了她一聲：「枝枝。」

陶枝抬起頭來。

有陰影籠罩，江起淮躬身低下，將唇瓣貼上她柔軟的嘴唇。

冰冷，細膩，小心又溫柔的觸感。

陶枝睜大了雙眼。

他的吐息和味道頓時鋪天蓋地，在身體裡流竄，於一片空白中，兩人的唇瓣緊貼，他嗓音低啞，像被湍急的河流所碾碎的沙，緩緩地沉進河床：「別再來了。」

她聽見他說。

——《桃枝氣泡》未完待續——

高寶書版集團
gobooks.com.tw

YH 132
桃枝氣泡（中）

作　　者　棲 見
責任編輯　眭榮安
封面設計　Ancy Pi
內頁排版　賴姵均
企　　劃　何嘉雯

發 行 人　朱凱蕾
出　　版　英屬維京群島商高寶國際有限公司台灣分公司
　　　　　Global Group Holdings, Ltd.
地　　址　台北市內湖區洲子街88號3樓
網　　址　gobooks.com.tw
電　　話　(02) 27992788
電　　郵　readers@gobooks.com.tw（讀者服務部）
傳　　真　出版部 (02)27990909　行銷部 (02)27993088
郵政劃撥　19394552
戶　　名　英屬維京群島商高寶國際有限公司台灣分公司
發　　行　英屬維京群島商高寶國際有限公司台灣分公司
初　　版　2023年04月

本著作物《桃枝氣泡》，作者：栖見，由北京晉江原創網絡科技有限公司授權出版。

國家圖書館出版品預行編目(CIP)資料

桃枝氣泡／棲見著. -- 初版. -- 臺北市：英屬維京群島商高寶國際有限公司臺灣分公司, 2023.04
　冊；　公分. --

ISBN 978-986-506-681-9(上冊：平裝). --
ISBN 978-986-506-682-6(中冊：平裝). --
ISBN 978-986-506-683-3(下冊：平裝). --
ISBN 978-986-506-684-0(全套：平裝)

857.7　　112002548